Primera edición: noviembre de 2013

Imagen de cubierta: Kerman Rodríguez

ISBN: 978-84-616-6972-1
Depósito legal: M-004912/2013

A.R. Morena

TRASLADO FORZOSO

En Compañía de Vampiros I

www.armorena.com

El comienzo de una historia…

AGRADECIMIENTOS

Gracias a mis padres, Emilia y Bernardo, por rodearme de libros desde siempre y por su incondicional apoyo en todas las aventuras que emprendo.

Gracias a mi marido, José y a mis hijos Víctor, Carmen y Lucía por compartirme, durante tantas horas, con mis personajes de ficción.

Gracias a mi hermana Violeta, por sus palabras de ánimo y por ser mi primera lectora, cuando todavía no sabía muy bien lo que estaba haciendo.

Gracias a mi cuñado Kerman, por su impagable ayuda en todo lo relacionado con diseño, maquetación y un sinfín de trabajos, que ha realizado para mí altruistamente.

Gracias a mis amigas y compañeras, Olga, Juani y Engracia, por dejaros utilizar como "lectoras ideales" y ayudarme a corregir los, mil y un fallos, de mis manuscritos.

Y, por supuesto, gracias a todos mis amigos y familiares, por ayudarme a difundir esta obra por las redes sociales y fuera de ellas.

Prólogo

Doce años atrás.

Aguas internacionales. Océano Atlántico.

Llevaba oculto en las bodegas desde hacía más de veinticuatro horas.

Si no fuera por su naturaleza, estaba seguro que habría echado ya hasta la última papilla, pues la sala de maquinas, estaba justo al lado de su escondite.

Durante las primeras horas de su desaparición, el ruido de los motores había descendido, sustituido por las hélices del helicóptero de salvamento con el que contaba el lujoso barco. Pero, hacia ya varias horas, que el buque navegaba a toda máquina hacia el puerto de destino. El ruido de los motores era ensordecedor, sobre todo, para él.

Carlos se había metido en un baúl para equipaje y viajaba, junto a los paquetes postales, como si fuera una mercancía más. En la tapadera del gran cajón de madera, se leía la dirección del apartamento de un barrio de Nueva York, donde deberían entregar la mercancía en una franja horaria muy concreta.

Todo había sido preparado en un tiempo record, previo pago de un dineral, para que se realizara según las instrucciones que había dado.

La operación, se había realizado en su totalidad, a nombre de la persona que le recogería y, gracias a la cual había sido posible realizar el montaje, incluida la precipitada compra de una propiedad en Nueva York. Carlos chateaba de vez en cuando con un grupo que vivía en la ciudad de los rascacielos, especialmente, con un tal Tomas Robinson. Nunca se habían visto en persona, pero tenían una buena relación a través del foro y confiaba en él. Aunque, la cruda realidad era, que en esos momentos, tampoco tenía otra opción.

Él, había embarcado en el crucero el día treintaiuno de diciembre a las siete en punto de la mañana, junto con cientos de viajeros más, los cuales eran despedidos desde el muelle por familiares y amigos, que agitaban sus pañuelos alegremente.

Carlos miró hacia la multitud, con la amarga sensación de que era su tierra y sus raíces las que se despedían de él ¿cuántos años pasarían para que pudiera volver al viejo mundo de nuevo?

La noche de fin de milenio, se celebraba una gran fiesta en alta mar en el lujoso transatlántico. Todos los pasajeros y la tripulación, estarían entretenidos con el espectáculo piro-musical y la posterior fiesta, que se ofrecería cuando concluyera la cuenta atrás.

Para preparar su estratagema, había estado toda la noche de fin de año haciéndose notar, quería que pareciera que estaba bebiendo más de la cuenta. Los borrachos siempre podían hacer tonterías como, por ejemplo, caerse por la borda.

Cuando terminó el espectáculo, se dirigió hacia una zona de la cubierta del barco donde, casi siempre, había alguna pareja oculta entre las sombras. Necesitaría testigos para su próximo paso. Se subió a la barandilla de protección y se lanzó al vacío.

Que alguien le viera hacer esa maniobra, era fundamental para que le dieran por muerto cuanto antes.

Carlos se quedó colgando en un saliente que le ocultaba perfectamente de los débiles ojos humanos. Enseguida escuchó un agudo grito femenino, y pasos que corrían hacia el borde para asomarse.

La pareja se fue corriendo a pedir ayuda y, ese fue el momento, en el que él aprovechó para desaparecer en las bodegas del barco y meterse en el habitáculo que, desde ese instante, sustituiría al lujoso camarote hasta llegar a Nueva York.

A partir de ese momento, lo único que podía hacer, era esperar y rogar al destino, para que a nadie le diera por curiosear dentro del incomodo hueco en el que, por culpa de la situación en la que le había puesto Viviana, tendría que ocultarse el resto del viaje.

¡¡MALDITA BRUJA!!

Capítulo 1

Jimena por fin veía la luz al final del túnel, esa misma tarde tenía una entrevista con su jefe de personal, el Sr. Sánchez.

Delgado y más bien tirando a bajo, el jefe de personal tenía el cabello entre pelirrojo y cano, lo cual, le había valido entre los empleados el mote de panocha. Su cara era redonda, con la nariz aguileña, sus ojos pequeños y azules y la boca una línea recta en la cual no sobresalían apenas los labios. No solo era desagradable físicamente, también tenía algo en su forma de moverse y de actuar que a Jimena le recordaba a un reptil.

En una cena de Navidad, hacia un par de años, le había tenido que parar los pies, pues se creía con él derecho de propasarse con las empleadas y, eso era algo, que Jimena no podía soportar. Solo de pensarlo se ponía de mala leche.

- ¡Qué asco de tíos!- le había gritado a su compañera cuando entro en el vestuario al día siguiente. Abrió su taquilla con tanta fuerza, que casi saca la puerta de las bisagras –en cuanto se toman dos copas ya no piensan con el cerebro.

- Marta, su compañera y una de sus mejores amigas desde hacía varios años, la observaba con una sonrisa en los labios. Ella era algo más mayor que Jimena, tenía una preciosa melena de color pelirrojo intenso, casi naranja y sus ojos de color verde claro, tenían un gesto pícaro muy peculiar. Con sus comentarios sarcásticos, siempre decía lo que pensaba y, a Jimena, aunque aparentemente se enfadara con ella, le gustaban y la hacían reír. Vestía siempre con ropa muy colorida y provocativa, con la que enseñaba mucha más carne que Jimena, con diferencia, lo cual siempre era motivo de broma entre ellas. Desde que se separó de su marido, un personaje egoísta que le había estado engañando repetidamente durante casi toda su relación, habían estado muy unidas y se contaban todo. Jimena conocía todos los detalles de su vida desde que Marta había llegado a Madrid procedente de un pueblo de Galicia, de lo anterior, nada de nada, a Marta no le gustaba hablar de ello.

- Jimena, con el carácter que tienes no sé cómo se atreven a intentar nada contigo.
- ¡¡Yo no tengo mal carácter!! Es que esa asquerosa lagartija se aprovecha de su condición de jefe para acosar a sus subordinadas, es un cerdo y además está casado, que, por cierto, tendría que estar dando gracias al cielo por que alguien haya accedido a casarse con él.
- Tranquila, no digo que no tengas razón sobre el Sr. Sánchez, pero es que lo haces con cualquier hombre que se arrime a ti con intención de ligar contigo.
- No estoy interesada en nada de lo que se me ha arrimado.
- Pero chica, si los atraes como la miel a las moscas, ¿tú te has mirado al espejo?, estas como un tren. Lo que se vayan a comer los gusanos, que lo disfruten los humanos.
- Ya estamos. Quiero ser libre, no tengo ninguna prisa en encontrar a un hombre.
- ¡Yo no digo que te ates! Por darte un homenaje de vez en cuando no te tienes que casar.
- Uuuuuff, déjalo ya Celestina y vamos al salón que ya es la hora de empezar la faena.

La cadena de salones de belleza en la que ella trabajaba desde los diecisiete años, era una de las más exclusivas de la ciudad. Tenía varias sucursales por todo Madrid, aunque en la que Jimena prestaba servicio desde hacía casi diez años, era una de las más valoradas por estar ubicada en uno de los hoteles más exclusivos de la capital. Entre sus clientes contaban con artistas, futbolistas, políticos y personajes de la alta sociedad que, estaban dispuestos a pagar cualquier cosa, por lucir el look más exclusivo que este establecimiento podía proporcionarles, sin olvidar, a grandes estrellas internacionales que se hospedaban en el hotel durante los días que necesitaban estar en Madrid para sus conciertos o promociones. Elegían ese mismo hotel pues, era conocido internacionalmente, por su lujo y la ubicación inmejorable con la que contaba.

Desde hacía varios años, Jimena estaba contrato tras contrato, nunca le habían propuesto como personal fijo. Ella anhelaba esa condición, para pedir un crédito al banco y poder comprarse un precioso apartamento al que había echado el ojo en el barrio de La Latina.
Hacía ya un tiempo que quería independizarse de la casa familiar, no es que estuviera mal con sus padres, todo lo contrario, pero a sus veintisiete años ya era hora de poder vivir por su cuenta.
Hacia una semana, se había armado de valor para enviar un correo al Sr. Sánchez, pidiéndole que la contrataran de manera fija, ya que era muy buena en su campo y nunca había faltado ni habían tenido ningún tipo de problema laboral. Ella era la mejor en la sección de recogidos y cortaba el pelo como nadie, tenía un estilo propio, era algo que le salía sin pensar desde que era pequeña y se pasaba

el fin de semana cortando y peinando el pelo a todas sus vecinas. Cuando trabajaba, era como si entrara en trance, miraba la cara del cliente y era como si le apareciera una fotografía en el cerebro de como lo debía dejar. En la actualidad, había muchos clientes que solo querían que los tocara Jimena, incluso le habían propuesto irse de España para ser la peluquera personal de algún artista. Siempre lo había rechazado, ella adoraba Madrid, no se le pasaba por la cabeza que alguna vez fuera a vivir en otra ciudad.

Jimena, llego al edificio antiguo donde se inauguro el primer salón de belleza de la firma. En la primera planta estaban las oficinas, con todos los directivos y el personal administrativo y, por supuesto, el despacho del Sr. Sánchez. El cartel, en la calle Juan Bravo, lucía en estilo clásico en letras de bronce: *SALONES EXCLUSIVE HAIR.*

Estaba en uno de los barrios más elitistas de Madrid. La entrada estaba precedida por un conserje, vestido de frac, que levantaba su chistera cada vez que una persona accedía al edificio. Se encargaba, tanto de abrir las puertas de los coches de los clientes, como de llamar taxis o cargar con las bolsas y paquetes que pudieran llevar sus privilegiados clientes.

- Adelante, señorita Rey – le dijo mientras le abría la puerta – muchas gracias Manuel, no te molestes yo también se abrir las puertas- , le dijo guiñándole un ojo. – Con preciosidades cono tú no es molestia, es un placer-. Jimena se puso roja y se apresuro a entrar en la ostentosa recepción.

La recepcionista, una mujer de unos cincuenta años se sentaba detrás de un mostrador adornado con flores frescas, contestaba las llamadas de la centralita, esmerándose en pasarlas con la mayor celeridad posible. Isabel, era una persona gordita y muy bajita, extremadamente amable y con una sonrisa pintada en la cara durante todo el día, cualquiera diría que se la habían puesto al nacer y no podía quitársela aunque quisiera. Siempre iba con un look al más puro estilo de los años cincuenta, cardado incluido. Siempre parecía feliz de hacer su trabajo. Isabel levanto los ojos por encima de sus gafas, que en ese momento estaban fijas en el teclado de la centralita, y saludo a Jimena con amabilidad.

- Buenas tardes Jimena, que agradable sorpresa.
- Hola Isabel, me alegro de volver a verte – Jimena se acerco a Isabel y le dio dos besos - tengo cita con el Sr. Sánchez, serias tan amable de anunciarme.
- Por supuesto, dame un minuto.

Mientras Isabel se afanaba con la centralita, Jimena se dedico a mirar las fotos y cuadros que había en las paredes de la recepción. La mayoría eran de actores de hacia ya unas décadas, los cuales se habían peinado en algún momento en aquel salón.

¡Madre mía!, pensó Jimena. Era impresionante la cantidad de celebridades que tenían allí retratadas. Casi todas, con el primer dueño y fundador de la cadena, que con su atractivo, dejaba a todos los famosos a la altura del betún. Si fuera en esta época, con todos los asesores de imagen que manejan la vida de los actores y artistas actuales, no les hubiera permitido fotografiarse al lado de un bombón como él, les eclipsaba completamente.

Exclusive Hair, abrió sus puertas al principio de los años ochenta, por un peluquero muy innovador para la época llamado Carlos del Toro. Por desgracia, desapareció en un accidente en un crucero de lujo que se organizó para celebrar el último día de la década de los noventa y la entrada al nuevo milenio. Nadie había sabido de él a partir de entonces. Pensaron que se había caído por la borda en alta mar, pero nunca se logró encontrar el cadáver.

Al cabo de unos meses le habían dado por muerto y todos sus bienes habían ido a parar a manos de un heredero, que se había hecho cargo del negocio desde Nueva York.

La gestión en España, la hacían los ejecutivos que ocupaban los despachos de la planta de arriba del local que ubicaba el salón. Todo esto había sucedido justo antes de que Jimena entrara en la compañía, por lo que nunca había conocido en persona al Sr. del Toro sénior.

-¡Jimena, que alegría verte! El Sr. Sánchez le plató dos besos, que le dieron un calambre en el estomago que tuvo que disimular lo mejor que pudo.

- ¿Quería hablar conmigo Sr.?

- Por favor llámame Ricardo. Vamos a mi despacho.

El despacho del jefe de personal era, como mínimo, demasiado ostentoso. Tenía un ventanal con las mejores vistas al palacete donde se ubicaba la Embajada Italiana y él, con su usual prepotencia, no tenía ningún problema en alardear de ello.

-Siéntate, por favor.

Jimena no podía dejar de apretar las manos, esa amabilidad no la daba buena espina, cada vez que abría la boca para hablarla se imaginaba que le salía una lengua viperina como a los personajes de V.

- Bueno Jimena, ya sabes que en esta empresa te tenemos en gran estima, (bla, bla, bla… lengua para dentro, lengua para afuera) y que además sabemos que tú quieres ser fiel a nosotros, por eso te queremos ofrecer una mejora para que te promociones profesionalmente.

¡Hay madre!, podía ser verdad que la iban a hacer fija.
- Muchas gracias Ricardo.
- Pero…

¡Mierda!
- En Madrid no podemos ofrecerte nada mejor de lo que ya tienes. La política de la empresa es no hacer contratos fijos de momento.

¡Doble mierda!
- Pero Ricardo yo…- sudores fríos le recorrían las manos.
- Espera Jimena, no te adelantes. Hemos pensado que ya que no tienes hijos ni nada que te ate en Madrid, te iría muy bien un cambio de aires y, además, la sucursal nueva que vamos a abrir en Nueva York, necesita a alguien con el estilo de peinado que tú tienes, queremos que sea con aire español.

Jimena alucinaba, ¡Pero que se cree este tío!, que la iba a decir que es lo que necesitaba en su vida, como si le estuviera haciendo un favor enviándola a miles de kilómetros de su casa.
- Pero a mí me gustaría quedarme en Madrid, es mi ciudad, aquí tengo a mis amigos, mi familia…
- Lo siento Jimena, es lo único que podemos ofrecerte, tu puesto ya se lo hemos ofrecido a otra persona. Prepara tu equipaje o los papeles del paro, es lo que hay- a Ricardo le encantaba sentirse superior y ver a sus subordinados muertos de miedo. Esta lista, pensó, se iba a tener que humillar, aunque no le iba a servir de nada. Se cree muy bella con esa melena negra, sus grandes ojos marrones y ese cuerpo… si hubiera aceptado ser mi amante le hubiera ido mejor, habría mandado a otra

persona a Nueva York. ¿Cómo se atrevió a rechazarme?, pues ahora que se joda. Ya vendrá otra que trague.

¡Dios!, que mala leche se le estaba poniendo a Jimena, contó hasta diez, respiro hondo... nada, el cabreo en aumento. Se regañaba mentalmente por haber mandado es maldito correo.

Como podía ser tan falso, tanto beso, saludito tonto, pues se iba a joder porque no le iba a rogar. Jimena levanto la barbilla orgullosamente.

- Ya que soy tan importante como para que no exista nadie en toda la ciudad de Nueva York para ocupar ese puesto, supongo, que me lo recompensaran económicamente lo suficiente como para que me merezca la pena.

- Eh... pues... bueno... por supuesto, se te pagara de acuerdo con la política de la empresa.

El Sr. Sánchez estaba claramente sorprendido, no se esperaba que la chica que parecía tan necesitada de contrato fijo y, que aparentemente, parecía que se la podía manejar, fuera a scr tan orgullosa y le iba a echar el valor de irse sin rogar. Había pensado que, igual, se podía haber aprovechado de la situación. Pero no parecía que fuera a ser posible... o si.

- ¿Me puede enseñar el contrato? – dijo Jimena, envalentonada.

- Todavía no está redactado, si quieres lo podemos discutir esta noche tomando una copa.- anzuelo lanzado.

- No creo que pueda – este tío es un cerdo, Jimena le hizo una corte de manga mental-¿Qué tal su mujer?

- Tranquila, no montes un drama.- La madre que la parió- Te enviare toda la documentación por correo.

Se levantó de la silla y salió del despacho aparentemente orgullosa, pero solo, aparentemente. Cuando llego a la calle le rodaban las lágrimas por las mejillas. ¡¡Pero qué coño iba a hacer ella sola en Nueva York!!

Aquella noche tuvo una larga charla con sus padres. Ellos la animaron para que lo aceptara.

Al día siguiente, Jimena llamo al Sr. Sánchez para decirle que aceptaba el traslado. Cuando colgó el teléfono, su madre la lanzo el abrigo y el bolso.

- ¡¡Vámonos de compras!!-

Cogieron el coche de su madre y se fueron a uno de los muchos centros comerciales que había en la ciudad. Estuvieron todo el día de tienda en tienda.

- Voy a tener que comprarme una maleta muy grande para llevarme todo esto, en la mía no va a caber ni de cachondeo.
- Pues la compramos y te llevas las dos.
- Pero la maleta, la pago yo.
- ¡De eso nada!
- Mama, te estás gastando una pasta.
- No se va tú única hija, a miles de kilómetros de casa, todos los días.
- ¡Vaaaaaale! – cuando su madre se ponía en ese plan, era mejor dejarla si no querías salir escaldada.

Cuando llegaron a casa, Jimena estaba deseando quitarse las botas y tirarse en el sofá. Su madre estaba de lo más rara, no hacía más que mirar a todos lados y, además, se había tirado todo el día cuchicheando al teléfono. Abrió la puerta sujetando con la otra mano un montón de bolsas…
En el salón de su casa, estaban todos sus amigos, capitaneados por Marta.

- ¡¡SORPRESAAAAAAAAAAAAA!!

***

Cuando Jimena cerró la puerta del taxi y miro hacia la nueva terminal cuatro del aeropuerto de Barajas, se quedo impresionada, por el alucinante edificio que se erguía ante sus ojos.

Diseñada por el británico Richard Rogers, había sido inaugurada en el año 2006, tenía un edificio satélite desde el cual ella embarcaría en su vuelo directo a Nueva York.

Jimena no se podía creer que se iría indefinidamente de todo lo que conocía, le habían prometido que en un año reconsiderarían el volverla a traer a Madrid y, gracias a esa esperanza, no se había hundido en una depresión.

Su madre discutía con el conductor del taxi por la ruta más rápida para ir al aeropuerto, pues según ella, les había dado una vuelta innecesaria. Mientras su padre, sacaba el equipaje del maletero. Por favor, como iba a echarles de menos, con sus continuas discusiones y todo.

Hacia unas noches, sus amigos le habían montado una fiesta sorpresa de despedida, orquestada, como no podía ser menos, por su compañera/mejor amiga Marta. Su madre, había estado encargada de mantenerla ocupada durante todo el día.

Habían llorado, reído y, por supuesto, bebido demasiado
- Prométeme que estarás una vez al día en el chat - Marta la iba a echar de menos muchísimo.
- Prometido - Jimena no sabía dónde iba a encontrar una amiga como Marta.

El vuelo de Iberia numero IB6253 con destino a Nueva York, salía a las 16:30 h de Madrid y llegaría al aeropuerto JFK a las 19:30 h locales, siete horas de vuelo aproximadamente.

Jimena se agarraba a la esperanza de que, en el plazo de un año, pudiera volver a su antiguo puesto de trabajo.

Miró su tarjeta de embarque mientras pensaba que, por lo menos, habían tenido la deferencia de comprarle un pasaje en primera clase.

- Mamá yo…
- Chsss. Ya hemos hablado de esto muchas veces. Tienes que ser valiente, tú vales mucho y es una gran oportunidad, además, puedes practicar el idioma.

Jimena había estado cinco años en la Escuela Oficial de Idiomas estudiando inglés. Quien la hubiera dicho que la iba a venir tan bien.

- Pero vosotros…
- No me hagas regañarte antes de irte, te he dicho que tu padre y yo estaremos perfectamente. Tienes que mirar por tu futuro, como dice tu padre, los Rey no se arrugan ante nada.
- Gracias mamá, te quiero – Jimena se volvió hacia su padre, que las observaba desde un discreto segundo plano - Papá te voy a echar mucho de menos.
- Nena, no tienes que preocuparte por nosotros, aprovecha esta oportunidad. Ojala hubiera tenido yo una oportunidad así. Disfrútalo. Yo también te echare de menos cariño. Prométeme que me escribirás todos los días.

- Prometido.
Cuando se acercaron a un punto de información, la señorita le explicó lo que suponía viajar en primera clase. Esta ofrecía un mayor número de servicios, entre ellos, la de poder llevar más peso que en clase turista sin tener que abonar por kilo extra – menos mal mamá, porque creo que

nos hemos pasado un poquito con el equipaje-. Otro de los servicios de la primera clase, era la sala vip.

- Joder hija, que nivel - la madre de Jimena estaba alucinando con las condiciones del vuelo - ¿no decías que el reptil te tenia manía?

- ¡Mamá! - Jimena puso los ojos en blanco.

- Por favor querida, esa boca - el padre de Jimena siempre estaba regañando a su esposa porque era un poquiiiiiiito "palabrotera" a lo que ella siempre contestaba "yo hablo como quiero, soy vallecana, si querías alguien más pijo, haberte casado con una del barrio de Salamanca".

El padre puso los ojos en blanco – ¿dónde iba a encontrar algo mejor?

Sus padres, siempre estaban como la famosa frase madrileña, "como Juan y Manuela" y además, lo más gracioso, es que ellos se llamaban así.

- Bueno, a lo que íbamos, el billete les ha tenido que costar un pastón.

- No creo que haya sido idea del Sr. Lagartija, me odia.

- Yo solo me remito a los hechos.

- Lo que tú digas - dijo Jimena refunfuñando.

Cuando Jimena se dirigió, junto con el asistente personal, hacia la sala Vip para esperar el embarque, todavía tenía lágrimas en los ojos. Nunca se le habían dado bien las despedidas y, aunque su madre se había comportado como si estuviera contenta por su partida, ella sabía con toda seguridad, que en estos momentos, estaría a lágrima viva encima de su padre.

La zona del avión donde estaba ubicada la primera clase era muy amplia. Los sillones eran enormes y contaban con pantalla de televisión particular para cada uno de los pasajeros. Una asistente de vuelo se afanaba en soltar el discurso modelo antes de despegar *"Buenas tardes, Sras. y Sres. En nombre de Iberia, el comandante Martín y toda la tripulación, les damos la bienvenida a bordo…"*. Jimena esperó a que el avión despegara, mientras pensaba en el discurso de seguridad de la azafata, si nos la pegamos en medio del "charco," de poco nos van a servir los chalecos salvavidas, bueno si, para que encuentren nuestros cadáveres flotando en el Atlántico.

Cuando anunciaron por megafonía que ya podían quitarse los cinturones, reclinó el respaldo y se puso sus auriculares. Conectó su música favorita en el IPad que le habían regalado sus padres por Navidad. El tema de Gotye comenzó ha a sonar *"Now you're just somebody that I used to know"*.

Cerró los ojos y le vino a la memoria la última relación sentimental que había tenido.

A Loren, le había conocido en una terraza del castizo barrio de La Latina a principios del pasado verano. Marta y ella habían quedado un viernes después del trabajo, con un grupo de personas separadas y divorciadas que conocía su amiga y había convencido a Jimena para que la acompañara.

A ella le había costado mucho decidirse, pero con tal de no aguantar una semana de reproches de su compañera, había accedido a ir.

– Ponte guapa, hoy pillamos- le había dicho su compañera, emocionada con que Jimena se animara a salir con ella.

– Lo que tú digas… pendón verbenero.

Como Jimena no quería tener un cartel en la frente en el

que dijera "quiero rollo", no la hizo ni caso a Marta. Se vistió con un pantalón vaquero, una camiseta de la marca Desigual que no se ajustaba demasiado y unas zapatillas de esparto con un poco de cuña, que se ataban con cintas al tobillo. El pelo lo llevaba suelto y liso peinado con plancha, se había dado brillo en los labios y un poco de colorete para retocar el maquillaje que llevaba, obligatoriamente, para trabajar.

Loren apareció con un grupo de personas que conocía Marta, por medio de un foro de singles, que ella frecuentaba. En un principio a Jimena le cayó muy bien, era muy gracioso y un seductor nato. Después de unas cuantas horas y otros tantos mojitos, los únicos que quedaban todavía de marcha eran, Marta, Jimena, Samuel que era un amigo de Loren y este mismo.

Decidieron ir a tomar la penúltima a otro sitio. Como eran las 3:00 de la mañana, lo único que quedaba abierto por la zona, era el conocido Berlín Cabaret.

La sala estaba hasta la bandera, no cabía un alma. Marta bailaba en mitad de la pista con Samuel, haciendo alarde de todas sus técnicas de seducción. Jimena y Loren hablaban y bebían sus copas cerca de la barra, mirando hacia la pista. En un momento dado, el personal del club despejó la pista de baile para dar paso a una de las actuaciones que periódicamente se organizaban en la pista. Las realizaban un grupo de travestis y era una de las principales atracciones del sitio en cuestión.

La pista se iluminó y se lleno de humo para comenzar con la actuación. Ese fue momento en que Loren aprovechó para coger a Jimena y llevársela a un rincón debajo de la escalera que daba acceso a la segunda planta.

Cuando ella quiso reaccionar, tenía las manos de Loren apretándole la espalda y sus labios buscaban los de ella.

Jimena no sabía si por la bebida, porque sus amigas siempre insistían en que se iba quedar para vestir santos o, porque el ambiente de la sala era de lo más liviano, el caso es que se dejo llevar. Terminó pasando la noche en el apartamento de Loren y, los siguientes cuatro meses, en una relación infructuosa y enfermiza.

Él la controlaba en exceso, siempre la preguntaba sobre lo que hacía en el trabajo. Tenía fijación, sobre todo, en lo referente a su jefe. Como si ella supiera algo de lo que hacía un rico heredero en Nueva York.

Jimena lo achacaba a los celos.

Un día, por casualidad, se enteró que era pareja de Loren solo de lunes a viernes y que, los fines de semana, con la excusa de que sus padres vivían fuera de Madrid y tenía que ir a verlos, se veía con otra. Una señora de la alta sociedad, aunque no había podido descubrir quién era ella, tampoco le importaba. Por supuesto le mando a la mierda y se encerró todavía más en su mundo. Marta, que en el fondo se sentía culpable, le insistía.

- Venga nena, todas sabemos que para encontrar a tu príncipe, tienes que besar a muchos sapos.

- Este no es un sapo, es un pedazo de cabrón.

Loren la estuvo llamando una larga temporada y mandándola mensajes insistentemente. Jimena no le dio tregua y hacia tres meses que no había sabido más de él.

Agua pasada, pensó Jimena mientras aceptaba una copa de cava del guapísimo y sonriente asistente de vuelo, por el cual era atendida, en la lujosa primera clase donde viajaba hacia su futuro.

Según iban restando los kilómetros hacia Nueva York, se iba cargando cada vez más de coraje y se sentía con mucha más energía y resolución. Casi, casi, se alegraba.

"Señores Pasajeros, bienvenidos al aeropuerto de JFK de Nueva York..."

Jimena, se dirigió a la sala Vip del aeropuerto donde, a todos los pasajeros de primera clase, les entregarían el equipaje.

Salió al hall de la terminal ocho del aeropuerto JFK, dispuesta a coger un taxi, para dirigirse a la dirección que llevaba apuntada en una tarjeta.

Los meses que estuviera en Nueva York, se alojaría en un apartamento corporativo. Este, se lo había facilitado la compañía sin ningún conste. Se había sorprendido gratamente, cuando lo había leído en las condiciones del contrato.

Jimena levantó la vista de la tarjera mientras caminaba hacia la salida, cuando vio a un atractivo hombre, que aguantaba en alto un cartel en el que rezaba:

Miss Rey
EXCLUSIVE HAIR

Capítulo 2

Carlos miraba por el ventanal de su despacho hacia la nevada ciudad, el mes de diciembre en Nueva york era extremadamente frio. Desde el piso treinta y tres del edificio donde tenían las oficinas, se disfrutaba de una vista privilegiada de la gran manzana.

Vivía en Nueva York hacía más de doce años, desde que se vio obligado a volver a desaparecer, para no levantar sospechas en Madrid.

Esto, se venía repitiendo, cada veinte años aproximadamente. Con el avance tecnológico que había tenido lugar en los últimos cien años, todo se había puesto mucho más complicado para que los humanos no se dieran cuenta de que no envejecía.

Está vez, había conseguido conservar su verdadero nombre. Con la excusa de ser sobrino y único heredero del dueño y fundador de la empresa. Por ese motivo, le habían llamado igual que a su querido tío.

Afortunadamente, había una pequeña pero muy unida, comunidad de seres iguales a él en Nueva York. Tenían muy buenos contactos y casi todos eran muy adinerados. Teniendo vidas tan largas, se podía acumular fácilmente una gran fortuna.

Todos se ayudaban entre ellos, unas veces por amistad y otras por conveniencia, para arreglar todos los temas relacionados con la documentación y solucionar los problemas que pudieran surgir. Nadie quería que los humanos, salvo raras excepciones, se percataran de su existencia.

Aunque contaban con personal humano de confianza, eran muy pocos. Estos juraban no delatarlos nunca al resto de la humanidad, de lo contrario, serian castigados severamente. Eso significaba, básicamente, una piedra atada al cuello y darse un baño en el río Hudson.

Los humanos les ayudaban en las horas del día en las que, a ellos, les era imposible salir fuera de sus refugios.

Los de su clase tenían un grave problema con el astro rey.

En España, Carlos había sido un estilista de prestigio, había fundado una cadena de salones de belleza de lujo. Siempre le había gustado la belleza, se había especializado en el cabello y en crear tendencia en la sociedad madrileña.

Llego un momento, en que su no envejecimiento era evidente, y la gente empezaba a sospechar.

Cada vez era más frecuente que le preguntaran por el tratamiento médico que utilizaba para no envejecer y tuvo que decidirse, no sin mucho pesar, a simular su muerte y mudarse a Estados Unidos.

Adoptó la identidad de un sobrino y arregló toda la documentación con un abogado vampiro de Nueva York. Este estaba integrado en la comunidad vampírica de los Estados Unidos.

Algunas veces, pensaba que podría haberse quedado en España. En otra ciudad que no fuera Madrid, por ejemplo, en Barcelona. Pero tenía un motivo de peso, para querer poner muchos kilómetros de por medio.

Si no hubiera sido por esa bruja chantajista que le había hecho la vida imposible él, seguramente, se hubiera quedado en España.

**

La Duquesa era viuda, desde hacía cinco años, de un

importante aristócrata Español. Ella había conseguido casarse con el Duque, aunque este le sacaba treinta años de edad.

Tenía fijación por Carlos. Siempre le obligaba a que la atendiera él personalmente. Aunque no le hacía ninguna gracia, Carlos accedía con tal de que no maltratara a su personal con el desprecio y las malas formas de las que hacía gala, cada vez que no conseguía lo que quería. Ella le acosaba y, Carlos, para no llamar la atención, no quiso sacarlo a la luz y la dejo hacer.

La Duquesa llevaba un tiempo investigándole, quería averiguar qué era lo que hacia el peluquero para, aparentemente, no envejecer. Viviana intuía que había algo oculto en él. En su casa siempre se habían contado historias paranormales. Ella procedía de un pueblo donde abundaban las curanderas y las brujas, de hecho, había una calle en honor a estas últimas.

Su madre había sido una conocida curandera, no solo en su pueblo, si no en toda la comarca. Ayudaba a la gente sin ningún interés, solo la voluntad. Viviana nunca había entendido que no se aprovechara económicamente de sus conocimientos. Pensaba que con toda la gente que la visitaba, si pusiera una tarifa de cincuenta euros por consulta, podrían vivir mucho mejor de lo que lo hacían.

Su madre siempre la decía que no debía utilizar su don en su propio beneficio, en caso contrario, se volvería contra ella.

Cuando esta cayó enferma, se apresuro a enseñarla todos sus conocimientos, aunque en el fondo sabía que no los utilizaría bien, tenía derecho a su herencia ya que era su única hija.

En el lecho de muerte, le había contado historias de hombres y mujeres que no envejecían. Viviana pensó que estaba delirando y que no decía más que tonterías, pero, por deferencia a ella, la prestó atención mientras le cogía la mano. Esa misma noche la madre de Viviana murió.

Cuando salía por la puerta del cementerio municipal de su pueblo, después de incinerar a su madre, pues no había querido gastar todo su dinero para enterrarla en una tumba, Viviana se prometió que no moriría miserablemente como su madre. Su cuerpo seria enterrado en un mausoleo. Ella sería una gran señora.

En el dinero era donde estaba el poder, no en esas estúpidas historias de brujería. Viviana no cesaría hasta conseguir sus propósitos. Y, para ello, de momento necesitaba fondos. Vendió todas las posesiones que tenían, incluidas las pocas joyas de su madre, no necesitaba ningún recuerdo, su madre había muerto y ella necesitaba metálico para poder llevar a cabo sus planes. Mañana mismo, pensó, compraría un billete rumbo a su futuro.

Cuando se bajo del autobús, con el que había viajado desde su pueblo a la capital, juró que esa iba a ser la última vez, que viajara rodeada de miserables.

Salió a la calle desde la Estación de Autobuses Sur de Madrid, se monto en un taxi y le dijo al conductor que la llevara a la calle Serrano para comprar ropa adecuada.

Viviana se había estado informado por internet, desde la biblioteca de su pueblo, de los sitios más exclusivos de la ciudad. El comprar ropa cara era una inversión, sin esa imagen, jamás podría acercarse al tipo de hombre que ella necesitaba para sus planes.

Se cambio en la misma tienda. Se volvió a subir a un taxi y se dirigió al Hotel Palace de Madrid.

Cuando entró en el impresionante hall, lo primero que hizo fue meterse en la peluquería que encontró dentro del hotel. Pidió que le cambiaran el color de pelo, ella siempre había sido castaña, pero, para su nueva vida quería ser rubia. Se maquilló y se dirigió a la recepción del hotel para pedir una habitación como si fuera una gran señora.

La jugada estaba en conseguir engañar a algún madurito millonario antes de quedarse sin fondos, para lo cual, no contaba con mucho tiempo.

Viviana conoció al Duque en una recepción que se celebraba en el hotel donde se alojaba, le sedujo sin muchos problemas, gracias a sus jóvenes encantos y a una pócima muy interesante que le había enseñado su madre.

El Duque, en su juventud, había sido un Don Juan y presumía de ello sin ningún tipo de pudor.

Al principio, exhibía a Viviana como su última adquisición, como si fuera un despampanante coche y abriera el capó para que lo vieran sus amigos. A ella, esa aptitud no le molestaba, mientras el Duque se creyera un conquistador, ella seguiría adelante con sus planes. El idiota la llenaba de caros regalos, se creía que la tenía totalmente enamorada.

A los dos meses estaban casados y, al año siguiente, se había convertido en la viuda mas acaudalada de Madrid, gracias a un oportuno paro cardiaco en el dormitorio matrimonial, del lujoso piso en el que vivían en la ciudad.

La Duquesa, nunca había podido imaginar que sería tan sencillo llevar sus planes a cabo. Pero ella necesitaba más.

Como casi todas las señoras de la alta sociedad de Madrid, iba a los salones más de moda del momento, faltaría más.

Exclusive Hair, estaba dirigida por el famoso y muy atractivo estilista Carlos del Toro y Viviana, que se aburría como una ostra, se propuso que ese trofeo seria suyo.

Ella, en un primer momento, le había conocido en la peluquería del hotel. El famoso peluquero, hacia poco que se hacía cargo del salón que estaba ubicado dentro del hotel, le había puesto el nombre de la firma de salones de belleza que regentaba, pues quería ampliar el negocio.

Una vez a la semana iba a la sucursal para dejarse ver y, que las desocupadas y acaudaladas señoras que iban allí por ser la famosa firma Exclusive Hair, pudieran contar a sus amigas en sus aburridas reuniones, que le conocían y que les había atendido él personalmente. Como buen empresario, cuidaba su negocio.

Viviana, se había quedado prendada nada más verle. Había intentado seducirle, pero él la había rechazado, eso sí, muy educadamente.

Ella, que siempre había tenido un sexto sentido, presentía que había algo raro. Todos sus instintos, y tenía muchos heredados de su madre, se lo decían.

El ocultaba algo, no se podía ser tan perfecto.

Viviana empezó a visitar, con mucha frecuencia, el salón de la calle Juan Bravo para observar al dueño, él estaba casi todos los días allí.

Como no conseguía averiguar nada, decidió pedir ayuda. Contrató al mejor investigador privado de Madrid para que le siguiera, aunque de momento no había tenido éxito. El tiempo lo diría y, a ella, le sobraba de eso.

Un día la solución le llegó por un golpe de suerte. Ella estaba sola en una de las cabinas de belleza que tenían en la planta superior, todo su cuerpo estaba envuelto en arcilla traída directamente desde el Mar Muerto.

Viviana escuchó un ruido en la puerta de al lado. Era por la que se accedía a la zona privada, y solo era utilizada por el personal del salón.

La curiosidad la animó a asomarse, a ver quien había entrado. Se envolvió en una toalla y salió rápidamente de la cabina. Justo antes de que se cerrara totalmente la puerta, ella la atrancó con el pie y la empujo utilizando la toalla, con cuidado de no dejar manchas de arcilla.

Cuando asomó la cabeza, vio a Carlos meterse en una de las puertas que había en el pasillo. Viviana le siguió con el presentimiento de que iba a descubrir algo importante.

El peluquero estaba de pie delante de una nevera con la puerta abierta, cogió una botella, se la llevó a los labios y se la bebió de un trago.

Cuando se retiró de delante de la nevera para tirar la que se había bebido a la papelera, Viviana pudo ver, que muchas otras iguales a la que se había bebido saturaban los estantes. En las etiquetas de todas se leía 0+.

Viviana se quedó paralizaba mientras su cerebro procesaba toda la información.

¡BINGO!

Recordó todo lo que le había contado su madre el día de su muerte, era verdad, los vampiros existían y ella tenía a uno justo delante. Ahora lo entendía todo y, por supuesto, se iba a aprovechar de ello.

***

- Sr. del Toro. -La voz de la secretaria sonaba por el interfono del despacho- me informa Michael que el vuelo de la Srta. Rey ya ha aterrizado. Me pregunta, si después de dejar el equipaje en el apartamento, la recibirá.

- Ya es un poco tarde, ahora me voy a casa, dígale que mejor descanse esta noche. Mañana la recibiré en mi despacho a las diez de la mañana, después de la reunión que tengo con el comité a las ocho.

Gracias a unos cristales polarizados que había inventado

Tom, un empleado además de amigo, podía moverse con total libertad por el interior de sus edificios durante el día. Tom era otro vampiro, natural de Nueva York. Se conocían desde hacía mucho tiempo gracias al foro que tenían para comunicarse entre ellos. Se habían hecho muy amigos desde que Carlos se había trasladado a la ciudad de los rascacielos.

Carlos había creado un holding llamado Bull Company. En el grupo de empresas, aparte de Exclusive Hair, había más firmas. Se había especializado en proporcionar material y servicios especiales para vampiros. Tom era el responsable de investigación e innovación.

El nuevo salón de belleza que se iba a inaugurar próximamente, también iba a estar adaptado para la población vampírica de la ciudad, tendría un horario, en el que las horas nocturnas, estarían incluidas.

Había solicitado a los responsables en España que, entre el personal que allí trabajaba, propusieran a alguien con calidad y que estuviera dispuesto a viajar a Nueva York. Quería que el nuevo establecimiento fuera lo más parecido a los de Madrid y, para ello, quería la esencia de España desde lo más importante, los recursos humanos.

Le habían hablado muy bien de la Srta. Rey desde las oficinas de Madrid, según ellos, era una gran profesional y daba la imagen española que él quería para la empresa.

Bueno, al día siguiente la conocería.

Carlos siempre había tenido cuidado de que su personal estuviera contento, con esto no quería decir que fuera un blando, pero sí que protegía e incentivaba al personal que se lo merecía.

Su secretaria llamó a la puerta antes de abrirla.

- Buenas noches Sr., si no necesita nada mas…
- Gracias Guadalupe, llevas aquí desde las 8:00 de la

mañana, vete antes de que tu marido me pida explicaciones.
- Gracias señor, buenas noches.
- Buenas noches Guadalupe. Que descanses.

Otra larga noche por delante, aunque llevara una vida lo más normal posible, no se terminaba de acostumbrarse a dormir por la noche.
Cuando se dirigía hacia su apartamento en el piso superior a las oficinas, su teléfono móvil sonó:
- ¿Qué pasa Tom?
- Hola Carlos ¿te apetece una copa? vamos todos al *Hematology.*
- Está bien, me cambio y nos vemos en una hora.
- Ok, nos vemos.

El club Hematology, era el lugar donde la mayoría de la comunidad vampírica, iba cuando querían tomar una copa. Estas podían ser clásicas con licores humanos o de otras sustancias más adecuadas a los gustos de los vampiros, estas últimas, se servían en copas opacas para no levantar sospechas. Y, por supuesto, pertenecía a la compañía de Carlos.
La encargada, era una vampira que se había trasladado a Nueva York desde Sevilla hacia cuatro años. Atraída, por medio del foro, por la forma de vida que los vampiros de esta ciudad habían conseguido. Era una sensación de normalidad, después de vivir oculta desde que la habían convertido.
Carlos entró por la puerta de su local sin esperar fila, los dos humanos que controlaban el acceso al Hematology, eran conscientes de la existencia de los vampiros y le daban prioridad de acceso al club, sobre todo, si eras el

jefe. Los humanos también frecuentaban el local, esto le daba una sensación de normalidad de cara al resto del mundo.

En la barra le estaban esperando el grupo de vampiros con los que solía salir, muchos de ellos de origen español y, casi todos, empleados suyos. Tom, levantó la mano para saludarle.

***

Jimena, bajo del lujoso coche de la marca Mercedes con que la habían ido a recoger al aeropuerto, antes de que le diera tiempo a que el chofer le abriera la puerta. Se despidió de Michael, que así se le había presentado a Jimena cuando esta le había preguntado su nombre, hasta el día siguiente.

- Entonces la recojo a las 9:00 Srta. Rey, para estar en el despacho de Sr. del Toro a las 10:00 de la mañana.

El Sr. del Toro la quería conocer antes de empezar a trabajar en la nueva peluquería.

- Por favor, llámame Jimena, somos compañeros - No le gustaba nada que la llamaran de usted, era demasiado joven para eso.

Abrió la puerta y entró al apartamento en el que se iba a alojar mientras viviera en Nueva York.

Era tipo estudio, tenía aproximadamente setenta metros cuadrados y estaba situado en la tercera planta de una casa de piedra rojiza de tres pisos, en un bloque rodeado de arboles en la zona de Chelsea. Jimena dejó el equipaje en el suelo de la entrada y fue rápidamente al cuarto de baño, no le había dado tiempo a ir en el aeropuerto y le iba a reventar la vejiga como no la descargara inmediatamente.

Mientras estaba sentada en el retrete se puso a observar el

cuarto de baño, tenía una gran cabina de ducha de esas con chorritos por todos lados y música incorporada - que nivel Maribel - un lavabo encastrado en un bonito mueble de madera y estanterías de cristal alrededor del espejo.

Salió del baño y se dispuso a curiosear por el apartamento. Había una habitación con una cama doble, aire acondicionado y una televisión. La cocina tenía una estufa pullman, una nevera, armarios y una pequeña mesa de desayuno con dos sillas. La zona de estar, estaba equipada con un gran sofá, una moderna televisión, una mesa escritorio con material de oficina, un teléfono fijo y un ordenador con acceso a internet.

Jimena abrió una de las ventanas. Se quedó algo sorprendida por el tipo de cristales que tenían – que psicóticos son estos estadounidenses- pensó – esto debe ser a prueba de balas.

Cuando terminó de colocar todas sus cosas, Jimena saco su Guía Ilustrada de Nueva York y buscó el plano de la ciudad. Podía mirarlo también en internet, pero siempre le había gustado la sensación de hojear un libro y poner marca páginas donde había algo interesante.

El apartamento estudio estaba situado en la calle 19 de la Novena Avenida, en Chelsea, una zona en la parte inferior del oeste de Nueva York. Las salas de cine, tiendas y todas las comodidades se podían encontrar en la Octava Avenida. Las avenidas Quinta y Sexta, situadas un poco más al este, eran animadas zonas comerciales con una gran variedad de tiendas de ropa.

El estudio se encontraba, a poco más, de una manzana del parque de la High Line, una zona recién convertida, que solía ser la línea de mercancías del ferrocarril. Más allá del parque, se encontraba el río Hudson y el famoso Chelsea Piers Sports Complex, donde existían servicios de salud y fitness (piscina, gimnasio, escalada, etc.) dos pistas de patinaje sobre hielo, bolera, campo de prácticas y una amplia variedad de programas. Tendría que pasarse por allí para hacerse una tarjeta de socia, a ver si iba conociendo a gente, en caso contrario, terminaría hablando sola como las locas.

Después de colocar el equipaje y darse una ducha, Jimena se entretuvo en elegir la ropa que se pondría al día siguiente. Quería dar una buena impresión. Eligió un vestido de Custo Barcelona, que le había regalado Marta – te lo tienes que poner el primer día en tu nuevo trabajo, te dará suerte - le llegaba por encima de las rodilla, era de color negro y con unas finas rayas, le quedaba como un guante. Preparó unos pantis y unos zapatos negros de tacón alto. No sabía cómo sería su jefe y sus nuevos compañeros, tenía que dar muy buena impresión.

Después de abrir su correo en el ordenador que tan amablemente le habían facilitado, y chatear con sus padres y con Marta. Se metió en la cama y, sorprendentemente, se durmió enseguida.

Cuando se despertó eran poco más de las siete de la mañana. Se dirigió a la cocina y abrió la puerta de la nevera, para su sorpresa estaba llena. La noche anterior no había tenido hambre y había estado muy cansada para mirar dentro del frigorífico. Sacó el zumo de naranja y la leche y lo puso en la mesa. Abrió los armarios de la cocina y encontró capsulas para la cafetera Nespresso que había en la encimera. Después de desayunar se lavo los dientes, se maquillo y se peino dejándose el pelo suelto. Se vistió con la ropa que había dejado preparada la noche anterior.

Cuando sonó el portero automático eran las nueve en punto de la mañana. Jimena se puso el abrigo, cogió su bolso y se dirigió a la calle.

Michael abrió unos ojos como platos cuando la vio salir del portal. Sostenía la puerta del asiento de detrás de un Porche Cayenne con el que había venido a buscarla.- ¿Está gente utiliza un coche nuevo cada día?- pensó, mientras se fijaba en los cristales del vehículo, eran iguales a los de las ventanas de la casa, que raro, pensó Jimena.

- Buenos días señorita, ¿ha dormido bien?- le dijo aclarándose la garganta.

- Buenos días Michel, llámame Jimena.

- Está bien, Jimena.

- Perfectamente, muchas gracias.

- Me gustaría ir en el asiento de delante- Tenía un problema con los asientos de detrás, se mareaba con mucha facilidad. No quería llegar a su primera entrevista con el jefe con cara de acelga.

- Por supuesto, no hay problema.

- ¿Qué le ha parecido el apartamento, estaba todo a su gusto?-le preguntó mientras se dirigía rápidamente hacia la puerta del pasajero para abrírsela a Jimena.

- Todo está muy bien, muchas gracias por llenarme la nevera, no era necesario que se molestara.

- No es molestia, es mi trabajo. Fue una orden directa del Sr. del Toro. Quiere que se encuentre lo más cómoda posible. Mientras este en Nueva York, él se siente responsable de usted y de su comodidad.

Mientras se dirigían al edificio de oficinas donde estaban las instalaciones administrativas de la compañía y el despacho del Sr. del Toro, alucinaba con la ciudad. Mientras recorrían la Quinta Avenida, también llamada la Avenida de los Millonarios no podía dejar de mirar para todos lados. Como todas las avenidas de la ciudad, esta calle cruzaba Nueva York de norte a sur. La Quinta Avenida era una de las calles comerciales más importantes de la ciudad y los locales que en ella se ubicaban tenían alquileres a precios prohibitivos. Se podían comparar con los de Los Campos Elíseos de París o Ginza en Tokio.

Mientras recorrían las calles, Michael le iba poniendo al día, por orden del jefe, sobre los detalles del nuevo Salón.

Este se abriría en el 666 de la Quinta Avenida y compartiría bloque con el gigantesco local de Zara, una de las más grandes compañías españolas, especializada en textil. Iba a convertirse en un establecimiento bandera en la Gran Manzana.

El lugar no podía ser mejor, situado a escasos metros del MoMa, la Catedral de San Patricio, el completo Rockefeller o tiendas de prestigio como Tiffany, Bulgari, Cartier y Bergdorf.

Cuando Llegaron al edificio, Michael se dirigió a la entrada del aparcamiento privado con el que contaban algunos de los ejecutivos que allí trabajaban.

Las oficinas del Sr. del Toro estaban en la treintaitresava planta. Aparcaron el coche en una plaza con un cartel dorado que ponía Bull Company y se dirigieron hacia el ascensor. Michel utilizó una tarjeta electrónica e inmediatamente empezaron a ascender hacia la planta correcta sin necesidad de marcar el número en el teclado.

- ¿Está nerviosa, Jimena?
- Creo que no.
- Como apriete el bolso con más fuerza lo terminará rompiendo.

Jimena soltó el bolso y sonrió nerviosa.
- No me llames de usted Michael, solo soy una empleada más.
- Está bien Jimena, es una costumbre.
- El Sr. del Toro es un buen hombre, puedes estar tranquila.
- Gracias Michel, siempre me pongo algo nerviosa con las cosas desconocidas. Se me pasará.
- De nada. Ya hemos llegado. Tú primero Jimena.

Salieron del ascensor directamente dentro de las oficinas del la compañía. Una recepcionista les dio los buenos días amablemente, Michel le guiño un ojo y esta se sonrojo, como diría su amiga Marta – aquí hay temita- pensó Jimena. Se dirigieron sin pararse por un pasillo hasta llegar a una amplia sala donde se sentaba una hermosa mujer con rasgos latinos.
- Hola Guadalupe, ha terminado ya el jefe.
- Si, acaba de finalizar la reunión. Enseguida le aviso.
- Gracias nena.

Guadalupe descolgó el teléfono y, con mucha profesionalidad, se dispuso a anunciarles.
- Podéis pasar.
- Muchas gracias, eres la mejor.

La mujer sonreía mientras ponía los ojos en blanco – Eres incorregible.
Michael abrió la gran puerta de madera y la sujetó para ella.

Capítulo 3

Viviana estaba muy alterada. Andaba de aquí para allá por todo el salón de su casa, haciendo un ruido insoportable con los tacones.

El personal de servicio, se había ido retirando de su alrededor disimuladamente, con la escusa de ir a hacer sus tareas. Cuando ella estaba de ese humor, mejor encontrarse lo más lejos posible.

Llamó a gritos a la doncella que tenia interna en la casa. Lola había trabajado para la familia durante diez años y su madre muchos más. Muchas veces pensaba en dejarlo, no sabía si aguantaría mucho más a la nueva ama de la casa.

- Esta mujer es peligrosa - le decía a su madre, que ya estaba jubilada.

- No exageres Lola, ya sabes que para trabajar en esto hay que tener mucho aguante.

- No exagero, es oscura - solo de hablar de ella se le erizaban los bellos de la nuca, era como si pudiera escucharla.

Viviana le ordenó que le llevara el teléfono para llamar al último investigador privado que tenía contratado desde hacía algo más de siete meses. Al anterior le despidió de mala manera, cuando ella misma consiguió descubrir el secreto que la obsesionaba.

Había tenido que ser ella, la que diera con el enigma que el Sr. del Toro guardaba tan escrupulosamente.

El joven detective, se había acercado a la Duquesa en un mercadillo benéfico, que organizaba una conocida ONG todos los años en la capital. Este evento, era muy conocido y frecuentado, por toda la alta sociedad madrileña. La ONG en cuestión, apostaba por la integración laboral de los inmigrantes en nuestra sociedad. Concretamente de los jóvenes que, previamente, habían sido niños en las casas de acogida que ellos mismos tenían.

A Viviana la importaba una mierda la solidaridad, pero todos los medios estaban allí y ella adoraba salir en las revistas del corazón - que se murieran de envidia en el pueblo – pensaba malévolamente.

En un principio, Viviana le había seguido el rollo porque le había parecido muy atractivo y veía en él un buen plan para esa noche. Pero, cuando una de las superficiales señoras con las que Viviana se codeaba se lo recomendó como investigador, se planteo aprovecharle de más de una forma.

Su superficial amiga, lo había tenido a su servicio para conseguir información sobre su último marido, para poder ponerle una demanda de divorcio de la cual sacar la mayor tajada posible. Como su amiga lo describía como uno de los mejores investigadores privados de la ciudad, Viviana enseguida decidió contratarlo para que se infiltrara entre el personal de Exclusive Hair y consiguiera información para descubrir donde podía estar escondido ese gusano egoísta. -¿Por qué se había negado a convertirla en vampira? o, por lo menos, podía haber compartido su sangre con ella. Está le habría permitido frenar el envejecimiento y poder tener más tiempo para conocer a otro vampiro que accediera a sus demandas.

Viviana quería ser una vampira desde que se había enterado de las ventajas que esto conllevaba. Por lo que podía recordar sobre lo que le había contado su madre la noche que murió, estos eran inmortales. Había muy pocas maneras de matarlos: exponerles al Sol o clavarles una estaca de madera en el corazón. También eran muy sensibles a la plata.

Los beneficios compensaban sobradamente a los perjuicios. Eran extremadamente bellos, llamaban la atención por eso donde quiera que fuesen. También eran muy fuertes, además de veloces y, algunos, tenían poderes especiales. Por supuesto, toda esa información, la había tenido que descubrir investigando por su cuenta. Aparte de lo que le había contado su madre, ella no sabía mucho más sobre los de su especie. El vampiro no había soltado prenda por más que ella le había preguntado por las buenas y por las malas.

Desde el momento en que descubrió que los vampiros existían realmente, su fin en la vida era convertirse en vampira. Viviana lo tenía muy claro, que nada ni nadie que se interpusiera en su camino saldría bien parado. Lo conseguiría fuera, como fuera.

En ningún momento se había tragado lo del accidente y ahora quería encontrar al maldito vampiro manipulador que se la quería quitar de encima.

Si pudiera viajar a Nueva York, ya lo habría hecho para conocer al misterioso heredero. Pero de momento, esto no sería posible, por un problema legal que tuvo cuando era más joven e inexperta.

Hacía ya casi quince años, había sembrado en el patio de detrás de la casa marihuana. El negocio había durando solo un año porque alguien la denunció. Que diera gracias de que nunca se enterara de quien fue el maldito bastardo que lo hizo, pues hubiera tenido un grave problema de salud.

La Guardia Civil se la llevó detenida y estuvo un año en

un centro de menores. Cuando cumplió dieciocho, la concedieron la libertad vigilada y pudo volver a su casa. Pero con una condición, no podría salir de Europa durante quince años.

El tiempo que la impuso el juez para no poder tener el pasaporte se terminaba en catorce días. Viviana, ya tenía hora para tramitar el pasaporte en la comisaria de su distrito para dentro de dos semanas. Había cogido la cita hacia más de un año.

En cuanto tuviera el pasaporte viajaría a Nueva York. Tenía la sospecha de que Carlos se escondía en esa ciudad. Viviana estaba deseando coger las riendas de la investigación. Pero, como de momento eso no era posible, haría todo lo que se pudiera desde España.

En cuanto tuviera la información de donde se escondía ese maldito cobarde, le tendría a sus pies. Ella, a parte de su sangre, le quería en su cama, no podía pensar en otra cosa desde que le había conocido. Si Carlos quería seguir manteniendo su naturaleza en el anonimato, tendría que cumplir todas sus expectativas.

Tendría que hacer todo lo que ella le pidiera, o si no, que se atuviera a las consecuencias.

Por supuesto Viviana también tenía un plan B. Si ella no podía ser una vampira, entonces los cazaría para investigar con su sangre, seguro que los resultados que obtendría en tratamientos de rejuvenecimiento serian de lo más lucrativos.

Mientras tanto, se conformaría con el atractivo detective, aunque no le llegara a su peluquero a la suela de los zapatos, le serviría de momento para entretenerse. Le había convertido en su amante, no había mejor manera de dominar a un hombre que con buen sexo.

Viviana empezaba a perder la paciencia, llevaba diez años

detrás de descubrir donde se escondían esas sanguijuelas, si había uno tenía que haber más. Se había dedicado los últimos años en intentar descubrir a algún vampiro aunque no fuera Carlos, pero había sido imposible. Esos hijos de Satanás sabían ocultarse muy bien. Dado lo infructuosa que había sido esa táctica había decidido seguir una nueva línea de investigación, y para eso había decidido infiltrarse en el personal de la empresa de Carlos, e intentar descubrir si alguien sabia, o era, algo más de lo que aparentaba.

Tenía la corazonada de que esta vez obtendría algún resultado.

Hacia unos meses su amante había empezado a darle alguna esperanza con los resultados obtenidos. Tenía contacto con algunas de las empleadas de los salones y ella, por su parte, llevaba coqueteando con uno de los directores de la compañía desde hacia unas semanas. Era un hombre de mediana edad, fácilmente manejable con un poco de seducción. El típico cerdo que no tenía ningún problema en engañar a su esposa. Viviana, por su parte, no tenía ningún escrúpulo en utilizarle mientras le necesitara, para ella era como un Kleenex, de usar y tirar.

Viviana cogió el teléfono móvil y marcó el número del detective.

- Hola Viviana, ¿está todo bien?

- ¡Por supuesto que no!, ¿has descubierto lo que hablamos?

- No. Te dije que si descubría algo te llamaría inmediatamente.

- Se me está acabando la paciencia Lorenzo y, créeme, no quieres verme descontrolada.

- Está tarde intentaré hablar con la amiga a la salida del trabajo

- Hazlo, y no vuelvas a fallar.

Viviana colgó el teléfono con un golpe seco y se dispuso a vestirse. Iba a encontrarse, casualmente, con el director de personal de Exclusive Hair. Intentaría conseguir información por ella misma.

***

Carlos colgó el teléfono por el que le había llamado su secretaria. Mientras quitaba unos informes de encima de su mesa, la puerta del despacho se abrió. ¡PUM!... el golpe le dejo noqueado. El olor que le llego a sus fosas nasales fue como un tsunami, no podía mover ni un musculo, tuvo que utilizar toda su fuerza de voluntad para controlarse y, que su lado salvaje, no saliera a la luz. El aroma de esa chica era lo más exquisito que había olido en su larga vida. Necesitaba alejarse de ella ya mismo.

- Sr. del Toro, ¿se encuentra bien? -- Michel le miraba preocupado al ver la reacción de su jefe, si estuviera mas quieto parecería una estatua griega. – Sr. ¿necesita ayuda?, ¿Llamo a Tom?

- No, no es necesario – con un vampiro descontrolado en la sala ya había bastante - ha sido un pequeño mareo - dijo Carlos recuperando mínimamente la compostura.

- Está bien – Michael nunca había visto a su jefe así y, por supuesto, no se había tragado lo del mareo. Los vampiros no se mareaban. –Sr. del Toro, le presento a la Srta. Rey, es la empleada que ha viajado desde España para el puesto de la nueva sucursal de Exclusive Hair.

- Ya sé quien es Michael. Bienvenida a los Estados Unidos Srta. Rey. ¿ha tenido un buen viaje?, ¿está todo a su gusto en el apartamento? – Carlos hablaba como si tuviera una espina de pescado clavada en la laringe.

- Está todo perfecto, muchas gracias.- Jimena estaba

fascinada con el parecido con su tío, era impresionante.

El pelo era moreno, más corto por detrás que por delante. La cara era perfecta, cualquier modelo mataría por ella. Los ojos verdes no dejaban de mirarla fijamente, por un momento, le pareció ver en ellos un reflejo rojo. Era bastante alto, por lo menos tenía que medir dos metros. El cuerpo, aunque llevaba un traje chaqueta perfectamente cortado, seguramente hecho a medida, se veía fuerte y musculado. Si no fuera por la edad, ella hubiera jurado, que la persona de las fotos de la recepción de Madrid y él, eran la misma persona.

- ¿Qué le parece la información sobre el nuevo salón que le ha facilitado Michael por el camino?

- Es… impresionante.

- Bueno, pues como ya está informada de los detalles más importantes, Michael se encargara de enseñarle el local y presentarle a algunos de los profesionales que hemos contratado. Tengo mucho trabajo y no puedo acompañarles en este momento - Carlos necesitaba tranquilizarse, y para eso, tenía que alejar de él a esa hermosa mujer y su sistema circulatorio. En ese preciso momento, él estaba a punto de perder el control - Michael, ¿no me has oído?

- Por supuesto señor – Michael le miraba con el ceño fruncido, mientras se dirigía a la puerta, cogiendo del brazo a Jimena que parecía haberse quedado hipnotizada mirando a su jefe. Esa forma de comportarse no era propia de él. Michael no sabía lo que le pasaba a su jefe, pero estaba claro, que algo le pasaba.

Mientras descendían en el ascensor hacia el local, Michael estaba muy serio.

- Michael, ¿Qué es lo que ha pasado arriba?
- No se ha que te refieres.
- Tengo la sensación de que no le he gustado al Sr. del Toro.

El ascensor se abrió y fue la excusa para que Michael cambiara de conversación.
- Vamos al local y te presentare al personal con el que vas a trabajar.

Jimena lo dejó estar… de momento.
Cuando entraron en él local, Jimena se quedó boquiabierta.
El salón era impresionante. Todo estaba decorado en estilo moderno, los colores predominantes eran el rojo y el negro. Presidido por una gran recepción y una cómoda sala de espera en la que destacaba una gran librería negra repleta de los últimos Beck Sellers del New York Times. La sala de espera también contaba con una gran pantalla en la que se podían ver las últimas novedades en videos musicales. El salón estaba tapizado en telas rojas y los sillones eran de cuero negro. La zona de lavado estaba equipada con sillones relax de masajes. Había una escalera de caracol en el centro del salón por el que se subía a la planta superior.
Michel tiro de Jimena que estaba alucinando mirando hacia todos lados.
- Vamos a la sala de reuniones, nos están esperando – Michael estaba extrañamente serio desde el incidente del despacho.
- Si vamos, me gustaría conocer con quien voy a trabajar.

Subieron la escalera y llegaron a un pasillo en el que

había varias puertas a ambos lados, todas ellas tenían carteles en los que se podía leer para lo que estaban destinadas las mismas, la mayoría eran para tratamientos estéticos, menos una. Al fondo del pasillo estaba la sala de reuniones. Michael abrió la puerta, allí estaban sentadas varias personas alrededor de una gran mesa de madera. Todos miraron hacia ella con curiosidad.

- Os presento a la Srta. Rey. Es la compañera que viene desde España para trabajar con nosotros – Michael le ofreció una silla en la mesa mientras le presentaba a sus compañeros- Erika, Jane y Sebastián serán tus compañeros en el salón, Elena y Cristina son las encargadas de los tratamientos estéticos y Violeta es la recepcionista.

- Encantada de conoceros – Jimena intentaba retener la información nombre/cara para no ofender a nadie y poder llamarles correctamente.

Todos parecían ser bastante agradables, excepto Sebastián. Estaba tan tieso, que parecía que le habían metido un palo por cierto sitio.

- Bueno, por fin estamos todos, podemos empezar o vamos a estar aquí todo el día perdiendo el tiempo.

- No seas desagradable Sebastián, todavía faltaba yo – el señor del Toro entró por la puerta rápidamente, dio un rodeo innecesario para colocarse en el otro extremo de la mesa de donde estaba sentada Jimena.

Guadalupe, que acompañaba al Sr. del Toro, repartió unos dosieres a todos los asistentes con los horarios de trabajo. A Jimena le sorprendió el hecho de que hubiera turno de noche, no es que le importara, pero era raro.

Durante toda la reunión Jimena miraba furtivamente a su

jefe, era tan atractivo que no sabía si podría dejar de ruborizarse cada vez que lo viera. Cuando alguien le dirigía la palabra a ella y, tenía que cambiar su atención hacia esa persona, sentía que él la observaba a ella.

Cuando termino la reunión se les informó que la fiesta de inauguración seria el viernes a las nueve de la noche. Eso era al día siguiente, madre mía que se iba a poner. Menos mal que se había traído un vestido de fiesta de la Noche Vieja pasada por si acaso.

Todos se dispusieron a salir de la sala de juntas cuando el Sr. del Toro la llamó.

- Jimena, espere un momento. Quisiera hablar con usted en privado.

Todos salieron de la sala mirándose unos a otros con cara de curiosidad. A ella no le gustaba ser el centro de atención y, estas cosas de quedarse a solas con el jefe, no le facilitaban las cosas.

- Usted dirá.
- En primer lugar quiero disculparme por haber sido tan grosero en el despacho, no me encontraba bien.
- No son necesarias las disculpas.
- Entonces… ¿eso quiere decir que estoy disculpado?
- No hay nada que disculpar – Jimena no entendía tanta insistencia de su jefe, los superiores que había tenido en España les daba igual si te ofendían o no.
- Me quedo más tranquilo sabiendo que no la he ofendido.

Jimena bajó las escaleras hacia el salón principal. Erika la estaba esperando sentada en uno de los tocadores, era muy pequeñita y delgada, llevaba el pelo largo y de color morado. Los ojos eran de color negro y tenía una sonrisilla picara en ellos. Los labios los llevaba pintados de un rojo intenso. Su forma de vestir era de lo mas estrafalaria, llevaba un vestido negro con cancán y un gran lazo rojo a la cintura, en fin, que no pasaba desapercibida por muy pequeñita que fuera. Jimena, supo en ese mismo momento, que se iba a llevar bien con ella. Siempre había tenido buena relación con las personas que se salían de lo común.

- ¡Jimena te estaba esperando!, te puedo pedir un favor.

- Eh… bueno, de que se trata.

- ¿Me peinarías para la fiesta de mañana?, porfaaaa – Erika la hablaba como si la conociera de toda la vida, y eso era algo que en ese momento, Jimena necesitaba. Echaba de menos a su amiga Marta, y un poco de espontaneidad era bienvenida.

- Claro, no hay problema, podemos quedar mañana por la mañana.

- ¡Genial!, quedamos aquí a las 11:00, se van a morir de envidia de que me hagas tú el recogido para mañana.

- ¿Cómo? ¿Por qué se iban a morir de envidia? – ya estaba siendo el centro de atención otra vez sin quererlo.

- Porque eres la mejor haciendo recogidos, en el informe que mandaron desde España decía claramente que era tu especialidad.

- Bueno está bien. ¿El señor del Toro no tendrá problema que utilicemos el salón?

- No creo que le importe, el Sr. del Toro es un buen jefe, nos dijo que nos sintiéramos como si fuera nuestro – Erika miraba con una sonrisa pícara hacia las escaleras de caracol- ¿Verdad Carlos?

- Por supuesto Erika. – Carlos cambió la mirada de Erika a Jimena – Srta. Rey, puede disponer de las instalaciones y todos sus servicios siempre que lo deseé.

- Llámeme Jimena – le dijo ella ruborizándose. Dios, habría alguien más atractivo.
- Con la condición de que tú me llames Carlos.
- Hecho.

Los dos se quedaron mirando fijamente por unos segundos hasta que Erika rompió el momento.
- Vamos a ir todos a comer, ¿quieres acompañarnos Jimena?
- Vale, no tengo ningún otro plan.
- ¡Genial!, nos acompañas Carlos.
- No puedo… es un poco pronto y tengo mucho trabajo, comeré algo en el despacho.
- Otra vez será. Venga vámonos o Sebastián empezara a refunfuñar y no habrá quien le aguante.

Jimena cogió su bolso y su abrigo y salió por la puerta principal del salón con Erika colgada de su brazo.

***

Carlos se quedo plantado en el salón con una sensación de soledad que no se podía explicar. Maldito fuera el Sol que le tenía prisionero durante el día. Si hubiera sido de noche se habría ido detrás de Jimena sin dudarlo.

Se estaba obsesionando, hacía muchos años que no había sentido nada parecido y no había terminado bien, los últimos cien años se había mantenido dentro de una coraza para que no le pudieran volver a herir de esa manera, no sabía si podría volver a confiar en alguien alguna vez.

Había sido convertido en vampiro hacia ya casi ciento cincuenta años. En el siglo XIX en Madrid, se fraguó una cultura popular urbana, a través de unas décadas renovadoras en los que España trató de incorporarse al devenir europeo. El último cuarto del siglo XIX suscitó más comentarios políticos que los anteriores. Por aquel entonces Carlos era un dinámico joven de veintiocho años, con muchas ganas de que su país avanzara al ritmo de los demás países europeos. El debate político y la producción cultural salieron a la calle y encontraron especial ubicación en las tertulias de los cafés. En los cuales Carlos, era un miembro muy conocido por sus ideales y por ser un férreo defensor de la recién estrenada republica. Era muy común que saliera a altas horas de la madrugada de los cafés situados en la zona.

La noche que fue atacado, había salido de un conocido café de Madrid a las dos de la madrugada. Era una fría noche de invierno y Carlos, envuelto en su abrigo, atravesaba la plaza de Santa Ana en dirección a su domicilio. Desde detrás de un soportal, salió la silueta de una mujer que se acercaba a él moviéndose sinuosamente. Carlos se dispuso a rechazarla, pensando que sería una de las numerosas prostitutas que rondaban a los hombres que salían de los cafés para hacer negocio con ellos. Cuando la mujer se acercó a él cortándole el paso, mientras se situaba debajo de uno de los escasos faroles que iluminaban la calle, Carlos tuvo que contener una exclamación al ver la beldad que tenía delante de él, casi estaba dispuesto a aceptar el trato. Antes de que pudiera reaccionar, la mujer le arrastró hacia las sombras y, a partir de ahí, Carlos ya no podía recordar absolutamente nada. Se despertó en su casa, con todas las cortinas corridas para que no entrara ningún rayo de sol. Miró su mano en la cual sujetaba un trozo de papel, en el le explicaba lo que le había pasado y en lo que se había convertido, con unas breves instrucciones de lo que, a partir de entonces, Carlos tendría que tener en cuenta si quería vivir, o que las obviara si lo que quería era morir. Terminaba la nota disculpándose por no haberse podido controlar y, o le convertía en vampiro o le dejaba muerto en su cama. A la noche siguiente, Carlos salió por la zona donde había encontrado la noche anterior a la hermosa mujer, pero no fue capaz de encontrarla. Los años siguientes a su trasformación se convirtió en un solitario, se alimentaba de animales y, cuando su metabolismo ya no podía más, intentaba cazar a delincuentes para alimentarse de ellos, aunque jamás mató a ninguno. El no era ningún justiciero.

Pasaron los años y Carlos no podía dejar de plantearse si su vida tenía sentido. Entonces conoció a alguien la cual le dio motivos para seguir viviendo, se agarró a ella como un naufrago lo haría a una tabla de madera en medio del mar. Pero su suerte no duraría mucho tiempo.

Rosa le traicionó de la manera más vil. Cuando él, enamorado de ella hasta la medula, le había propuesto matrimonio y en un momento de debilidad le había confiado su naturaleza para que ella eligiera si quería la inmortalidad. La mujer, presa del pánico, había huido aterrorizada. Carlos la había dejado marchar junto con su corazón, aguantando el tipo mientras ella le insultaba y le llamaba monstruo.

Cuando Carlos casi había superado el golpe, ella apareció con intenciones mucho más monstruosas, de las que él seria nunca capaz de hacer. Se había unido a una sociedad de cazadores. Se hacían llamar Los Erradicadores, y se dedicaban a perseguir a criaturas paranormales. Ellos venían con la clara intención de matarle.

La sociedad, estaba constituida por personas o familiares de personas que afirmaban haber sido atacadas por criaturas monstruosas. Él jamás había atacado a nadie sin motivo justificado y este era únicamente por defensa propia. Años atrás, cuando el suministro de sangre en bolsas no existía, Carlos intentaba alimentarse todo el tiempo que su cuerpo aguantara de animales. Cuando su naturaleza no podía más, bebía de la vena de personas despreciables como eran asesinos, violadores y gente que no merecía ningún trato de favor. Aunque seguramente estas personas no merecían seguir con vida, jamás mato a ninguno, él no era ningún justiciero. Solo bebía lo suficiente para saciar su sed y después les dejaba ir, no sin antes limpiar de sus mentes los recuerdos de sus encuentros. Los crímenes nunca quedan impunes, pensaba, ya encontrarían la horma de su zapato y pagarían por lo que habían hecho. Pero claro, eso es lo que él hacía. Había muchos de su especie que no tenían el mismo cuidado. Y los pocos que habitaban en España, estaban dispersos y la mayoría eran cazadores solitarios que no habían tenido la oportunidad de que nadie les enseñara a ser civilizados.

Por ese motivo había tenido que huir de Madrid. No quería tener que defenderse y hacer daño a nadie. Carlos decidió ocultarse en Paris por unos años con otra identidad. Allí es donde había aprendido el oficio de peluquero. En csa ciudad había una pequeña comunidad de vampiros que intentaban hacer vida normal, eso sí, con el reloj biológico al revés que los homo sapiens. Dormían por el día y vivan por la noche. Tenían negocios que funcionaban por la noche. Él consiguió hacerse amigo de una vampira que regentaba un salón de belleza y estuvo trabajando con ella todo el tiempo que vivió en la ciudad. Descubrió que le encantaba el oficio y además que se le daba muy bien. Pero Carlos echaba de menos Madrid.

Cincuenta años después cuando ya no podía ser

reconocido por nadie, había vuelto a su ciudad para montar el negocio que ahora estaba ampliando. No había vuelto a tener ningún encuentro con la maldita sociedad, pero eso no quería decir que no siguieran existiendo. A partir de ese momento tendría que andar con pies de plomo, no se podía fiar de nadie.

Él, por supuesto, había tenido relaciones esporádicas con humanas, pero siempre cumplía dos reglas básicas: no identificarse con su verdadera identidad y nunca repetir más de una vez con la misma mujer.

Mientras pensaba en Jimena, se dirigió cabizbajo hacia el ascensor para subir a su oficina. Hasta que no oscureciera estaba encerrado en ese edificio.

Pasó de largo por delante de su secretaria con la mente en el oscuro cabello de Jimena. Sus ojos eran preciosos, tan españoles, sus labios, su cuerpo, toda ella era perfecta y su sangre… se metió en su despacho echando el cerrojo.

Abrió la caja fuerte. Esta estaba oculta detrás de unas estanterías que se movían accionado una palanca, disimulada como si fuera un sujeta libros. Accedió al pequeño frigorífico que tenía dentro y se bebió ansiosamente dos botellines de 0+. Ya se había tenido que beber dos más antes de bajar a la reunión con el personal del salón. Estaba especialmente sediento desde que había conocido a Jimena.

El suministro de sangre embotellada, para los vampiros de Estados Unidos, lo facilitaba él a través de una de sus empresas. Esta se dedicaba a las donaciones remuneradas. Las personas que donaban su sangre lo hacían voluntariamente y se les remuneraba generosamente. Había personal que iba a sus domicilios a hacer la extracción bajo un estricto control sanitario, ellos nunca sabían a quien se la estaban dando, pero muchas de esas familias con problemas económicos, habían salido de apuros gracias a la sangre que donaban los miembros adultos de las mismas. Nunca, bajo ninguna circunstancia, se hacían extracciones a menores de edad.

Carlos se sentó en el sillón de su mesa y se dispuso a trabajar...imposible no se la podía quitar de la cabeza.

***

El restaurante se llamaba El Pote Español, estaba situado en el 718 de la segunda avenida. Según la había contado Erika, este era un restaurante al "estilo del viejo mundo".

- ¿Siempre venís a comer aquí? – preguntó Jimena con curiosidad.
- Los días de diario sí. Lo paga el jefe, dice que si no comeríamos comida basura la mayoría de los días.
- Muy generoso de su parte.
- Es un buen hombre. Siempre se preocupa por el bienestar de sus empleados. Somos una gran familia.

Se sentaron en la mesa, junto con el resto de los compañeros que habían llegado antes que ellas, estos estaban tomándose unos aperitivos con unas cañas de cerveza. En el centro de la mesa había un cartel en el que se leía el nombre de la empresa. Jimena se quedo mirándolo curiosa.

- Esta es la mesa particular de la compañía, todos tenemos nuestra silla, búscate una que esté libre – le dijo Sebastián en un tono un tanto prepotente.
- Ya – Jimena no entendía porque ese tío tenía que ser tan borde, no sabía qué problema tenía con ella.
- Sebastián no seas maleducado – Jane salió en defensa

de Jimena- no le hagas caso solo está un poco celoso.
- Yo no tengo por qué tener celos de nadie, soy el mejor en mi campo, y no hay nada más que hablar.
- ¿Celoso de qué? – Jimena estaba empezando a mosquearse con tanta tontería.
- ¡Sabéis una cosa!, Jimena ha accedido a peinarme para la fiesta de mañana – dijo Erika sacándole la lengua a Sebastián.
- ¡Erika!- le dijo Jane riéndose – no chinches más.
- Me voy de aquí. No quiero perder mi valioso tiempo- Sebastián se levantó cogiendo su chaqueta y se dirigió hacia la puerta.
- No se lo tengas en cuenta Jimena -le dijo Jane - ya se le pasará. Él siempre ha sido el que hacia los recogidos más espectaculares y, ahora, se siente un poquito amenazado contigo.
- Pero yo tengo mi estilo y el tendrá el suyo. No he venido aquí a quitarle el puesto a nadie.

Esto no se iba a quedar así, tendría que hablar con él y aclarar este malentendido. Jimena nunca se había llevado mal con ningún compañero, y esta no iba a ser una excepción.

Cuando salieron del restaurante Jimena estaba gratamente sorprendida con la calidad del menú. La paella que había pedido, no tenía nada que envidiar a las que se había comido en las terrazas de las playas de Oropesa del Mar el año anterior, cuando habían ido allí en el puente de Agosto Marta y ella. El dueño del restaurante, cuando supo que acababa de llegar de España, quiso conocerla. Se llamaba Eleuterio, era de constitución fuerte y con una barriga que decía mucho por su amor a la buena comida.

Era originario de uno de los barrios más populares de Madrid. Jimena le dijo que su madre también era del mismo barrio, el hombre se emocionó tanto, que del abrazo de oso que la dio, casi sale la paella disparada de su estomago.

- Bueno Eleuterio, nos tenemos que ir ya – dijo Erika, echándole un cable a Jimena.
- Vale os dejo que os la llevéis pero tenemos una conversación pendiente, me tienes que contar cosas sobre Vallecas.
- Eso está hecho – le dijo Jimena.

Se dirigieron de nuevo hacia el salón para terminar los últimos detalles y poder empezar a trabajar el sábado.

A ella, de momento, le había tocado el turno de tarde, este era de las 15:00 a las 22:00, nunca le había importado trabajar hasta tarde. Aprovecharía la mañana para hacer un poco de turismo antes de ir a comer al restaurante.

Entraron al salón y se dirigieron hacia los vestuarios. En su taquilla tenía dos uniformes. Uno con pantalones tejanos negros y una blusa roja, el otro era una minifalda negra y un suéter rojo entallado en la cintura. También había unas manoletinas negras y otras rojas, todo de un conocido diseñador español.

- Erika, las tallas de todo son las correctas – no lo dijo como una pregunta, era una afirmación.
- Claro, antes de que vinieras, Guadalupe se informó de todos los detalles.
- Ah – Jimena se sentía un poco intimidada por toda la

información que la empresa tenia de ella, sabían hasta el número de pie que calzaba.

- Que vas a ponerte el primer día, falda o pantalón.
- Creo que pantalón, me siento más cómoda.
- Vale, pues entonces yo también, así vamos conjuntadas.
- Pues yo la falda -dijo Jane riéndose, desde el banco en el que estaba sentada- así marco la diferencia. Ten cuidado Jimena, Erika te está adoptando como hermana mayor.

Erika le sacó la lengua a Jane y siguió centrada en Jimena.

El vestuario para empleados era el más equipado y agradable en el que había estado ella nunca. Contaba con duchas, tocadores con todos los cosméticos que pudieras imaginar, secadores de mano y planchas para que tuvieras el mejor aspecto posible antes de bajar al salón. Ella siempre había creído que la imagen de la persona que trabajaba en un salón de belleza tenía que ser impecable, pues estabas vendiendo belleza y tú tenias que ser un ejemplo.

Cuando terminaron de colocar las taquillas bajaron al salón a colocar su material de trabajo. Cada uno era libre en su parcela de cómo se organizaba y Jimena lo agradecía. Era un poco especial a la hora de que nadie más que ella tocara sus cosas. En el almacén había todo el material que pudiera soñar hasta la más exigente de las peluqueras. Jimena cada vez estaba más satisfecha con el cambio que, al principio, tanto miedo le había dado.

Cuando terminó de colocarlo todo, Jimena se había

quedado prácticamente sola en el salón, los demás se había ido hacia casi una hora, pero ella era un poco maniática con el orden de su material de trabajo.

Cogió el abrigo y se dispuso a irse cuando escuchó unos pasos que venían del pasillo que comunicaba el ascensor privado del edificio con el local del salón. Miró hacia detrás para ver a Carlos parado mirándola fijamente.

- Ya te vas Jimena.
- Si, ya he terminado de colocar todas mis cosas, pero si necesita algo puedo quedarme un rato más.
- No, solo me preguntaba si te apetecería venir a tomar algo con unos amigos.
- Eh…- a Jimena no le hubiera importado ir, pero no quería dar la impresión de ser una mujer fácil, Carlos era el jefe y ella su empleada – estoy un poco cansada, necesito irme a casa y dormir, además le dije a mi madre que le mandaría un correo en cuanto saliera del trabajo.
- Está bien, otra vez será – Carlos no pudo ocultar la decepción en su tono de voz
- Buenas noches Carlos. Hasta mañana.
- Buenas noches Jimena – iban a ser las horas más largas de toda su vida.

Mientras se dirigía a su casa montada en un taxi, Jimena se sentía fatal por haber dado calabazas a Carlos. Realmente le hubiera gustado salir a tomar algo con él, pero tenía que tener cuidado, no quería hacer nada que complicara su trabajo. Cada vez estaba más contenta de que se le hubiera presentado está oportunidad.

Cuando llegó al apartamento, se quitó la ropa y se puso un

pijama, preparó un sándwich de pavo y se sentó delante del ordenador.

Tenía un mensaje de su madre y otro de Marta. Su madre le preguntaba si se encontraba bien, si el apartamento estaba bien, si su jefe se portaba bien… Jimena le contesto que todo estaba "requetebién" y le contó la buena impresión que le estaba dando todo. Después se dispuso leer el de su amiga, Marta le contaba, a su peculiar manera, su última salida por Madrid. Jimena casi se atraganta de la risa con la boca llena de sándwich.

Cuando terminó cerró el ordenador, recogió los restos de su cena, se desmaquilló, se lavó los dientes y se acostó. No tardó ni cinco minutos en dormirse.

Capítulo 4

El despertador de su IPad estaba programado a las nueve de la mañana, unos de sus temas favoritos sonaba suavemente desde su mesilla de noche "Solía pensar que el amor no es real, una ilusión que siempre se acaba" Jimena se estiro en la cama y se quedo mirando al techo durante cinco minutos mientras la letra de Amaral la hacía pensar en él. ¡Madre mía, se estaba obsesionado!, se levantó de un salto y se metió en la ducha. Cuando salió del baño, tenía una llamada perdida de un número desconocido, lo ignoró y se dispuso a desayunar y a arreglarse.

A las diez de la mañana salía por la puerta del apartamento en dirección al salón.

Cogió el metro en la estación de la octava avenida. Ella, en Madrid, siempre se había movido en metro, era la forma más práctica de hacerlo en la capital, solo cogía el coche de su madre cuando salía por la noche y, en esas ocasiones, siempre lo tenía que aparcar en un aparcamiento de pago. Era raro encontrar un sitio libre en las zonas de marcha de Madrid. Salió a la calle y fue dando un paseo hasta el edificio donde estaba el local.

Erika ya estaba esperándola cuando entró.

- ¡Ya estás aquí!, ya he preparado todo para que me peines, quiero un recogido marca de la casa.

- Está bien, deja que me cambie – Jimena subió hacia el vestuario y se puso el uniforme. Cuando salió por la puerta del vestuario sintió una puerta que se cerraba, miró hacia atrás. Carlos estaba detrás de ella mirándola fijamente.

- Hola Jimena, ya has llegado. Te llamé está mañana para ir…mandar a alguien a recogerte.
- Ah…el número desconocido. Me estaba duchando y no escuche el teléfono. He venido en metro, no creo que sea necesario que me vengan a recoger cada día para acudir al trabajo.
- Tienes razón no es necesario, pero, yo me quedo más tranquilo, no conoces la ciudad y no me gustaría que te pasara nada.
- No necesito una niñera Carlos, ya soy mayorcita – se dio la vuelta y se dirigió a la escalera, no se lo estaba poniendo nada fácil siendo tan encantador.

Carlos se quedo mirándola mientras bajaba al salón. El pantalón que se había puesto le quedaba tan bien que debería ser ilegal. Se había tirado toda la noche sin podérsela quitar de la cabeza, necesitaba estar con ella a solas, era lo más salvaje que había sentido nunca. Y su voz, con ese acento, le recordaba al hogar.

Después de tranquilizarse se dirigió al despacho. Cuando bajo las escaleras del salón para salir hacia el ascensor, se paró en seco en medio de las escaleras.

Erika estaba sentada en el tocador de Jimena, a su alrededor, sentadas en el resto de los tocadores, estaban Jane, Elena y Cristina. Violeta se asomaba de vez en cuando desde la recepción y volvía corriendo a su puesto cada vez que sonaba el teléfono. Sebastián la observaba disimuladamente desde los lavabos, como si no estuviera interesado en lo que allí pasaba.

Jimena se concentró en el espejo y, como siempre, entro en una especie de trance. Comenzó trenzando varios mechones detrás de las orejas y en la nuca, la parte superior del la cabellera la fue cardando y envolviéndola en un moño alto y muy voluminoso, dejó algunos mechones sueltos en el flequillo y comenzó a cruzar mechones lisos con las trenzas. Para finalizar la rizó los mechones del flequillo con la plancha fina. El resultado fue espectacular.

Jimena centró la vista y volvió de la ensoñación en la que se encontraba, miró al espejo y vio la sonrisa más grande que podía dar la boca de Erika.

- ¡Gracias, gracias, gracias! – Erika saltó del tocador y le dio un abrazo a Jimena.
- De nada Erika, te peinare todas las veces que quieras.

Al final Jimena peino a todas sus compañeras, Sebastián la miraba con cara de pocos amigos. Cuando terminó su trabajo decidió que este pique que tenía su compañero con ella, se iba a terminar. No quería conflictos con una persona con la que se iba a tirar ocho horas al día, como mínimo.

- Sebastián ¿me harías un favor? – todos la miraron con curiosidad.
- Ah…gracias a Dios, pensaba que me había vuelto invisible, tú dirás.
- Me encantaría que me peinaras para esta noche, he oído maravillas de ti.
- No es necesario que me hagas la rosca…
- Yo no te hago la rosca Sebastián, realmente me gustaría ir peinada por ti.
- Bueno…está bien, si insistes.

Sebastián era un hombre alto y delgado, llevaba el pelo muy rubio y corto, tenía los ojos muy azules dentro de una cara afilada, si no llevara siempre ese gesto de desprecio en ella, sería realmente guapo.

Cuando Sebastián termino de peinarla, Jimena se quedó mirándose muy seria. Le había dejado el pelo suelto echado hacia un hombro con ondas muy grandes y naturales era un estilo sencillo pero muy seductor y femenino.

- ¿Te…gusta?–Sebastián por un momento se sintió inseguro –
- No, no me gusta… me encanta. Muchas gracias, eres realmente bueno.
- Es un peinado muy sencillo, pero, con tu…belleza realmente no necesitas más.
- Gracias por el cumplido. Quisiera que volviéramos a empezar, me gustaría que nos lleváramos bien.
- Tienes razón, no tengo motivos para tratarte como lo he hecho.
- No te preocupes, a partir de ahora empezamos de cero ¿hecho?
- De acuerdo. Hecho.

Carlos, que seguía sentado en la escalera.
- Totalmente de acuerdo contigo Sebastián – dijo mientras se levantaba y bajaba las escaleras.
- ¿En qué jefe? - Dijo Sebastián mirando hacia arriba.
- En que la belleza de Jimena eclipsaría cualquier peinado por sofisticado que fuera. Está preciosa.
- Bueno, el peinado también hace lo suyo – dijo Sebastián un poco ofendido.
- ¡¡Vamos a comer, me muero de hambre!! dijo Erika rompiendo el momento y de paso, echando una mano a Jimena, que no podía estar más roja.
- Hoy comeremos en la sala de juntas – informó Carlos

– ya he hablado con Eleuterio para que nos envíe un catering. Pensé que no querríais ir por las calles peinadas de noche y vestidas con vaqueros.

Todos estuvieron de acuerdo con el jefe y se dirigieron a los vestuarios, y de allí, a la sala de reuniones. Jimena se retrasó recogiendo el material antes de subir al vestuario.

- Eres realmente ordenada con el material – le dijo Carlos, que se había quedado esperándola.

- Marta siempre se metía conmigo por eso, decía que era una maniática del orden, y yo la decía a ella, que era una maniática del desorden.

- Y ¿lo eres? – A Carlos le hacía gracia las expresiones de Jimena y, después de muchos años, soltó algo parecido a una carcajada. No podía negar que era madrileña.

- Me alegro que te haga gracia, le dijo Jimena sonriendo.

- Eres tan…castiza.

- Si te oyera mi madre te diría "es que soy de Vallecas"

- ¿Quién es Marta?

- Mi compañera y mejor amiga en Madrid.

Subieron las escaleras en dirección a la sala de juntas, Jimena se detuvo en los vestuarios para asearse un poco. Cuando salió, Carlos la estaba esperando en el pasillo.

- Jimena ¿me permitirías que está noche te recogiera en tú apartamento para ir a la fiesta de inauguración juntos?

- No es mi apartamento – dijo Jimena sin saber que contestar. Ella había pensado llamar a un taxi para ir. Había quedado con Erika en que se verían en la fiesta.

- Mientras vivas aquí, es tuyo. Pero, no me has contestado a la pregunta.

- Eh…yo…nunca me ha parecido bien salir con un jefe -

Jimena se moría de ganas de decir que sí, pero siempre había tenido un código sobre las citas y, desde luego, salir con un jefe incumplía todas las normas.

- No será una cita, simplemente compartiremos transporte.
- Bueno, mirándolo así… está bien.
- Te recogeré a las ocho.

Carlos la sujetó la puerta de la sala, la mesa estaba llena de platos. El catering era un despliegue de las tapas más típicas de España. Había calamares a la romana, patatas bravas, croquetas de bacalao, jamón ibérico, queso manchego, bienmesabe… y muchas otras delicias que ha Jimena le recordaban a las noches de verano en las terrazas del barrio de su madre. También había vino, cerveza y refrescos.

- Por fin llegáis – dijo Erika - me muero de hambre.
- ¿Cómo puede un cuerpo tan pequeño comer tanto? – apuntó Sebastián.
- Todavía tengo que dar el estirón – la carcajada fue general – Erika les sacó a todos la lengua y siguió comiendo como si la cosa no fuera con ella.

Cuando terminaron eran las cuatro de la tarde. Michael les ofreció llevarles a todos a casa.

Jimena se despidió de Michael en la entrada de su casa y recorrió el camino del patio delantero hacia la entrada de la casa. Cuando comenzó a subir las escaleras oyó un ruido, como un gemidito, miro debajo de la escalera y allí debajo había un cachorrito de gato. Bajo la roña que cubría todo su cuerpo, parecía ser blanco. Jimena lo cogió con mucho cuidado, parecía estar muy débil, y se lo subió al apartamento. Después de darle un tazón de leche con una cucharita, pues era demasiado pequeño para beber por él mismo, lo lavó en el cuarto de baño, le envolvió en una toalla y lo dejó en el sofá.

Cuando volvió de la cocina con un café en la mano, el pobre gatito se había quedado dormido. Jimena se sentó en el sofá y encendió la televisión mientras le acariciaba, el animalito se acurrucaba en su mano necesitado de cariño, tanto como lo había estado de alimento.

Jimena le había preparado una cuna con una caja de zapatos, la había rellenado con toallas para que no tuviera frio y la había dejado en la cocina, cerca de la estufa. Se había acercado a una clínica veterinaria que había visto en la esquina de su calle para comprar comida especial para cachorritos de gato. El empleado le había vendido un bote de leche de formula y un pequeño biberón, también le había dado cita con el veterinario para llevarle al lunes siguiente.

Cuando entró de nuevo al apartamento, eran las cinco de la tarde. Preparó una toma de leche y se la dio al gato, le habían recomendado que mientras fuera tan pequeño tendría que darle de comer muy a menudo cada tres o cuatro horas aproximadamente, le pediría a Erika que le diera una toma mientras ella estuviera trabajando, de momento tenían distinto turno y dentro de unas semanas el gato podría alimentarse el solo en un cuenco. Hoy no le haría falta, le daría otra toma antes de irse y volvería pronto a casa para la siguiente.

- Vas a ser un gatito bueno y te quedaras en tu cunita mientras yo no esté en casa ¿vale?

El animalito la miraba con los ojos muy abiertos, como si la entendiera perfectamente.

***

Carlos salió de su dormitorio vestido con un esmoquin negro. En la sala del apartamento estaba Tom, vestido de igual manera, esperándole mientras se tomaba una botellita de 0+.

- ¿Nos vamos? – dijo Tom, que siempre andaba en casa de Carlos como si fuera la suya propia, tenía hasta su propio juego de llaves.
- Tendrás que ir tu solo, yo tengo algo que hacer antes – dijo Carlos con su mejor tono de "aquí no pasa nada raro", evitando la mirada de Tom que, en ese momento, le esta escaneando.
- ¿Me estas ocultando algo amigo?
- ¿Por qué iba a hacer eso?
- Quedamos en que iríamos juntos.
- Tengo que ir a recoger a… una empleada, no conoce bien la ciudad.
- ¿Por qué no mandas a Michael?
- Tiene otras cosas que hacer.
- ¿El qué?
- Haz el favor de dejar de interrogarme, voy a ir yo y punto.
- Llevas un par de días de lo más raro ¿tiene algo que ver con la empleada en cuestión?

Carlos le ignoró, cogió las llaves del coche y salió por la puerta, Tom le siguió hasta el ascensor. Bajaron hacia el aparcamiento subterráneo del edificio.
- Espero que sepas lo que haces – le dijo Tom muy serio.
- No te metas en esto.
- Está bien tío, solo me preocupo.
- No hay de qué preocuparse, solo voy a acompañarla a la fiesta de inauguración.

Salieron del ascensor y Carlos se introdujo velozmente en su coche, dejando a Tom plantado en medio del garaje con cara de preocupación. Tom nunca había visto a su jefe tan nervioso, le estaba mintiendo descaradamente.

Carlos salió a la calle y se dirigió hacia el barrio donde estaba el apartamento, en el cual se alojaba Jimena. Había comprado la propiedad unos días antes de desembarcar en Nueva York. En aquella época, era un barrio de los suburbios de la ciudad y él, al principio de vivir allí, quería pasar lo mas desapercibido posible. Ahora se había puesto de moda y se había revalorizado la propiedad con creces. Aunque Carlos ya no lo utilizaba nunca, no lo había querido vender, le recordaba los motivos por los que había tenido que huir de su verdadero hogar.

Salió del coche y llamó al telefonillo, Jimena le abrió sin preguntar quién era, cuando subió al tercer piso de la finca la puerta del apartamento estaba abierta. Carlos iba dispuesto a regañarla por ser tan confiada pero, cuando entró y la vio sentada en el sofá, se le olvido lo que quería decirla. Jimena llevaba puesto un vestido palabra de honor en color rojo, largo hasta los tobillos y con una abertura hasta medio muslo, que en ese momento dejaba ver una de sus espectaculares piernas. Las sandalias negras de tacón, dejaban ver unos pies perfectos, con las uñas pintadas del mismo color que el vestido. Las sandalias se ataban a los tobillos con tiras y estaban adornadas con piedras rojas. En su regazo tenía un bultito envuelto en una toalla al cual le estaba dando… ¿un biberón? La imagen le dejó sin palabras.

- Hola – le dijo Carlos sin poder decir nada más.
- Hola. Siéntate, enseguida termino.
- ¿Haciendo amistades en el nuevo mundo?

- Si - le dijo ella con una sonrisa que le hubiera parado el corazón si todavía le latiera.
- ¿De dónde lo has sacado?
- Estaba escondido en el patio delantero, muerto de hambre y de frio, y he decidido adoptarle. No he pedido permiso para tener un animal en el apartamento, espero que no te importe.
- No hay problema – Carlos no podría decirla que no aunque le dijera que había adoptado a un cerdo.

Jimena se levantó del sofá y se dirigió con el animalito dormido hacia la cocina. Después de dejarlo con mimo dentro de una caja de zapatos, se dio la vuelta para salir a la sala. Carlos la miraba desde la puerta de la cocina.
- Estás impresionante. Vas a acaparar todas las miradas.
- Yo… a mi no me gusta eso – dijo Jimena con la cara totalmente conjuntada con su vestido.
- Yo te protegeré. Vámonos o llegaremos tarde – Carlos la cogió de la mano y se dirigieron hacia la salida.

***

Jimena miraba por la ventanilla del copiloto hacia el exterior. Por la noche la Quinta Avenida eran un espectáculo de luz y color que te embargaba los sentidos.
Carlos paró justo enfrente de la puerta del local. Uno de los aparcacoches abrió la puerta de Jimena para que esta saliese del vehículo. Habían puesto una alfombra roja para acceder al local, protegida por ambos lados con vallas, donde se agolpaban los periodistas y curiosos.
Jimena salió del coche abrumada por tanto despliegue y sintió la mano del Carlos sujetándola por el codo, los periodistas al darse cuenta de quién era él, empezaron a hacerles fotografías como locos. Él la guio hacia el

interior del local, haciendo caso omiso, a las preguntas de los reporteros.

Cuando entraron por la puerta, Jimena se quedó parada mirando alrededor. Estaba todo decorado para la fiesta con grandes floreros repletos de rosas rojas y negras. Los camareros se afanaban con bandejas llenas de bebidas, ofreciéndoselas a los invitados, mientras en el centro del salón, había una mesa con un especialista cortando jamón ibérico.

- Jimena, haces juego con la decoración – Le dijo Erika mientras se colgaba de su brazo- Vamos a tomar algo y a comer jamón.

- Carlos, vienes con nosotras.

- Ahora no puedo, se supone que tengo que hablar con los invitados. Id a divertiros.

Sus compañeros estaban todos reunidos en un corrillo, se lo estaban pasando fenomenal hablando de alguien. Cuando llegaron a su altura, se callaron inmediatamente y la miraron sonriendo. Sebastián rompió el hielo.

- Vienes muy bien acompañada compañera – la sonrisilla decía más que las palabras.

- Si, se ofreció a recogerme, compartimos transporte.

- Si tú lo dices. Carlos nunca ha compartido transporte con ninguno de nosotros.

- ¡Sebastián déjalo ya! – Jane regañó a su compañero.

- Creo que estás viendo cosas donde no las hay- dijo Jimena muy digna.

- ¿Tú crees?, entonces porque no te quita los ojos de encima. No le está haciendo ni caso al director general de Loreal.

Inmediatamente miró hacia donde estaba su jefe. Este la

estaba mirando fijamente, inmediatamente cambió la vista hacia otro lado. Ella volvió a mirar a Sebastián roja como un tomate.

- Métete en tus asuntos compañero.

- Está bien, pero luego no digas que no te lo he advertido.

- Dejaros de rollos y vamos a por mas jamón, se va a terminar – Erika tiro de Jimena.

Jimena estaba entretenida mirando a los invitados que se congregaban en el salón, mientras Erika parloteaba sin parar, cuando un hombre se acercó a ella desde la otra punta del salón.

Era tan alto como Carlos, tenía el pelo rubio y lo llevaba largo recogido con una coleta en la nuca. Los ojos eran azules e iba elegantemente vestido, como casi todos los hombres de la fiesta, con un esmoquin. Aunque no era su tipo, había que reconocer que era atractivo. Llevaba dos copas de champagne con una onza de chocolate dentro de cada una de ellas y le ofreció una a Jimena, esta la cogió y esperó a que se presentara.

- Hola soy Tom, trabajo para el Sr. del Toro - Tom quería conocer a la mujer que estaba trastornando a su amigo.

- Hola, soy Jimena y también trabajo para él.

Tom tenía que reconocer que era la mujer más bella de toda la fiesta y tenía un olor especial. Era una diana para cualquier vampiro que no se supiera controlar. Había mujeres que matarían por conquistar a su jefe. A ojos de todos era un soltero de oro, guapo y millonario. Si ella pensaba engatusar a Carlos se las tendría que ver con él.

- Has venido con el jefe.

- Si – a Jimena no le estaba gustando el tonito del tal

Tom.
- Me preguntaba si estabas buscando algo más que un puesto de trabajo en Nueva York.
- No creo que sea de tú incumbencia.

Jimena miró inconscientemente hacia donde estaba Carlos atendiendo a los invitados. Este, como si lo hubiera intuido, miro inmediatamente donde estaba ella. Con gesto serio, se disculpó con la persona que estaba conversando y se dirigió hacia donde estaban Tom y Jimena.
- Hola Tom, ¿ya conoces a Jimena?
- Si, ya que tú estabas ocupado, me he tomado la libertad de presentarme por mí mismo, es realmente bella.
- Tom, ¿podría hablar contigo en privado?
- No será necesario, yo ya me iba – Jimena estaba entre enfadada y avergonzada y, como siempre que le pasaba eso, se ponía roja como un tomate, lo que todavía la ponía de mas mala leche.

Se dirigió hacia donde estaban sus compañeros, por el camino iba maldiciendo su suerte con los jefes.
Carlos se dirigió a pasos largos hacia la sala de juntas, subió los escalones de cuatro en cuatro, Tom le seguía a dos pasos por detrás. Cuando cerró la puerta de un portazo se cruzó de brazos y se volvió hacia su amigo con los ojos teñidos de rojo.
- ¡Qué coño estás haciendo!
- Solo intento proteger a un amigo.
- Mira Tom, quiero que te alejes de Jimena. Es... mía – Antes de darse cuenta de lo que estaba diciendo, ya estaba dicho.
- ¿Cómo has dicho? – Tom se quedo blanco.

- Mira, necesito que me dejes con esto. Sé que lo haces con buena intención, pero me puedo poner muy agresivo si te metes por medio.
- Está bien, tú mismo, espero que no nos tengamos que arrepentir.- Tom no entendía el encaprichamiento que tenían algunos vampiros con las humanas, él las utilizaba para el sexo y, eventualmente, para alimentación y después de borrarles la memoria, si te he visto, no me acuerdo.

Bajaron de nuevo al salón, más tranquilos que cuando habían subido.
Carlos, mientras bajaba por las escaleras, buscaba con la vista a Jimena que no estaba por ninguna parte. Vio a Erika que venía muy seria de la entrada del local.
- ¡Erika! – la llamo Carlos - ¿has visto a Jimena?
- Se acaba de ir – le dijo con tono de pocos amigos.

Carlos salió rápidamente hacia la calle. Jimena estaba subiéndose a un taxi, el aparcacoches le sujetaba la puerta mientras ella se acomodaba en el asiento. Carlos sujeto la puerta del vehículo impidiendo que el mozo la cerrara y se sentó al lado de ella.
- ¿Por qué te vas tan pronto? – le preguntó Carlos.
- No me encuentro bien, me duele la cabeza – mintió.
- Ya…quiero que sepas que Tom no volverá a molestarte.
- No me ha molestado – volvió a mentir.
- Entonces porque te vas tan pronto, parece como si huyeras.
- Mira Carlos, estoy cansada, me gustaría irme a casa. Además tengo que dar de comer al gato.
- Está bien, como desees. Hasta mañana.

Carlos se bajó del taxi y la dejó marchar.

***

Jimena estaba disgustada, no quería dar la imagen de ser una caza fortunas, ella era todo lo contrario. Odiaba a esas mujeres que solo veían la cartera de sus futuros maridos. Ella se casaría por amor aunque tuviera que pasar hambre. Llegó a casa a las once de la noche, el gatito estaba tumbado en la caja acurrucado a una de sus camisetas viejas. Se la había dejado en la caja antes de irse para que no se sintiera tan solo. Le habían dicho en la clínica veterinaria, que el olor de la persona que les cuidaba, les tranquilizaba mucho a los cachorros tan pequeños.

Dispuso en la encimera de la cocina todo lo necesario para preparar el biberón. El gato, que se acababa de despertar, la miraba con los ojos muy abiertos y maullaba insistentemente.

- ¿Tienes hambre pequeñín?
- Miaaau, miaaau…- el gato parecía que la entendía.
- Ven aquí pequeñajo.

Cogió al cachorro envuelto en la toalla y se lo llevó al sofá para darle el biberón.

El teléfono empezó a sonar. Jimena se levantó del sofá, dejando de acariciar al cachorro que se estaba quedando dormido encima de su regazo, y buscó dentro del bolso. Era el número desconocido. Descolgó algo nerviosa.

- Hola.
- Hola Jimena, perdona que te moleste.
- No me molestas, estaba dando de comer al cachorro.
- Quería pedirte disculpas por lo de esta noche.
- No hay nada que disculpar, tú no has hecho nada.
- Me preguntaba si te gustaría ir a tomar una copa.
- No se Carlos… yo…

- Estarán todos allí.
- Bueno…
- Te recojo en media hora.

Jimena colgó el teléfono sin saber que había pasado, ella estaba dispuesta a poner distancia y, ahora resultaba, que tenían una especie de cita con él en media hora.

Se puso las sandalias de nuevo, se retocó el maquillaje y, veinticinco minutos después, sonó el telefonillo.

Jimena salió a la calle y vio a Carlos apoyado en el capó del coche esperándola, estaba espectacular vestido con el esmoquin, cualquier mujer mataría solo porque le dirigiera una palabra y, aparentemente, estaba interesado en ella.

Carlos la cogió de la mano en el momento que estaba a su altura y se la beso, una corriente le recorrió el cuerpo, por un momento, Jimena pensó que se le doblarían las rodillas. Ay Dios, estaba perdida, no sabía si podría decirle que no a ese hombre alguna vez.

Los dos se subieron al coche, para dirigirse a una de las zonas de copas de la ciudad.

Capítulo 5

Lorenzo atravesó las puertas del aeropuerto hacia la calle. Llamó un taxi para que le acercara al hotel que se había podido permitir, con el presupuesto de mierda, que le había proporcionado su jefa.

Viviana había conseguido descubrir, a través de uno de los directores de los salones de belleza, que se iba a inaugurar una nueva sucursal en Nueva York y, además, habían destinado allí a una empleada de Madrid.

Lorenzo, después de aguantar una cascada de reproches por haber sido ella de nuevo la que había tenido que conseguir la información, le había exigido resultados y habían decidido abrir una nueva línea de investigación desde la nueva sucursal.

Lorenzo, con toda la cara del mundo, se había plantado en la puerta de la peluquería del Hotel Palace para conseguir información, pero la zorra de Marta no había soltado prenda de quien era la empleada que iría a Nueva York. Ella le había espetado con desdén "vete a poner caritas a otra, cerdo asqueroso". Había sacado las uñas como una fiera para proteger a su amiga. La muy cabrona.

No había conseguido averiguar donde se escondía Jimena, aunque ahora le daba lo mismo, tenía que seducir a la empleada que habían mandado a Nueva York en cuanto la conociera.

Se bajo del taxi y se dirigió a la cochambrosa recepción del hotel. Al día siguiente se intentaría encontrar "casualmente" con la empleada madrileña.

***

Jimena y Carlos llegaron al Hematology y entraron sin esperar fila, los porteros saludaron a Carlos con familiaridad.

- ¿Vienes mucho por aquí? – preguntó Jimena.
- De vez en cuando me reúno con algunos amigos aquí.
- La música que suena es de un grupo español.
- Si, aquí la mayoría somos de origen español o latino. La encargada es sevillana.

En el centro de la barra estaba Tom con un grupo de personas que Jimena reconoció de la fiesta, este la miró con una expresión extraña. Ella, cambió la vista hacia otro lado para ver, en el otro extremo del local, a todos sus compañeros sentados alrededor de una mesa llena de bebidas. Erika saludo levantado la mano mientras el resto se miraban los unos a los otros sonriendo pícaramente. Carlos la cogió del codo y la dirigió hacia la barra.

- Me gustaría presentarte a unos amigos.
- Está bien – dijo Jimena mientras saludaba con la mano a sus compañeros.
- Hola chicos, quiero presentaros a Jimena, ha venido desde España hace unos días a trabajar con nosotros.

A Jimena le llamó la atención el físico perfecto de todos ellos, si le hubieran dicho que eran un grupo de modelos, se lo habría creído sin dudarlo.

- Carmen es la encargada del local, es raro verla fuera de la barra.
- Hola Jimena, encantada de conocerte - Carmen se acerco y la dio dos besos.
- Los demás son Adrian, Stefan, Miguel y Tom que ya le conoces – todos la saludaron ofreciéndole la mano.

- Bueno, dijo Tom, sentémonos en nuestra mesa.
- Si por favor, estos tacones me están matando – dijo Carmen.

Todos se dirigieron a la zona vip, Carlos cogió de la mano a Jimena para ir hacia la mesa.

- Necesito ir al servicio – dijo Jimena un poco avergonzada por las libertades que se tomaba su jefe, no es que la desagradara, pero no quería ser el centro de todos los chismes y, con esa actitud, seguro que ya lo era.
- Vale está en el pasillo del fondo, te esperaré en la mesa.

Cuando salió de los aseos, Jimena se sobresaltó al ver a Tom esperándola en la puerta.

- ¿Qué quieres? ¿me vas a insultar de nuevo? – dijo Jimena indignada.
- No. Quiero pedirte disculpas por lo de la fiesta. Me pasé de la raya.
- Si, te pasaste bastante. No debes juzgarme, no me conoces de nada.
- Si, lo sé, pero Carlos es mi amigo y lo ha pasado muy mal en el pasado. No quiero que vuelvan a hacerle daño.
- ¡Qué está pasando aquí! – Carlos estaba en el otro extremo del pasillo y miraba a Tom con una amenaza en los ojos.
- Tranquilízate compañero, me estaba disculpando.
- Está bien. Reunámonos con los demás o empezaran a especular.

Cuando salieron del pasillo donde estaban los aseos vio como sus compañeras bailaban en la pista, mientras Sebastián las miraba desde su silla. Erika se dirigió corriendo hacia ella y se la llevó arrastras hacia la pista.

Jimena se animó enseguida, siempre la había gustado bailar, y comenzó a moverse al son de la música de Sakira.

***

Carlos no podía quitar los ojos del cuerpo de Jimena, la forma en que movía las caderas tenía que ser pecado.
- ¿Qué pasa jefe, Cupido ha hecho blanco contigo? – Stefan le miraba con una ceja levantada.
- ¿Qué pasa con vosotros?, ¿meterse en mi vida privada es el nuevo deporte nacional? – Carlos se estaba empezando a cansar de la panda de cotillas que tenia por amigos. Eso pasaba, cuando el círculo en el que te movías era pequeño, en algo había que entretenerse.
- Además Stefan, creo que tú tienes otros ojos pegados a tú trasero durante toda la noche. – Carlos le devolvió la pulla, con un poquito de mala leche.
- Yo no estoy interesado en los humanos – Stefan miró hacia donde estaba sentado Sebastián, este cambio la mirada hacia la pista de baile rápidamente.
Sebastián, se sentía atraído por el jefe de imagen y publicidad, desde que lo vio por primera vez, cuando estaban trabajando en la decoración de salón. Stefan nunca le había dado ninguna señal de que estuviera interesado en él, pero él no podía evitarlo. Soñar es gratis, pensaba el peluquero.

De repente la música cambio, empezó a sonar algo más lento, Jimena se disponía a bajar de la pista junto con Erika cuando notó que una mano se aferraba a su cintura.
- Me concede esta baile señorita.
- Jimena reconoció de inmediato la voz sexi y masculina de su jefe.
- Me voy a hacer compañía a Sebastián, o el lunes

tendremos que aguantar sus reproches durante toda la mañana – Erika se quitó del medio hábilmente.

Carlos cogió de la cintura a Jimena y la atrajo hacia él. La música de Maná les envolvió en una burbuja como si no hubiera nadie a su alrededor.

"Como quisiera poder vivir sin aire.
Como quisiera calmar mi aflicción.
Como quisiera poder vivir sin agua.
Me encantaría robar tu corazón"
Cuando termino la canción tuvieron que hacer un esfuerzo para soltarse el uno al otro. Sonriendo por la situación y un poco cortados por el espectáculo que estaban dando. Todos los ojos estaban fijos en ellos. Jimena no podía estar más roja, menos mal que el local estaba oscuro y podía disimularlo.

Se sentaron en la mesa y tomaron sus bebidas. Carlos invitó a los compañeros de Jimena a que se sentaran con ellos en la mesa privada que tenían en la zona vip. No quería que ella se sintiera como si los hubiera abandonado. Todos accedieron sin ningún problema. Sebastián estaba encantado, aprovechó la situación y se sentó junto a Stefan, como quien no quiere la cosa. A Stefan no pareció importarle lo más mínimo y comenzó a conversar con el naturalmente. Los demás comenzaron a charlar entre ellos animadamente, Erika soltó algunas de sus "perlas" y todos rieron divertidos.

Cuando pasaron un par de horas Jimena dijo que tenía que irse a casa para alimentar al cachorro. Inmediatamente, Carlos se levantó dispuesto a acompañarla.

- No hace falta que te molestes, cogeré un taxi.
- Yo te traje y yo te devolveré, sana y salva, a tu casa.
- Está bien – Jimena, aunque siempre le había gustado ir

a su aire, se sentía alagada por la preocupación de su jefe.

Después de despedirse de sus compañeros recogieron los abrigos y salieron a la calle.

Carlos estacionó el coche en la puerta del edificio donde estaba el apartamento. Jimena se bajó del coche y él la siguió hasta la puerta del portal.

- Gracias por venir a buscarme esta tarde, hubiera sido un asco quedarme sola en casa.
- Gracias a ti por acompañarme, hubiera sido un asco ir solo.
- Bueno…nos vemos el lunes a las tres. Me toca el turno de tarde.
- Demasiadas horas…se me va ha hacer eterno – a Carlos le encantaba cuando se ruborizaba, sobre todo si era por él.
- Eh…si quieres subir a tomar un café – Jimena sabía que se arrepentiría, pero en ese momento, no podía pensar en otra cosa que no fuera alargar el tiempo con ese hombre.
- No puedo pensar en otra cosa que me apetezca más – Carlos sonrió intentando no enseñar los colmillos.

Subieron hacia el apartamento por las escaleras. Carlos, que iba detrás de ella, no podía quitar los ojos de sus curvas, madre mía, estaba duro solo de mirarla.

Cuando entraron al apartamento, Jimena se fue directamente a la cocina a ver qué tal estaba el gato.

- Si no te importa, le daré el biberón al cachorro y luego nos tomamos el café – le dijo Jimena quitándose las sandalias.
- Vale, está bien – Carlos hubiera dicho lo mismo aunque le hubiera pedido que saltara por la ventana. Tenía

demasiada sangre acumulada en cierta parte del cuerpo, para pensar con claridad. Hacía mucho tiempo que no se sentía tan atraído por ninguna mujer y el olor de su sangre, aunque lo tenía controlado, era abrumador.

Jimena limpiaba el biberón en la pila de la cocina después de alimentar al gato, cuando terminó, se dio la vuelta para preguntarle cómo le gustaba el café.

Él la observaba, o mejor dicho, se la comía con los ojos, apoyado en la jamba de la puerta. Se había quitado la chaqueta y aflojado la pajarita de su esmoquin. No podía imaginarse un hombre más atractivo, todos sus poros irradiaban puro sexo.

Jimena se quedó mirándolo sin poder moverse del sitio, mientras él reducía el espacio que había entre ellos. Su forma de andar le recordaba a la de un felino, elegante e hipnótica. Se detuvo a menos de un palmo de ella, Jimena podía sentir su respiración en la frente, levantó la mirada para encontrarse con la de él. En ese preciso momento, tuvo la certeza de que estaba perdida.

***

Carlos levantó la mano y acarició los labios de Jimena con el pulgar. Acercó su cara a la de ella lentamente, dándola tiempo para arrepentirse. Cosa que no ocurrió.

Cuando rozó sus labios suavemente, el aroma de ella lo inundó por completo. Tuvo que hacer un esfuerzo sobrehumano para que no se le alargaran los colmillos. Profundizo el beso, acariciando con su lengua los labios de Jimena, invitándola a que abriera su boca y le dejara explorar cada rincón dentro de ella.

Cuando Jimena cedió a la dulce invasión, las lenguas de los dos se enlazaron, mientras ella enredaba sus brazos por los fuertes hombros de Carlos. Las respiraciones de ambos se aceleraron, como si en la habitación no hubiera suficiente oxigeno para los dos. Carlos, con una suave caricia, deslizo la mano por la espalda de ella arrastrando la cremallera del vestido, este resbaló hasta el suelo, haciendo un sensual sonido de seda contra piel suave, mientras se amontonaba alrededor de los pies de Jimena.

Carlos se retiró hacia detrás para admirar el perfecto cuerpo de ella, y tuvo que reprimir un gemido cuando vio el sensual efecto de las delicadas prendas que llevaba sobre su piel. Vestía ropa interior de encaje negro, adornada con unos diminutos lacitos rojos que realzaban sus pechos, ya de por si perfectos. El encaje del sujetador dejaba entrever sus pezones oscuros sobre una piel tostada. Carlos desvío su mirada hacia el Sur, y no pudo reprimir un ronroneo cuando vio el tanga que hacia juego con el precioso sujetador. El cuerpo de Jimena era perfecto, con curvas. Su vientre era plano, con una cintura tan bien definida que no podía ser real. Sus piernas torneadas, terminaban en un magnifico culo y sus caderas no podían negar que pertenecían a una española. Carlos no podía dejar de mirarla, mientras ella le miraba a él con las mejillas algo ruborizadas, que la hacían, si cabe, todavía más atractiva a sus ojos.

Jimena levantó las manos tímidamente, sin despegar la mirada de los ojos de su amante, y comenzó a desabrochar sin prisa los botones de la camisa de Carlos. Se la deslizó por los hombros, dejando a la vista su perfecto torso musculado y suave, sin un pelo. Era como el David de Miguel Ángel, sencillamente perfecto. Dejó caer la fina camisa de seda deslizando las manos, mientras aprovechaba para acariciar sus marcadas abdominales, en dirección a la cinturilla del pantalón. Desabrochó el botón de los pantalones y bajó la cremallera dejándolos caer como había hecho él con su vestido.

Carlos se deshizo de ellos con una patada, sin importarle el pastón que seguramente valían esas prendas. Jimena se quedó embobada mirándole y pensando que cualquier modelo de Calvin Klein mataría por tener el aspecto de su jefe en bóxer. Aquella visión le arrancó un gemido de admiración a Jimena.

Él la miraba con una sonrisa pícara pintada en la cara, estaba claro que la expresión en el rostro de Jimena lo decía todo. La cogió por la cintura y, levantándola como si no pesara nada, se dirigió hacia el dormitorio a grandes zancadas.

Jimena rodeó la cintura de Carlos con sus largas piernas, y no pudo contener un ronroneo, cuando noto la excitación de él justo en el lugar correcto, mientras se besaban con pasión.

Llegaron a la cama en cuestión de segundos. Jimena, en ese momento de pasión no le dio importancia, pero todas las horquillas que había llevado en el pelo, que no eran pocas, habían desaparecido como por arte de magia, dejando su larga melena extendida sobre las sabanas. Carlos, desde los pies de la cama, admiraba a la bella mujer tumbada sobre las sabanas, mientras se relamía los labios intentando que sus colmillos, esos malditos traidores que cuando querían iban por libre, no se extendieran por la pasión.

No se quería hacer ilusiones y pensar que había sido tan afortunado como para encontrar a su alma gemela, él no podía tener tanta suerte. La vida le había enseñado, a base de golpes, a no creer en cuentos de hadas ni en finales felices. Aunque, una cosa era el cerebro racional y, otra muy distinta, los instintos vampíricos. Los suyos, le hacían creer, con toda certeza, en que ella era su otra mitad. No era posible semejante atracción por una mujer cualquiera, por mucho que le atrajera físicamente, aquí tenía que haber algo más.

Los vampiros, aunque aparentemente podían pasar por humanos, y se mezclaban siempre que querían con la sociedad actuando como cualquier homo sapiens. No dejaban de tener instintos muy primarios en ciertos aspectos de su naturaleza y, en esas ocasiones, se asemejaban mas a animales salvajes que a personas civilizadas. Una de esas ocasiones, era el sentimiento de cohesión tan fuerte, que creaba el vínculo cuando se encontraba a su pareja de vida.

Carlos no se dejaría llevar por su naturaleza. No quería asustar a la bella mujer que yacía, con las mejillas ruborizadas por el deseo, delante de él.

Saliendo de sus utópicos pensamientos, decidió que disfrutaría del momento que la vida le estaba regalando, y después ya lidiaría con el futuro cuando llegase el momento.

Apoyó una rodilla sobre el colchón, cogiendo a Jimena con las manos por los tobillos. Empezó a darle pequeños besos, como si lo que tuviera entre sus manos fuera algo extremadamente delicado. Comenzó por los dedos de los pies, los tobillos, subió por las rodillas, los muslos y, cuando se acercaba peligrosamente a su centro, volvió a empezar por el otro pie.

A Jimena se le escapó un gemido de frustración, Carlos la miró levantando las cejas con una sonrisa maliciosa, y siguió besándola minuciosamente la otra pierna. Cuando volvió a llegar al punto donde se unían sus piernas, le dio un beso por encima del encaje y continuó por su vientre hacia el ombligo, se detuvo para explorarlo con la lengua. Continuó por sus abdominales hasta llegar a sus pechos, los pezones duros, le sobresalían por el encaje del sujetador, deslizó su mano por la suave espalda de su amante hasta encontrar el cierre de la delicada prenda y de un ágil movimiento, se deshizo de él. Se iba a dar un festín con esos dos perfectos pechos.

Jimena estaba perdiendo la razón, nunca había estado tan caliente como le hacía sentir Carlos en esos momentos, solo con el roce de sus labios en su pubis, había estado a punto de tener un orgasmo. Como siguiera siendo tan minucioso iba a explotar por combustión espontanea.

Carlos, después de deshacerse del sujetador, se metió un pezón en la boca y lo chupó con fervor, mientras Jimena se retorcía entre las sabanas y arqueaba la espalda buscado más, cuando creyó que era suficiente comenzó con el otro deleitándose en él, quería alargar ese momento al máximo, lo grabaría en un rincón privilegiado de su memoria para el resto de su larga vida, para recordar que en un breve momento de ella fue total y completamente feliz.

Jimena, que hasta ese momento se había dejado hacer, empezaba a perder la paciencia, le cogió de la cara y le alzó hasta que lo tuvo a la altura de sus ojos. Invadió su boca con ansia y le rodeo la cintura con sus piernas, le empujó fuertemente por los hombros y, con un ágil movimiento, se puso encima de él.

Era un espectáculo verla con las mejillas enrojecidas, la piel brillante por el sudor y sus pechos duros como una roca. Podría correrse en ese momento solo por mirarla.

A partir de ese momento, Jimena tomo las riendas y comenzó a besar el toso de él. Le dio el mismo trato de favor que ella había recibido en los pezones. Besó, chupó y mordió todo su musculado torso, mientras Carlos gemía de placer debajo de ella.   Cuando la tortura era ya demasiado, Carlos la atrajo hacia arriba y le invadió la boca. Jimena, que no sabía en qué momento había perdido el tanga, se apoyó en sus rodillas, y de un solo golpe, introdujo el pene de Carlos dentro de ella.

Él tuvo que hacer un ejercicio de autodominio para no correrse en ese mismo momento. Jimena comenzó a marcar un ritmo salvaje hasta que, con un grito, llego al clímax arrastrándole a su amante con ella, al orgasmo más intenso que pudiera recordar. Mientras los dos se recuperaban, ella se abrazó al ancho pecho de su amante con todas sus fuerzas y, jadeando sobre él, le beso en el cuello.

- Gracias, esto ha sido… lo más alucinante que he sentido en la vida – Jimena seguía jadeando mientras hablaba.

- Para mí también ha sido impresionante – y creo que te amo, Carlos no se lo diría en voz alta, no quería asustarla.

Carlos, con un suave movimiento, le dio la vuelta y se colocó encima de ella. Levantó la cabeza y la miró a los ojos mientras su pene iba abriéndose camino entre aquellos suaves muslos. La besó apasionadamente, hundiendo la boca en la de ella, mientras bajaba la mano y la acariciaba donde ella lo necesitaba…

Los músculos de Carlos se ensanchaban mientras se movía rítmicamente, mientras le acariciaba con sus dedos. Jimena arqueó su espalda para que pudiera llegar hasta el fondo, mientras acariciaba la espalda de su amante con las manos hasta llegar a su precioso trasero y poderle clavar las uñas.

Jimena, cubierta por su amante, se sentía otra vez cerca del orgasmo. Unos segundos después estaba otra vez retorciéndose de placer. Acompañada por el orgasmo del espectacular hombre que tenía sobre ella.

Pasaron unas cuantas horas besando, lamiendo y penetrando hasta quedar deliciosamente agotados.

Jimena se bajó de encima de él y se acurrucó a su lado, mientras Carlos hacía lo mismo abrazándola suavemente por la cintura y acariciando su abdomen con sus largos y elegantes dedos. Él la olía el pelo, mientras besaba de arriba abajo su cuello a la altura de la nuca, eso se sentía bien, pero que muy bien. Jimena, con el cariñoso trato de su amante se fue relajando. No sabría decir cuando se durmió, o más bien, cuando cayó en coma profundo, porque no se enteró de nada hasta por la mañana. Después de esa estupenda sesión de sexo debía de estar exhausta.

Cuando Jimena abrió los ojos, el Sol entraba por las ventanas inundando de luz la habitación, cegándola por unos segundos. Palpó con la mano por encima del edredón, para darse cuenta, con una gran decepción, de que no había nadie a su lado en la cama. En su lugar, había una nota y una rosa roja.

Cogió ambos objetos con una tonta sonrisa pegada en la cara. La rosa se la llevó a la nariz, le sorprendió que oliera, la mayoría de las rosas que vendían en las floristerías no olían a nada. Jimena comenzó a leer la nota que estaba escrita con una perfecta caligrafía.

¿Cómo vive esa rosa que has prendido
junto a tu corazón?
Nunca hasta ahora contemplé en el mundo
junto al volcán la flor.

Reconoció la rima de Becker inmediatamente, su madre le había regalado las obras completas cuando estaba en el instituto, se las había leído varias veces, unas para hacer algún trabajo y otras por placer.

Con la rosa en una mano y la nota en la otra se dirigió hacia la cocina. Cuando miró hacia el reloj que colgaba de la pared de esta, vio que eran las doce del mediodía. Jimena buscó rápidamente con la mirada al gato, este dormía plácidamente en su cuna - que extraño debería de estar hambriento- pensó Jimena muy preocupada. En la encimera estaban todos los utensilios que utilizaba para alimentar al cachorro, colocados en el escurridor de la pila. Junto a ellos había otra nota.

Me he tomado la libertad de alimentar a tu mascota, estabas tan bella dormida, que no he querido despertarte. Ha sido la mejor noche de mi vida, hace cinco minutos que he salido de tú cama y ya te echo de menos. Espero que me concedas el honor de cenar conmigo esta noche. Si estás de acuerdo, estate preparada a las 18:00. No sé si podre sobrevivir a tantas horas sin verte.

Jimena desayunó de pie en la cocina, mientras se deleitaba releyendo las notas de su amante. Después de recoger el apartamento, volvió a dar de comer al gato y le dejó suelto por el suelo mientras ella se metía en la ducha.

Se quedó debajo del agua mientras recordaba la noche anterior. Había sido el mejor sexo de su vida, aunque para ella, no solo había sido sexo. Carlos le gustaba de una manera que todavía no entendía. Aun podía sentirle por todo el cuerpo, sobre todo, por cierta parte de su anatomía que tenia agradablemente dolorida. A ella le había parecido, aunque no tuviera demasiada experiencia para comparar, que Carlos era muy… grande.

***

Para el vampiro, el salir de la cama de Jimena, fue una de

las hazañas más difíciles que había tenido que realizar en su vida. Pero, había cosas, con las que no se podía jugar. Había alargado la partida hasta el último momento y, para cuando salió del apartamento de su amada, empezaba a iluminarse el horizonte.

Entró por la puerta de su apartamento a toda velocidad. Le ardía la piel y, a pesar de las gafas de sol, los últimos metros los tuvo que hacer con los ojos cerrados para evitar que se le quemaran las retinas. Maldito fuera el Sol que le hacía un prisionero durante tantas horas al día.

Él hubiera deseado despertarse al lado de Jimena y darle los buenos días como ella se merecía, pero aunque los cristales del apartamento eran especiales, no podía arriesgarse a que ella abriera una ventana o, sencillamente, tuviera planes y él tuviera que irse. ¿Cómo le explicaría que no podía salir hasta que oscureciera? podría asustarse o sentirse acosada. Carlos de ninguna manera se arriesgaría a que eso ocurriera, quería que esta relación fuera lo mejor posible. Necesitaba, aunque solo fuera de manera fugaz, sentir como otra persona te anhela, te necesita… y si el destino por una vez, le tuviera preparada una sorpresa agradable, que le amara.

Después de salir de la ducha en la cual había estado bajo el chorro del agua fría durante más de media hora, miró la pantalla de su teléfono móvil. La noche anterior lo había silenciado y no se había preocupado de él en todas las horas que había pasado junto a su amada. Tenía cinco llamadas perdidas de Tom. Poniendo los ojos en blanco se dispuso a llamarle.

- ¿Dónde te has metido toda la noche? - le dijo su amigo un poco mosqueado.

- No sabía que fueras mi padre. – Carlos intentaba tener

paciencia.

- Has llegado a tú apartamento con el Sol dándote en el culo.

- ¿Me estas espiando compañero? – Carlos utilizó el tono más neutro que pudo.

- Carlos relájate, nadie te está espiando. Me preocupa cómo te estás comportando últimamente. Recuerda lo que te pasó la última vez que te… relajaste.

- Mira Tom, voy a ser lo más sincero que pueda. Necesito que me dejes con esto. No puedo, ni quiero, alejarme de ella. Y tú te vas a mantener al margen.

- Y, por casualidad, has pensado lo que opinara ella de que seas un vampiro.

- No sé cómo enfrentaré ese…detalle. Ya lo pensaré en su momento.

- Estas de psiquiátrico Carlos. Cuando ella salga corriendo y gritando como una loca, no digas que no te lo dije -Tom le colgó el teléfono sin despedirse.

Carlos comenzó a vestirse mientras llamaba a Michael.

- Buenos días jefe.

- Buenos días, necesito que pases por el supermercado y compres unas cosas que necesito – Carlos le dio una lista con lo que necesitaba para preparar la cena.

Aunque era Domingo, Michael siempre estaba disponible para su jefe, sobre todo durante el día, ya que Carlos no podía salir a la calle durante esas horas. Michael lo hubiera hecho por su jefe solo por lealtad. Pero, con la nomina que le pagaba cada mes, estaba, más que justificada, la plena disponibilidad a todas horas y todos los días de la semana. Era más que generoso con él.

- ¿Necesitas algo más?

- Si. Tienes que recoger a Jimena de su apartamento a las 18:00 y traerla al mío.
- De acuerdo, ¿Algo más?
- No, eso es todo. Gracias Michael.

Carlos colgó el teléfono. No se había enjabonado en la ducha, solo se había refrescado la piel. No quería que se fuera el aroma que le cubría por entero. Todo su cuerpo olía a ella. Si no tuviera una reunión esa misma mañana, se metería en la cama y estaría oliéndola en su piel durante días. Hasta que alguno de sus entrometidos amigos le metiera en la ducha arrastras y le obligara a enjabonarse.

Salió del vestidor colocándose la corbata, mientras pensaba de qué manera podría sincerarse con ella. Dejaría que las cosas fluyeran por si solas, el destino siempre tenía la última palabra. Aunque con su experiencia…

***

Jimena se había vestido con unos vaqueros negros, unas botas del mismo color por debajo de las rodillas con tacón alto y un Jersey de cuello abierto terminado en pico, ajustado a la cintura en color negro y rojo. Con esa indumentaria se sentía mucho más ella misma, la encantaban los vaqueros, eran una de sus prendas preferidas. Justo cuando terminó de peinarse sonó el telefonillo. Cogió el abrigo y el bolso, mientras le pasaba su mano por el pequeño cuerpecito del cachorro con una suave caricia, el gatito dormía plácidamente en su caja después de tomarse el biberón. Jimena bajó las escaleras hasta salir al patio delantero.

Michael la esperaba con la puerta delantera del Cayene abierta. Jimena vaciló al ver que quien le venía a buscar, no era Carlos.

- Decepcionada – dijo Michael con una media sonrisa.
- Buenas tardes, Michael ¿Puedo saber a dónde me llevas?
- Vamos al apartamento del jefe.
- Ya... ¿llevas a muchas chicas allí? – Jimena se arrepintió nada mas decirlo.
- No, la verdad es que eres la primera.

Llegaron al edificio donde estaban las oficinas y se dirigieron hacia el ascensor.
- ¿Está en la oficina? – Jimena no entendía nada, le había dicho que iban a su apartamento.
- No. El apartamento del jefe está justo encima de las oficinas.

Michael abrió la puerta del apartamento marcando una clave en el teclado que había junto a ella. Sujetó la puerta, invitándola a que ella entrara directamente, en un gran espacio diáfano decorado con muebles de madera en color wengué. Un gran sofá en piel blanca estaba colocado delante de una inmensa pantalla de televisión con todos los adelantos tecnológicos que pudieras imaginar. Al otro lado de la sala había una chimenea encendida, con otro juego de sofás delante de ella del mismo estilo que el anterior. Justo al lado del recibidor había una escalera que se dirigía a un piso superior. Desde una puerta salían sonidos de alguien cocinando.
Michael cogió el abrigo y el bolso de Jimena y lo guardó en un armario que había en la entrada. Carlos salió por la puerta de la cocina secándose las manos con un paño, vestía con un pantalón ancho en color claro que le quedaba caído en las caderas y un suéter negro de pico, que marcaba sus músculos de una manera que Jimena no

pudo ignorar.

- Gracias Michael, ya puedes marcharte – dijo Carlos sin quitar su mirada de los ojos de Jimena.

Michael se fue discretamente sin decir una palabra.

Carlos se aproximó a ella y, cogiéndola de la cintura, la acercó a él para besarla con tanta pasión que, si no la hubiera tenido cogida con fuerza se habría ido al suelo. Cuando por fin se separaron se quedaron embobados mirándose a los ojos.

- Hola – dijo Carlos sonriendo.
- Hola – contesto ella, roja como un tomate.
- Te he extrañado.
- ¿Por qué te fuiste?
- Yo…no podía quedarme más tiempo – realmente era la verdad.
- Me encantó la poesía y la rosa. Me encanta Becker.

Carlos sonrió ante la el descubrimiento de que también era culta, ¿podía haber una mujer más perfecta?

- ¿Tienes hambre?
- La verdad es que si, huele muy bien ¿estás cocinando tú?
- Sí, me relaja – dijo Carlos cogiendo a Jimena de la mano y llevándola hacia la cocina. La invitó a sentarse en uno de los taburetes que había en una mesa estilo isla en el centro de la inmensa cocina - ¿te gusta el vino?
- Si, está bien – Jimena estaba totalmente absorta viéndole como se desenvolvía en la cocina.
- Abre ese armario de allí, es una vinoteca, y elige la botella que quieras – le dijo mientras movía algo que había en una cacerola.
- Jimena se dirigió hacia donde él le había dicho y se

agachó para elegir el vino. Por el olor de la comida parecía algo italiano. Así que elegiría una botella de vino tinto. Ella tenía un poco de idea sobre vinos de oír hablar sobre el tema en su casa. Su padre era aficionado al buen vino y coleccionaba botellas. Juan tenía preferencia por el vino de La Rioja, así que intentaría que esa fuera su elección.

Estuvo un rato inspeccionando las estanterías de la vinoteca y sacó una botella de cuné reserva de 1999 y lo llevó a la isla de la cocina.

- Un Rioja, buena elección – dijo Carlos - entiendes de vino.

- Mi padre es un gran aficionado, lo abriré para que respire – dijo Jimena cogiendo de la mesa un sacacorchos y lo abrió como le había enseñado su padre, quien hubiera dicho, que esas lecciones que su padre le daba le iban a servir en un momento como este.

Carlos la observaba admirado desde el otro lado de la cocina, estaba manejando la botella como una profesional.

- ¿Carlos, quieres que decantemos el vino?

- Eh… si por supuesto – se fue hacia un armario, sacó un decantador y se lo acerco a ella.

Jimena vertía cuidadosamente el liquido de la botella en el recipiente de cristal, cuando hubo terminado, lo dejó sobre la mesa y siguió observando al atractivo hombre que tenía delante, verle moverse por la cocina era todo un espectáculo.

- ¿Quieres que cenemos aquí o en el salón? – dijo Carlos, sacándola del embelesamiento.

- La cocina está bien – dijo rápidamente aclarándose la garganta.

Carlos dispuso la mesa con unos modernos platos negros con detalles en rojo y unas copas para el vino, coloco los cubiertos sobre unas servilletas de color rojo y encendió unas velas encima de la mesa. Había cocinado risotto de setas y lo acompañaba por una ensalada típicamente italiana con queso mozzarella y albahaca.

- Espero que te guste la comida italiana – Apuntó Carlos mientras la servía en los platos,
- Me encanta, tiene una pinta estupenda.

Se sentaron y Jimena sirvió el vino en las dos copas, Carlos choco la copa contra la de ella.
- Por ti – dijo Carlos mirándola a los ojos.
- Por ti – contesto Jimena, manteniéndole la mirada.

Jimena probó el arroz, estaba buenísimo, ese hombre tenía más de una habilidad.
Comieron mientras charlaban. Jimena le contó como era su vida en España, mientras él la escuchaba atentamente. Carlos estaba muy interesado sobre todo lo referente a ella.
- Y tú ¿Cómo has llegado a ser un gran empresario tan joven?
- Recibí una herencia y me supe rodear de la gente adecuada para construir el resto del holding – a Carlos, no le gustaba no ser del todo sincero con Jimena, pero, en ese momento, no podía hacer otra cosa.
- Eres un estupendo jefe, todos tus empleados te adoran – dijo Jimena espontáneamente.
- Me gusta tener a mi gente contenta ¿Tú también me adoras?
- No creo que sea adoración la definición más acertada.
- ¿Y cuál sería entonces?

- Ummm… yo diría atracción.
- Es bueno saberlo.
- ¿Y tú? – Jimena estaba empezando a sentirse un poco incomoda, siempre le había costado sincerarse.
- Seducido, fascinado, arrobado, hechizado, cautivado …

Jimena, según iba diciendo sinónimos, se ponía más y más roja. Necesitaba cambiar de conversación o iba a explotar.
- Está todo buenísimo ¿Dónde aprendiste a cocinar? – Jimena cambió de tema.
- Está bien – dijo Carlos aceptando educadamente el quiebro de Jimena - he tenido mucho tiempo libre, en algo me tenía que entretener, además, me gusta que mis amigos estén bien alimentados. Con el ritmo que llevamos en la actualidad se abusa de la comida basura. Esa es una de las razones por la cual intento que comáis en el restaurante de Eleuterio.

Los vampiros disfrutaban comiendo comida normal, no les aportaba apenas energía, pero tampoco les sentaba mal. Carlos cocinaba de vez en cuando para sus amigos, organizaban cenas en Noche Buena, El Día de Acción de Gracias y otras fechas señaladas. De esa manera tenían un sentimiento de normalidad que, de otra forma, ya habrían perdido hacía muchos años.

Cuando terminaron de comer Carlos saco el postre. Era una pannacotta con frutos rojos y chocolate.

Jimena era especialmente golosa, su madre siempre hacia dulces los fines de semana. Se relamió, sin poder evitarlo, en cuanto vio semejante manjar en su plato.
- ¡Qué bueno! – Jimena se pasaba la lengua por los

labios, para quitarse el chocolate, mientras disfrutaba abiertamente de su postre.

- Carlos no podía dejar de mirarla. La forma en que se relamía los labios le estaba poniendo como una moto. No sabía si iba a poder pensar en otra cosa cada vez que estuviera con ella. Verla ahí, delante de él, comiendo con tanto gusto el postre que había preparado él con sus manos, era la cosa más erótica que había visto jamás.

Jimena se sobresaltó cuando sintió un toque en la comisura de los labios. Carlos se había acercado y estaba limpiándole un poco de chocolate, retiró el dedo y se lo llevó a la boca. Jimena le miraba con la boca entreabierta. Carlos rodeó la mesa para acercarse a ella, la cogió de la mano y se la llevó hacia el salón. Se sentó en el sillón que había enfrente de la chimenea y la acomodó a ella encima de sus piernas. Jimena le miraba en silencio, curiosa por saber que tenía pensado.

- Te he echado de menos cada minuto desde que me fui de tu apartamento – le susurro Carlos al oído.

Jimena cerró los ojos con placer al oír sus palabras. Aunque le daba terror ser utilizada, no podía evitarlo. Ese hombre la tenía hechizada y no creía que hubiera marcha atrás. Todas las reglas que había seguido durante toda su vida adulta, se las estaba saltando en dos días. Esperaba no tener que arrepentirse.

- Yo también llevo todo el día pensando en ti.

Jimena tomo la iniciativa y, acercando la cara hacia la de él, lamió los labios de Carlos con la punta de la lengua antes de profundizar el beso. Carlos respondió con un gruñido mientras la acariciaba por debajo del suéter.

Jimena comenzó a besarle por la mandíbula y en el lóbulo de la oreja. Él, entre jadeos, se dejó hacer, no quedó ni un punto de su cuello por besar o lamer.

Cuando ya no pudo más, Carlos se levantó de un salto, llevando en sus brazos a Jimena. Se dirigió a zancadas hacia las escaleras y subió los escalones de tres en tres. Tuvo que hacer un gran esfuerzo para no utilizar su velocidad vampírica, pero si se plantaba en su dormitorio en decimas de segundo, Jimena seguramente entraría en pánico.

El dormitorio de Carlos era inmenso. La tumbó en la cama con sumo cuidado, como si fuera algo sumamente delicado, y le quitó las botas. Comenzó a desvestirse de pie delante de ella. Primero se quitó el suéter dejando al descubierto su perfecto torso. Allí, pensó Jimena, había algunos músculos que no salían ni en los libros de anatomía. Ella, poniéndose de rodillas en la cama, le imitó. Después Carlos se bajo los pantalones y, ella, hizo lo mismo.

Se quedaron los dos en ropa interior, Jimena se quitó el sujetador y las bragas - ¡a la mierda la vergüenza!- las tiró hacia un lado de la cama. El sujetador se quedo colgando de la lámpara de la mesilla y las bragas, vete tú a saber, ya se preocuparía más tarde donde habían aterrizado. Carlos, con una sonrisa pícara, hizo lo propio con su bóxer.

Jimena se relamió los labios con la lengua, mientras disfrutaba del espectáculo que tenía delante de ella. Ahora entendía las molestias de esa mañana, definitivamente estaba bien dotado. Aunque ella había estado con otros hombres, no tenían ni punto de comparación con él.

Carlos se tumbó de lado junto a ella, acariciándola las caderas y las piernas. La cogió del trasero mientras invadía su boca con la lengua. Jimena se tumbo de espaldas mientras él se echaba sobre ella, sujetando su peso con sus brazos para no aplastarla. Ella acariciaba su espalda y su duro trasero, todo él era duro musculo rodeado de piel suave.

Con un rápido movimiento Jimena pasó de estar boca arriba, a tener la cara contra la almohada. Carlos comenzó a besarla a lo largo de la columna vertebral, desde la nuca hasta el final de la misma. Jimena perdió la noción del tiempo y del espacio. Sintió como la abría las piernas suavemente y la colocaba un cojín bajo las caderas. Giró la cabeza hacia atrás y vio a Carlos sentado sobre sus talones, tenía la mirada clavada en cierta parte de su anatomía. Sus ojos, por un momento, parecieron cambiar de color. Habría jurado haber visto un destello rojo en ellos. Carlos cogiéndola de las caderas, la colocó a gatas. Ella nunca había hecho el amor en esa posición, aunque en ese momento, no podía pensar en otra cosa que le apeteciera más.

En el momento que Carlos introdujo su pene dentro de ella de una sola estocada, Jimena soltó un gemido de placer. Carlos comenzó a moverse con un balanceo erótico y constante. Con una mano la acariciaba el pecho y con la otra le acariciaba el clítoris. Jimena llego al orgasmo con un grito. Mientras ella continuaba corriéndose con el orgasmo más intenso que había sentido en su vida, Carlos aceleró el ritmo y se derramo en ella con un gruñido que, si Jimena hubiera estado más consciente, habría dicho que había un león en la habitación.

Los dos se dejaron caer exhaustos sobre las sabanas. Él la tenia abrazada por la cintura y se quedaron encajados jadeando y sudorosos durante unos minutos hasta que recuperaron el aliento.

- Jimena, nunca había disfrutado tanto con nadie.
- Tampoco yo. Creí, que no sobreviviría.

Carlos se río divertido ante el comentario de Jimena, mientras estiraba el brazo para coger la colcha y taparles a los dos.

***

Jimena se despertó sobresaltada a las dos de la mañana.
- ¡El gato! – dijo, mientras se quitaba las sabanas de una patada, una mano la sujetó, y la devolvió a la cama.
- Me he tomado la libertad de decirle a Michael que se encargara de tu mascota, espero que no te importe.
- ¿Él tiene llave? – pregunto Jimena, más curiosa que enfadada.
- Si, el tiene una copia de todas las llaves de mis propiedades, pero si te molesta, se las pediré y te las daré. – Carlos estaba algo preocupado, no sabía si se ofendería, había personas muy sensibles con su intimidad.
- Mientras no hurgue en mis cosas, ni entre sin llamar cuando esté en casa, no tengo ningún problema – dijo haciendo un ademan de despreocupación con la mano.

Esta mujer no dejaba de sorprenderle, tenía una forma de pensar diferente a lo que él estaba acostumbrado.
Jimena se dio la vuelta y se tumbó mirando hacia él, levantó la mano y le acaricio la cara. Carlos cerró los ojos, disfrutando de las caricias, mientras ella le exploraba con las yemas de los dedos. Cuando terminó con la cara siguió por los hombros, los brazos, los pectorales, las abdominales, las caderas…el pene estaba duro de nuevo. Siguió con su exploración tocando la punta y descendiendo suavemente hasta llegar a los testículos que también se llevaron su ración de caricias.

Carlos respiraba con la boca entreabierta. Jimena miró hacia la cara de él. La estaba mirando con los ojos entreabiertos, ella le agarró fuertemente con la mano y comenzó a subir y bajar esta con un ritmo constante. Sentada sobre él comenzó a rozarse ella misma contra su muslo. Los dos llegaron a la vez al orgasmo.

- ¿Cómo he podido vivir sin ti durante todo este tiempo? – Carlos la atrajo a él besándola con devoción.
- Aunque no te conocía, siento en todo mi ser, que te he estado buscando durante toda mi vida – le dijo Jimena muy seria.

Los dos se durmieron, exhaustos y totalmente satisfechos.

***

Jimena se despertó cuando ya era de día. Estaba, de nuevo, sola en la cama. Se levantó perezosamente y se dirigió a la ducha. Salió del baño envuelta en un albornoz que había encontrado colgado de una percha, olía a él. Cuando entró de nuevo en la habitación, se fijo que toda su ropa estaba doblada sobre una silla, incluidas las bragas.

Cuando bajó las escaleras, escuchó ruido procedente de la cocina. Se preguntó si habría alguna persona que trabajara para él y que ella no conociera, la verdad es que en ese momento no le apetecía tener que dar explicaciones a nadie de porque estaba en el apartamento de su jefe. Pasó casi de puntillas por delante de la puerta de la cocina, echando una mirada furtiva. Para su satisfacción, el responsable de los ruidos no era otro que Carlos.

Jimena se apoyó en la jamba de la puerta con los brazos cruzados, mientras Carlos se afanaba en preparar el desayuno. Estaba descalzo, e iba vestido únicamente con unos pantalones de pijama que le quedaban caídos en las

caderas. Totalmente comestible.
- ¿Vas a pasar, o prefieres desayunar en la puerta? – dijo Carlos en tono de humor, sin darse la vuelta.
- Deja que me lo piense, las vistas desde aquí son impresionantes – desde su posición, Jimena disfrutaba de un primer plano del trasero de su amante.

Carlos se dio la vuelta, con una ceja levantada, y se apoyo en la encimera con los brazos cruzados.
- ¿Me he perdido algo interesante bajando a preparar el desayuno?
- Sin duda.
- Es bueno saberlo.
- ¿Piensas hacer algo al respecto?

En un rápido movimiento cogió a Jimena y, cargándola sobre el hombro, se dirigió a toda velocidad hacia el dormitorio.

Capítulo 6

Lorenzo llevaba dando vueltas por los alrededores del nuevo salón de belleza toda la mañana. Quería controlar las caras de todos los trabajadores que entraban y salían del local. Estaba seguro, que reconocería a la empleada procedente de Madrid. Había tenido un romance con una de las empleadas y, por ese motivo, había frecuentado los salones bastante a menudo durante algunos meses. Conocía a casi todas las chicas que allí trabajaban. Lástima que el asunto no terminara bien, la chica estaba para chuparse los dedos.

Cuando estaba a punto de irse, vio a una mujer que entraba por la puerta principal del salón. Casi se cae de culo, tubo que pestañear varias veces para no dudar de lo que veían sus ojos.

No podía ser, por fin la suerte se ponía de su lado. Cruzó la avenida saltando entre los coches, provocando más de una pitada, y entró rápidamente en la recepción del Salón.

- Señor, ¿deseaba algo? - Violeta detuvo con educación al hombre que entraba como una flecha.

- Eh…sí – creo haber visto a una antigua amiga de España entrar en la peluquería.

- ¡Es amigo de Jimena! – dijo Violeta inocentemente - ha subido a cambiarse, cuando baje le diré que está usted aquí.

- Se lo agradecería – Lorenzo utilizó sus dotes de conquistador con la recepcionista.

***

Jimena había salido de casa de Carlos a las doce del mediodía, debía acudir a la cita que tenía con el veterinario. Cuando terminó en la clínica, después de que revisaran al cachorro y tramitaran los papeles de la adopción del animal, había regresado a su apartamento para dejar al gato que, según le había dicho el doctor, estaba perfectamente sano. Solo había habido un pequeño problema y era que Jimena no sabía que nombre ponerle, el amable doctor le había dicho que no se preocupara, que cuando lo supiera cumplimentarían esa casilla.

También había aprovechado para mandar unos correos electrónicos a sus amigas y contestar a otro de sus padres. Marta le había escrito uno en el que le contaba sus últimas aventuras. Esta le comentaba, que se había encontrado con su ex en la puerta de la peluquería y le había preguntado por ella, pero, que no se preocupara, que le había dicho cuatro verdades. Madre mía, a saber que "cuatro verdades" eran esas.

Cuando llego al salón eran las dos y media. Jimena comenzaba su turno a las tres, pero quería ver a Erika antes de que se fuera a casa, para darle un juego de llaves y pedirle que fuera a media tarde al apartamento, para alimentar al gato durante un par de semanas, hasta que este pudiera comer por sí mismo.

Subió hacia los vestuarios y abrió la taquilla, el uniforme del pantalón todavía no había venido de la lavandería, así que se puso la falda. Cuando bajaba por las escaleras de caracol, Violeta la llamó por megafonía para que se acercara a la recepción. Sorprendida por la llamada, se dirigió hacia donde la reclamaban.

- Dime Violeta - Jimena se dirigió directamente a la recepcionista sin fijarse en nada más.

- Tienes visita – dijo Violeta mirando por encima del

hombro de Jimena.

Cuando Jimena se dio la vuelta, no se podía creer lo que veían sus ojos ¡qué coño hacia este aquí! Lorenzo la miraba de arriba abajo, con una estúpida sonrisa pintada en la cara.

- Bueno, bueno, bueno…mira quien ha saltado al otro lado del charco.
- ¿Qué haces aquí, Loren? – Cabronazo de mierda.
- Estoy haciendo turismo, ¿no te alegras de verme? –dijo Lorenzo cínicamente, mientras la cogía de la cintura.
- Te dije que no quería volver a verte y, eso, incluye cualquier ciudad del mundo.- Jimena se le quitó de encima.
- Venga Jimena, dame un respiro. ¿Por qué no salimos a tomar algo después de tu turno y hablamos?
- Ni lo sueñes, dijo Jimena en voz baja. - Había escuchado abrirse la puerta y no quería montar un espectáculo - Vete de aquí, no quiero volver a verte en mi vida.
- ¿Hay algún problema Jimena? – Michael estaba mirándoles desde el mostrador de recepción, con cara de preocupación.
- No Michael, el caballero ya se iba – Esto se estaba saliendo de madre, y Jimena no quería dar más explicaciones de las necesarias.
- Si, ya me iba. Ya nos veremos por ahí –Lorenzo no había dicho la última palabra, si no quería por las buenas…

Jimena se dio la vuelta sin decir nada y se dirigió, rápidamente, hacia su puesto de trabajo. Michael la cogió del brazo suavemente llevándosela hacia un rincón para

hablar en voz baja.
- ¿Qué ha sido eso?
- Nada importante, solo un error. – Jimena no quería seguir con el tema
- Ya…por eso estas blanca, pareces un zombi.
- Déjalo ya Michael, es personal - le dijo algo alterada.
- Está bien Jimena, solo quiero que sepas que estoy aquí si necesitas ayuda.
- Te lo agradezco – dijo Jimena suspirando- pero no creo que sea necesario.

Se deshizo educadamente de la mano de Michael y se dirigió hacia su tocador para comenzar a trabajar.

***

Carlos, había pasado toda la tarde pensando en Jimena, mientras acababa con las existencias de sangre de la nevera de su despacho.

Tenía que estar totalmente controlado mientras estuviera con ella, no se podía arriesgar a que su otro yo saliera a la superficie y que ella se llevara el susto de su vida.

Aunque se moría de ganas, no había bajado a verla al salón, quería dejarla su espacio. De buena gana, la hubiera subido a su despacho y…

Pero Carlos empezaba a conocerla un poquito y sabia, que no le gustaba ser el centro de atención de sus compañeros, si bajaba a saludarla, todos los ojos se posarían en ellos inmediatamente.

Decidió bajar a las diez de la noche y esperarla en la calle dentro del coche, la llevaría a su casa. Michael le había comentado, que esa misma tarde había tenido un percance con un tío en la recepción.

Se había puesto algo agresivo, si no hubiera sido de día en ese momento. Le habría rastreado y le hubiera quitado las ganas de meterse con ella – mía - la palabra se repetía en su cabeza sin poder evitarlo.

No la dejaría ir sola en el metro a las diez de la noche, solo de pensar que la pudiera pasarla algo... le brotaban todos los instintos asesinos que tenía por su condición de vampiro.

Aunque, la comunidad vampírica de Nueva York estaba totalmente integrada en la sociedad y, en su mayoría no cazaban, el instinto animal estaba latente. Carlos estaba desarrollando un instinto de protección hacia Jimena fuera de lo común, podría matar a cualquiera que, tan solo, la molestara más de la cuenta.

¡Por fin las diez!, Carlos miraba el reloj sentado en el asiento del conductor de su coche, necesitaba verla en ese mismo momento.

***

Cuando Jimena salió por la puerta del salón, miró su teléfono para ver si tenía alguna llamada perdida. No había sabido nada de Carlos en toda la tarde. ¿Estaría pasando de ella?, no lo creía, esa misma mañana habían estado muy ocupados antes de que ella se hubiera tenido que ir al veterinario, le había invitado a acompañarla, pero él había alegado que tenía una reunión y que la vería por la noche.

Jimena giró hacia la derecha, para dirigirse a la boca del metro, cuando notó como alguien la cogía por la cintura y la olisqueaba la nuca. Inmediatamente reconoció a Carlos, se dio la vuelta y le beso apasionadamente.

- Te he echado de menos – dijo Jimena con un puchero en la boca.

- Soy todo tuyo – Carlos la cogió de la mano, entrecruzando los dedos con los de ella.

Se metieron en el coche dirigiéndose hacia el apartamento de Jimena.

***

Lorenzo, que estaba al otro lado de la calle, esperaba pacientemente dentro de un coche, que había alquilado esa misma tarde, a que Jimena terminara su turno. El plan era volver a ganarse la confianza de ella, para poder investigar con más facilidad el interior de la peluquería.

Cuando la vio salir por la puerta del local, Lorenzo bajó del coche. Pero antes de cruzar la avenida, vio como un hombre la cogía por la cintura. Ella se dio la vuelta, y se abrazo a él de buena gana. Los dos se subieron al lujoso vehículo del que había salido el hombre.

Lorenzo, en un primer momento, se quedó allí plantado. Cuando asimiló lo que estaba viendo, se metió a toda velocidad en el coche y, haciendo una peligrosa maniobra, salió detrás de ellos.

No es que tuviera ningún sentimiento hacia ella, pero su ego se resentía ante la imagen de Jimena con otro hombre. Esquivando el tráfico, consiguió no perder de vista el coche que conducía el acompañante de Jimena. Condujeron por las calles de Nueva York, hasta salir de las principales avenidas hacia una calle secundaria. El vehículo se detuvo frente a un edificio de ladrillo rojo. Lorenzo apagó las luces, para no ser descubierto y se mantuvo a una distancia prudencial para no levantar sospechas. Sacó unos prismáticos de visión nocturna de la mochila donde guardaba el material de trabajo y se dispuso a esperar.

Después de unos cinco minutos, las puertas del coche se abrieron y ambos ocupantes bajaron del vehículo. Lorenzo no se podía creer lo que estaba viendo, el hombre que acompañaba a Jimena parecía el mismo de la foto que Viviana le había entregado para que le encontrara.

Su jefa solo le había dicho que era alguien muy importante y, que tuviera especial cuidado en no ser descubierto, simplemente le tenía que decir dónde encontrarle y volverse a Madrid, del resto, se encargaría ella.

Lorenzo sabía que Viviana andaba detrás de algo muy gordo. Una mujer como ella, no se molestaba tanto por algo si no iba a sacar nada a cambio, estaba realmente obsesionada por ese hombre. Si Viviana pensaba que él se iba a retirar como si nada sin sacar tajada, es que no le conocía en absoluto.

Lorenzo, se quedó en el coche esperando a que el hombre saliera del apartamento. Necesitaba recopilar toda la información posible para poder negociar con su jefa.

Habían pasado más de cuatro horas, cuando la puerta del edificio se abrió, el hombre salió y miró hacia ambos lados. Lorenzo se sobresaltó cuando detuvo su mirada fija en él, si no estuviera tan oscuro, hubiera jurado que le veía perfectamente.

Siguió mirando por sus prismáticos cuando, de repente, el hombre desapareció de su vista y, en cuestión de segundos, alguien le sacaba arrastras de su coche. El golpe contra el capó fue brutal.

- ¿Estás esperando a alguien? – Carlos le cogió del cuello con una mano y le mantuvo inmovilizado contra el coche.

- No creo que sea de tu incumbencia – contestó Lorenzo, luchado por respirar.

- Nos has estado siguiendo. ¿Por qué?

- Estaba preocupado por una antigua amiga, hay mucho degenerado suelto.

Carlos le había preguntado a Jimena por el incidente de esa tarde en la recepción del Salón, ella le había hablado de su antiguo novio y se había sincerado con él, contándole toda la historia.

- Como vuelva a verle alrededor de ella sin su permiso, se arrepentirá de haberme conocido – Carlos estaba haciendo un ejercicio de autodominio para no estrangularle en ese mismo momento.

- Está bien, suélteme – ¿Ese tipo tenía colmillos y los ojos rojos, o era la falta de oxigeno que no le dejaba ver bien?

- Y porque tendría que hacer eso, te mereces un escarmiento por acosador – Carlos levanto el puño para darle su merecido.

- ¿Sabes quién es Viviana? – Lorenzo intentaría negociar con el empresario, si sacaba mas tajada con él cambiaria de bando sin dudarlo.

- ¿Cómo has dicho? - Carlos todavía veía a esa bruja en sus peores pesadillas.

- Viviana me contrató para encontrarte.

- No sé de quién me estás hablando, no conozco a nadie que se llame así.

- Ya. Mira, yo no tengo nada contra ti. Todos tenemos un precio y el mío en este momento es negociable.

Carlos le soltó, haciéndole un gesto de advertencia con el dedo índice.

- No sé de qué me estás hablando. No quiero volverte a ver alrededor de Jimena, la próxima vez no seré tan indulgente - Carlos le miró amenazantemente mientras se dirigía a su coche.

Lorenzo se volvió hacia el hotel. Entró en la habitación

dispuesto a llamar a Viviana, aunque él iba a jugar bien sus cartas, tenía que conseguir saber porque ella tenía tanto interés en ese hombre. Cogió el teléfono y llamó a su jefa.

- Espero que no me molestes para darme largas.
- Me ofendes jefa.
- Déjate de tonterías ¿Qué quieres?
- He encontrado a tu encargo.

Viviana se quedó callada, no se lo podía creer, por fin sus planes empezaban a cumplirse.

- ¿Estás seguro? no quiero errores.
- O es él, o su hermano gemelo.
- Está bien, averigua todo lo que puedas sobre él. Quiero saber su domicilio, sus costumbres, sus amigos y lo quiero sin errores. – Viviana colgó el teléfono sin despedirse.
-    Maldita bruja desagradecida – dijo Lorenzo, colgando el teléfono.

Lorenzo se quedó por unos minutos mirando la pantalla de su móvil y, cargándose de valor, marcó de nuevo el teléfono de Viviana.

- ¿Qué quieres ahora? en vez de molestarme deberías estar haciendo tú trabajo.
- Mira Viviana, para hacer bien mi trabajo, necesito más información sobre a que me estoy enfrentando – Lorenzo intentó ser lo más diplomático posible.
- Tienes la información necesaria, no necesitas saber más – Viviana no quería compartir con él nada más que lo estrictamente necesario. Sabia de sobra que no se podía fiar de él, si alguien le ofrecía algo más interesante no dudaría en traicionarla.

Lorenzo estaba intentando controlar su carácter, no quería

morder la mano que le daba de comer y… otras cosas. Todos sus instintos le decían que aquí había algo que se salía de lo normal.

Ella, después de que él insistiera mucho, le había explicado que él tipo le había engañado y que la debía mucho dinero de un negocio que habían tenido en común.

- Anoche tuve un enfrentamiento con él, y no me pareció un hombre normal.
- ¿Qué pasó? – dijo ella algo exaltada.
- Se abalanzó sobre mí a una velocidad fuera de lo normal, me inmovilizó cogiéndome del cuello con una sola mano y fui incapaz de liberarme y, además, habría podido jurar que tenía los ojos rojos.
- Ya.
- ¡YA!, ¿Cómo que ya?, me estoy jugando el físico y no sé donde me estoy metiendo, o me dices la verdad o no vuelvas a contar conmigo. Dimito desde este preciso momento.

Viviana se quedó en silencio unos minutos y, después de comprender que estaba en un callejón sin salida, se tragó su orgullo y decidió, de momento, confiar en Lorenzo y contarle lo que había visto hacia unos años en los salones de Madrid, junto con las expectativas que anhelaba desde hacía años. Si en un futuro se convertía en un estorbo, ella no dudaría en deshacerse de él.

- Lorenzo, espero por tu bien, que sepas donde debe estar tu lealtad – dijo Viviana, con tono amenazante, después de contarle lo que sabía de Carlos.
- Contigo, por supuesto. Aunque necesito saber cómo puedo enfrentarme a él, está claro que físicamente estoy en desventaja.
- Te enviare por mensajería urgente, una prenda hecha

con hilo de plata, con ella él no podrá tocarte, como ya te he explicado, los vampiros son extremadamente sensibles a ese metal.
- De acuerdo, te llamaré con las novedades.

***

Jimena se había despertado al oír cerrarse la puerta suavemente, se levantó y se fue a dar de comer al gato. No podía dejar de pensar en que había algo en Carlos que no era del todo normal.

Se acostó y se quedó mirando el techo, no podía dormir y comenzó a hacer una lista mental de cosas de él que le parecían algo raras. Esa noche mientras los dos se besaban apasionadamente había notado que sus colmillos eran excesivamente puntiagudos, de hecho, se había pinchado en la lengua. Él se la había succionado, chupándole la sangre, mientras ronroneaba como un gato. También había notado otras extrañezas, la cogía a cuestas como si cogiera un atrezo de esos que utilizaban en las películas y se notaba a dos leguas, que eran de cartón piedra. Aunque ella no estaba gorda, tampoco era precisamente pequeña, media 1.75 cm de estatura y tenía una talla 42. También estaba ese reflejo rojo que, en algunas ocasiones, se veía fugazmente en sus ojos... Jimena se restregó la cara con las dos manos – debe ser efecto de jet lag - pensó mientras se acurrucaba en la cama y se quedaba dormida.

A Jimena le despertó el sonido de su teléfono móvil, tanteo con la mano en la mesilla de noche, pero no encontró el maldito cacharro. Se levantó para buscarlo mejor, estaba en el suelo al lado de la silla donde tenía su ropa, se le había debido caer la noche anterior, cuando lanzó el bolso sin mucho miramiento por el efecto de la pasión.

- Dígame – Jimena, con las prisas, contestó sin mirar el número de quien la llamaba.
- ¿Te he despertado gatita? – Lorenzo la llamó con el apodo que utilizaba cuando estaban juntos.
- ¿Se puede saber qué coño quieres? Y no vuelvas a llamarme así, nunca me gustó.
- ¿Qué pasa gatita, la noche no ha salido como te esperabas, te han dejado solita en tú cama?
- ¡Vete a la mierda Loren! no vuelvas a llamarme o te denunciare por acoso.
- Espera Jimena, no te pongas como una fiera. Tengo una información sobre tú amante que seguro te gustaría saber. – Lorenzo intentaba captar la atención de Jimena antes de que le colgara.
- No te marques faroles, ya sé cómo te las gastas, eres un mentiroso patológico.
- ¿Estás segura que yo soy el único mentiroso en tu vida?, debes de atraerlos como las moscas a la miel. ¿No has notado nada extraño en tu queridísimo amante?
- Ve al grano, es muy temprano y no tengo paciencia para aguantar tus estupideces – Jimena estaba intrigada, aunque no quería que se le notara.
- Te has mirado últimamente el cuello para ver si tienes unas sospechosas marcas en él.
- ¡Loren, estás muy mal! – que estaba diciendo este tío.
- ¿Estás segura?, siempre has sido muy observadora, me sorprende que no hayas notado nada raro en él.
- Loren te voy a colgar, tengo mejores cosas que hacer que escuchar sandeces – Jimena estaba empezando a perder la paciencia, si no le había colgado antes era, porque en realidad, ella también tenía la mosca detrás de la oreja.
- Bueno, yo solo te aviso, si en algún momento te pica la

curiosidad, llámame - Loren colgó el teléfono sin más preámbulos, anzuelo lanzado, pensó.

Jimena dejó el teléfono sobre la mesilla y se fue a la cocina. Después de desayunar se preparó un sándwich vegetal, se lo comería en el trabajo antes de empezar, en el nuevo y moderno office, que les habían habilitado para los empleados del salón.

Después de ducharse, se vistió y decidió que se iría a dar una vuelta por la ciudad, quería pasarse por el gimnasio para hacerse socia. En Madrid iba tres veces a la semana a spinning, no quería dejarlo o la celulitis no tendría piedad de sus glúteos en unos meses.

Salió del apartamento sobre la una del mediodía, en dirección al gimnasio. Después se dirigiría hacia la quinta avenida dando un paseo, necesitaba pensar, a ella le gustaba que le diera el aire en la cara. El metro, por ese día, quedaba descartado.

Jimena entró por las puertas de acceso del Piers Sports Complex, se dirigió a las oficinas para que le informara sobre las condiciones de lugar una atlética señorita que, por cierto, no podía estar más operada, como diría su amiga Marta *esa chica está tan tuneada que el día que se muera la van a tener que meter al contenedor amarillo.*

Riéndose ella sola con el recuerdo del humor de su amiga, rellenó todos los formularios y después, de hacerle una foto con la cámara de un ordenador, la chica le entregó una tarjeta, que le permitiría libre acceso al recinto todos los días de la semana. Jimena salió por la puerta, con la firme convicción, de ir tres días a la semana como mínimo.

Se dirigió hacia la Octava Avenida, allí había gran cantidad de tiendas, más accesibles a su economía, que las que veía todos los días en la Quinta Avenida.

Deambulaba tranquilamente parándose en los escaparates que llamaban su atención, cuando desde un coche, la llamaron por su nombre. Se dio la vuelta sabiendo perfectamente de quien se trataba. Loren la saludaba con la mano desde el asiento del conductor. Jimena se acercó de mala gana.

- ¿Se puede saber que haces? ¿es que no puedes vivir sin mí? – Jimena estaba perdiendo la paciencia.
- No te confundas gatita, solo quiero hablar contigo de negocios. Sube al coche.
- Ni lo sueñes, si quieres hablar conmigo, lo haremos en tierra firme y en un lugar público.
- Está bien – Loren levantó los brazos con un gesto de rendición, y se dispuso a aparcar.

Cuando bajó del coche, Loren hizo ademan de sujetarla por la cintura. Jimena le apartó de un manotazo y le clavó su mejor mirada asesina, se dirigieron hacia una cafetería para hablar.

Loren anduvo hacia una mesa, pero Jimena prefirió sentarse en la barra, no quería que eso pareciera una cita para comer. Pidieron sus bebidas, ella una Coca Cola Zero y él una cerveza.

- Date prisa, mi turno comienza en menos de una hora – cruzo los brazos en un gesto de protección.
- ¿Qué relación mantienes con tú jefe? – cogió su cerveza y le dio un trago.
- Se te ha debido de freír la ultima neurona de tu cerebro para pensar que YO te contestaría a TI esa pregunta – se estaba poniendo roja de rabia.
- Haber como te lo explico…- se pasó la mano por el pelo.

- Te está empezando a salir humo por las orejas – Jimena aprovechó para mofarse de él.
- Una persona muy influyente de Madrid, me ha contratado para que localice el paradero de tú jefe.
- ¿Contratado?, desde cuando trabajas buscando gente – Jimena entorno los ojos, la cabeza se le estaba llenando de sospechas.
- Eso no viene ahora al caso – dijo Loren quitándole importancia - solo te digo que tú queridísimo jefe, nos está engañando a todos.
- ¿Desde cuándo estas trabajando para esa persona? – preguntó Jimena, mirándole directamente a los ojos.
- Algún tiempo – dijo Loren mirando hacia otro lado.
- Me has utilizado para acercarte a la empresa, eres... un hijo de puta.
- Vale, vale...me declaro culpable. Pero solo te digo que aquí hay algo muy grande y, podríamos ganar mucho dinero con ello.
- Preferiría morir de hambre antes de coger un solo euro de ti. Como pude ser tan tonta.
- Jimena, olvídate del pasado, todo el mundo tenemos un precio – miró para ver que el camarero no estaba cerca y bajó la voz- creo que tú amante no es...normal.
- No sé a qué te refieres – Jimena disimulaba aunque, en el fondo, ella también sospechaba que escondía algo raro.
- Él es... - Loren nunca había sido paciente, pensó que lo mejor era soltarlo a bocajarro - un vampiro.

Jimena, que estaba bebiendo en ese momento, casi se ahoga. Loren se retiró de un salto hacia atrás para que no le pusiera tibio con la bebida.
- Te has vuelto loco – cogió su abrigo se dirigió hacia la calle.

- Espera Jimena, déjame terminar – la cogió del brazo -
- ¡SUELTAMÉ! estás enfermo. No vuelvas a molestarme – salió por la puerta de la cafetería casi corriendo.

- Espera – Loren la siguió, después de pagar al camarero, cuando llegó a su altura la cogió de nuevo del brazo sujetándola para que se detuviera – solo te digo que si ves algo sospechoso me llames.
- ¡PÍERDETE LOREN!

Jimena se dirigió hacia el oeste en dirección a la Quinta Avenida, con un cabreo de campeonato, ¿porque tenía que ser tan tonta como para escuchar a ese capullo?
Mientras caminaba por la calle, el frio aire de Nueva York le dejaba las mejillas y la nariz roja, eso la calmó un poco, no quería llegar al trabajo en ese estado de ánimo.
Llegó al Salón media hora antes de que empezara su turno. Salió del vestuario después de cambiarse, y enfiló en dirección a la sala de estar, miró su reloj y sopeso la posibilidad de ir a ver a Carlos al despacho. Tenía que advertirle que una loca andaba detrás de él, la daba un poco de vergüenza que se riera de ella, pero estas cosas que parecían tonterías, podían desembocar en una desgracia. Nunca se sabía lo que pasaba por la mente de las personas. Cuando iba por el pasillo escucho a Erika llamarla desde la puerta de office.
- Jimena, te iba a llamar, tengo que hablar contigo sobre el gatito.
- ¿Qué ocurre? – dijo Jimena.
- Es que hoy no voy a poder ir a darle la toma después de las cinco de la tarde, vienen a repararme la caldera del apartamento. Si quieres voy ahora a por él, me lo llevo a mi casa, y mañana por la mañana, te lo llevo antes de

venir a trabajar. ¿Te parece bien?

- Claro que sí, no sabes cómo te lo agradezco Erika, eres un amor – Jimena le dio un sonoro beso en la mejilla a su amiga.
- No es nada, hoy por ti…

Las dos compañeras se despidieron y Jimena se dirigió hacia el despacho de su jefe.

***

Carlos llevaba toda la mañana encerrado en su despacho. Tom había llamado al teléfono móvil para ver que le pasaba. Carlos se había inventado una excusa para quitárselo de encima, aunque sabía a ciencia cierta, que su amigo no se lo había tragado. Había retrasado la reunión que tenían prevista ese mismo día a las nueve de la mañana, se reunirían al día siguiente, dijo sin ningún tipo de explicación. También le había dicho a su secretaria por el interfono, que se tomara el resto del día libre, ella había intentado protestar pues, según ella tenía mucho trabajo, pero Carlos había insistido en que le debía un montón de días libres y ya era hora de que se los cogiera.

Tom salió del ascensor y paso por delante de la desierta mesa de Guadalupe, estaba totalmente recogida y el ordenador apagado. Sorprendido se dirigió hacia la puerta del despacho. Estaba cerrada con llave. Llamó a la puerta y nadie le contestó. Cogiendo el teléfono móvil marco el número de su amigo.

- Que quieres Tom - la voz de Carlos era algo ronca.
- ¿Dónde estás?
- En mi despacho.
- ¿Te encuentras bien? ¿necesitas algo?
- No, solo necesito concentrarme en el trabajo.
- Ya…vas a abrirme la puerta o la tengo que tirar de una

patada.

Carlos se quedó en silencio y, al cabo de unos segundos, la puerta se abrió sola con un chasquido. Tom entró en el despacho, dejando la puerta entornada. Su amigo estaba sentado de espaldas mirando hacia el ventanal, con un montón de botellitas de sangre vacías en la mesa y, otra a medias en la mano.

- Que pasa jefe, problemas de ansiedad – Tom nunca había visto a su amigo tomar tanta sangre de golpe.
- Déjalo Tom, lo último que necesito en este momento es tu sarcasmo.

Carlos se dio la vuelta y encaró a su amigo, que dio un respingo al ver de qué guisa estaba su jefe.
Los colmillos estaban fuera de su boca y los ojos estaban totalmente rojos. Llevaban así desde la noche anterior, más exactamente, desde que había probado la sangre de Jimena, esta se había cortado la lengua, accidentalmente, con uno de sus colmillos, y él no había podido evitar probar su sangre.
Había sido la cosa más erótica y deliciosa que había probado en toda su vida, pura ambrosía.
Se había ido a hurtadillas del apartamento de Jimena para que ella no le viera. Además, los colmillos no eran lo único que tenía alargado, estaba duro desde entonces, no había manera de que aquello bajara. Estaba acabando con todas las reservas de sangre que tenía en el despacho y no conseguía calmarse. Encima estaba el incidente con el ex novio de Jimena, que no había ayudado tampoco a que se relajara, había tenido que utilizar todo su autocontrol para no matar allí mismo a ese desgraciado. Si era verdad que lo mandaba la bruja de la duquesa, estaba en graves problemas.

- ¿Vas a contarme lo que te está pasando o seguirás con tu complejo de isla?

- Con la sangre me recuperaré en unas horas, solo ha sido un calentón, mañana estaré como nuevo, solo necesito descansar y que nadie me moleste.

- Y ese calentón, tiene algo que ver con cierta atractiva empleada – no era una pregunta, era una afirmación.

- Tom, eres uno de mis mejores amigos… pero, mejor no vayas por ahí o, te arrancare el corazón y lo lanzare al río para que se lo coman los peces.

- Está bien – dijo Tom – yo solo digo que desde que vino Jimena tú no eres el mismo.

- ¡Jimena es mía! – dijo Carlos casi gritando.

Tom iba a contestar, cuando vio como su amigo se quedo fijo mirando hacia la puerta del despacho con cara de espanto. Se dio la vuelta rápidamente, pero ya era tarde.

***

Jimena empujó la puerta del despacho de su jefe después de llamar suavemente, se oía a Tom y a Carlos dentro discutiendo. Se quedo paralizada, su mandíbula se descolgó sin poder evitarlo, mientras veía la versión gore de su jefe. Carlos tenía colmillos y ¿Qué era eso que había sobre la mesa?, había estado bebiendo.

Él la miraba fijamente, sus ojos estaban del mismo color que la bebida que tenía dentro de la botella que tan fuertemente sujetaba con la mano. Si ella no había escuchado mal, él estaba reclamándola como suya, ¿suya, en qué sentido, como pareja o como cena? Jimena, cuando pudo reaccionar, cerró la boca, se dio media vuelta y, sin decir una palabra, se dirigió todo lo deprisa que pudo al ascensor. Tom iba a salir detrás de ella para detenerla, pero Carlos no le dejó.

- ¡Suéltame, hay que detenerla! – dijo Tom intentándose soltar de la mano de su jefe.
- Déjame a mí, yo hablare con ella, necesita tranquilizarse – no dejaría que nadie la tocara.
- ¿Y tú lo vas a conseguir en tu versión vampírica? – Tom le miró como si estuviera loco.
- Está bien – Tom tenía razón- haz que se relaje, intentare controlarme y después hablaré con ella.
- Ya iba siendo hora de que entraras en razón.

Tom salió corriendo detrás de Jimena, que presionaba nerviosamente a los botones del ascensor. La miró directamente a los ojos e, inmediatamente, ella se quedo laxa, como si la hubieran dado un tranquilizante de los que les disparan a las fieras en los documentales de la televisión. Tom la cogió en brazos antes de que se estampara contra el suelo, y la llevó de vuelta al despacho, tumbándola en un sofá con cuidado mientras encaraba a su jefe.

- Toda tuya. Esto nos afecta a todos, Carlos. Si no consigues que entienda nuestro mundo y acepte el pacto de silencio, tendremos que borrarle la memoria e implantarle una realidad paralela, y eso, significa que tú solo estarás en su vida como jefe. Si sigues viéndola de manera más íntima, ella podría volver a sorprenderte en un descuido – Tom salió del despacho, cerrando suavemente la puerta tras de sí.

Carlos, deseaba con toda su alma, que Jimena entendiera su mundo sin montar en cólera, no podía imaginarse su vida sin ella. Esperaría a que se despertara y se lo contaría todo.

Supo que Jimena era su mujer desde el primer momento

en que la vio. Dicen, que todos tenemos una pareja de vida, aunque solo algunos tienen la suerte de encontrarla y, si esto ocurre y además eres correspondido, es la mayor fortuna que puedes tener. En especial, cuando eres un vampiro. La inmortalidad se puede convertir en un regalo o en la peor de las torturas.

Estaba muerto de miedo, aunque hacía muchos años desde que había sufrido la peor experiencia de su vida, en esos mismos momentos la sentía tan vivida como si hubiera sido ayer. Esperaba no tenerse que enfrentar de nuevo a esa maldita organización de asesinos psicópatas o no respondería de sus actos. Aunque él tenía la corazonada, de que Jimena, no reaccionaria igual que su antigua pareja, ella era mucho más fuerte, estaba seguro, de que su amada, le entendería y, con un poco de suerte, le aceptaría.

Capítulo 7

Se despertó lentamente, como si estuviera entre la niebla y esta se fuera disipando hasta desaparecer por completo.
Jimena sintió un gran alivio, todo había sido una pesadilla.
Se fue desperezando mientras se restregaba los ojos. Cuando por fin los abrió y enfocó la vista. Miró hacia todos lados, ¿estaba en el despacho de su jefe? Todas las imágenes se agolparon en su cabeza, se incorporó de un salto, pero se tuvo que sentar inmediatamente, estaba mareada. Cuando consiguió recomponerse, y volver a centrar la vista, recorrió con la mirada el enorme despacho.
Carlos estaba sentado en el sillón de su escritorio, la había estado observando las dos horas que había estado inconsciente, intentando pensar en la mejor manera de explicarle la verdad.
Jimena miraba alrededor con cara de estar algo desorientada, pobrecilla, tenía que pensar que estaba perdiendo la cabeza.
- Hola – dijo Carlos – ¿cómo te encuentras?
- No sabría que decir – Jimena buscó de donde procedía la voz, estaban a media luz- Cómo en una película de serie B.
- Tenemos que hablar, necesito que me escuches sin interrupciones – Carlos, que ya había conseguido controlarse, tenía su color habitual de ojos y los colmillos

ya no sobresalían de su boca, se levantó y empezó a acercarse a ella.

- Está bien, creo que necesito una explicación lógica. Pero por favor, no te acerques, te escucho perfectamente desde donde estás.

Carlos se detuvo en seco, aunque entendía la actitud de ella, no podía evitar que le doliera. Se volvió a sentar sin decir nada y miró fijamente a Jimena, como necesitaba abrazarla y besarla en ese momento, pero ella necesitaba espacio y él la respetaría.

- Lo primero que quiero que sepas es que jamás, bajo ninguna circunstancia, te hare daño ni dejare que nadie te lo haga.

Jimena le miraba atentamente desde el sofá donde estaba sentada. Ella quería creerle, mejor dicho lo necesitaba, pero el instinto de supervivencia estaba haciendo estragos en su cerebro. Miles de dudas se agolpaban en su cabeza ¿Qué quería de ella? ¿Por qué había estado inconsciente en el sofá del despacho? ¿la había drogado?. Recordaba a Tom alcanzándola, en el maldito ascensor que no subió lo suficientemente rápido y, a partir de ese momento, todo estaba en blanco.

- Hay un mundo oculto a los ojos de la mayoría de los humanos -Carlos comenzó a hablar- siempre han existido leyendas de criaturas sobrenaturales, unas son solo mitos y otras son verdad.

Jimena escuchaba toda la historia que Carlos le contaba. No sabía si podría asimilar tanta información de golpe. Ella siempre se había considerado una persona con la mente abierta, pero esto era demasiado.

Cuando Carlos terminó, se quedó en silencio, esperando

que ella dijera algo. Jimena no se movía, no hablaba. Después de cinco minutos así, Carlos se levantó de sillón.

- Quédate donde estas, necesito distancia para pensar – Jimena no quería que se le acercara, no por miedo, la verdad era que por mucho que todo eso la extrañase, no sentía miedo hacia Carlos, desilusión, decepción, eso quizás, pero no miedo. Debía estarse volviendo loca.

- Jimena, por favor… - Carlos no podía soportar el rechazo de ella, si le rechazaba definitivamente no sabía si podría superarlo.

- Déjame, no te acerques – dijo, levantando la mano, en tono frio.

Jimena estaba congelada, siempre le había costado digerir las noticias inesperadas, se quedaba, como diría su madre, en estado catatónico o, como diría Marta, empanada. Sabía que Carlos estaba deseando acercarse a ella, pero si se lo permitía ya no podría pensar. En el momento que él la tocara, estaría rendida a sus pies, aunque él la dijera que era un vampiro, un hombre lobo o, que tenía cuernos en el culo.

Los dos se quedaron sentados en el mismo sitio durante un largo rato, en silencio, Jimena hacía una lista mental, a la derecha los pros y a la izquierda los contras. Carlos intentaba, con mucho esfuerzo, mantener la calma y darle su espacio. Por fin Jimena abrió la boca para hablar.

- No me importa tú… naturaleza – dijo Jimena muy despacio.

- Gracias, gracias…- Carlos volvió a hacer ademan de levantarse.

- Espera Carlos no he terminado – dijo muy seria- puedes estar tranquilo, tu secreto está a salvo conmigo, nunca se lo contaré a nadie, pero no sé si podre seguir teniendo una relación sentimental contigo. Necesito hacerme a la idea, necesito que me des tiempo.

Jimena se levantó y se fue hacia el ascensor, presionó el botón de llamada, las puertas se abrieron inmediatamente - ahora si maldito traidor - pensó ella.

Bajo al Salón, todavía eran las ocho de la tarde, le quedaban dos horas de trabajo. Cuando llegó a su tocador se puso a trabajar inmediatamente, sus compañeros estaban algo saturados por su ausencia. Todos le preguntaron qué tal estaba, Tom les había comentado que le había sentado mal la comida y que se había quedado en la oficina hasta que se le pasara.

Terminó de recoger sus cosas algo mas tarde de las diez y se cambio en el vestuario. Cuando salió a la calle se fue hacia el metro, pero antes de llegar a la estación, notó que alguien la chistaba desde un coche.

Loren estaba intentando conseguir que Jimena confiara en él, sería la mejor manera de acercarse al vampiro y conseguir que este le escuchara. Él se vendería al mejor postor y guardaría su secreto a cambio de un buen precio y no solo se trataba de dinero. Viviana no era su dueña y, además, sabía que le traicionaría sin ningún escrúpulo en cuanto no le necesitara.

- Hola, gatita. Te llevo a casa.
- Ni borracha, me subo en un coche contigo – Jimena siguió andando sin mirarle.
- Venga Jimena, esa cara ya la he visto antes, seguro que tu jefe te ha dado el primer disgusto. Si necesitas hablar con un amigo, yo puedo ser tu paño de lágrimas.
- Tú no eres mi amigo y, si has visto antes está cara, es porque tú la provocaste.

Jimena iba a bajar la escalera del metro cuando Loren la alcanzó, había dejado el coche aparcado de cualquier manera junto a la acera – ojala venga la policía y se lo lleve- pensó ella con inquina.

- Por favor Jimena, hablemos sobre lo de esta mañana, te fuiste corriendo y quiero que me digas si estás en mi equipo.
- No, no voy a ayudarte y, además no creo que vuelva a salir con él por algún tiempo.
- ¿Ha roto contigo?, eres incapaz de mantener a un hombre a tú lado – Loren abandonó el tono amable.
- ¡Vete a la mierda!, no sé porque te escucho – se metió en el metro y se fue al apartamento.

Cuando llegó a su casa Jimena vio el coche de Loren aparcado en la puerta de su edificio. Pasó por su lado sin hacerle ningún caso, pero Loren salió rápidamente del coche y la cogió fuertemente del brazo. Jimena se dio la vuelta dispuesta a darle un rodillazo en la entrepierna, pero él fue más rápido. Se cubrió con la mano y le devolvió un fuerte golpe con el puño cerrado en la cara. Jimena perdió el conocimiento inmediatamente.
Loren cogió en brazos el cuerpo inerte de su ex
– lo intenté por las buenas gatita.
La metió en el asiento trasero del coche y la tapó con una manta.
Cuando llego al hotel, miro hacia la recepción antes de entrar, no había nadie. Loren sabía que a partir de las once de la noche, el tipo que trabajaba allí, se escaqueaba a una de las habitaciones con su novia.
Cogió a Jimena en brazos y se dirigió a su habitación, abrió la puerta, la tumbó en la cama, la ató de pies y manos y la amordazó.

***

Jimena se despertó con un tremendo dolor de cabeza, le sabía la boca a sangre y le dolía muchísimo la cara. Miró a su alrededor mientras sentía las cuerdas en sus extremidades. ¡O por Dios!, estaba atada y amordazada, Loren la había golpeado y secuestrado.

- Hola gatita, ya te has despertado - Loren estaba tumbado a su lado.

- Grrrrrrr – Jimena, en ese momento, le arrancaría lo ojos.

- Tranquila leona. Ummm, así atada y rugiendo me pones cachondo.

Jimena le dedicó la mirada más amenazante que pudo desde su bochornosa posición, mientras le maldecía por debajo del la mordaza. Loren tiró fuertemente y se la quitó, mientras le tapaba la boca con la mano para que no gritara.

- Si no dejas de chillar te volveré a poner la mordaza, necesitas limpiarte la cara, estas echa un cromo. – Loren retiró la mano de la boca de Jimena cuando esta dejo de gritar.

- ¡Hijo de puta!, me has pegado, desátame y deja que me vaya – Jimena no se lo podía creer.

- ¡Todo es culpa tuya!, si hubieras colaborado conmigo, podíamos haber sido ricos e inmortales, pero no, la señorita lo quiere todo para ella.

- ¿Qué estás diciendo?, yo no quiero nada.

- Ja, Ja y Ja. Permíteme que me ría, me vas a decir que te metes en la cama de tu jefe el segundo día de conocerle por amor.

- Yo…yo… no lo había previsto, surgió así – por favor ¿esa era la imagen que daba al exterior?

- No quiero que pienses que me importa una mierda, la verdad es que ha sido un giro positivo para mis planes, haber que piensa el engendro cuando sepa que tengo a su juguetito en mi poder.
- Estás loco, ¿Qué es lo que buscas?, el nunca pondrá su mundo en peligro, es demasiado responsable e integro para hacer eso.
- Nunca se sabe, por amor se hacen muchas tonterías, ahora mismo es el único plan que tengo y lo voy a llevar hasta las últimas consecuencias. Además mi jefa solo me dijo que le encontrara a él. En el fondo te hago un favor – dijo Loren falsamente- vas a comprobar si realmente le importas a tú amante.
- Necesito ir al baño – Jimena intentaba hacer tiempo, necesitaba pensar ¿jefa, había más gente detrás?

Loren la cogió en brazos y la llevó, sin desatarla, hacía el baño. La bajó al suelo y la apoyó contra las baldosas de la pared. Abrió la tapa del inodoro y se dispuso a bajarle los pantalones a Jimena.
- ¡QUE HACES! – Jimena le empujó con el hombro.
- Venga gatita, no será la primera vez que haga esta maniobra contigo.
- Prefiero mearme en las bragas a que tú me los bajes – le dijo con toda la mala sangre que pudo.
- Está bien, bastante tenemos ya con los olores propios de este hotel. Pero no quiero tonterías, como se te ocurra intentar algo, te ato a la cama y te meas encima - Loren la soltó las cuerdas de los pies y salió del baño dejando la puerta entornada.

Jimena escaneó rápidamente su alrededor, mientras escuchaba como Loren ponía la televisión, buscó por el baño algo cortante, joder no había nada. Contrariada se sentó en la taza del váter mirando hacia el suelo, cuando vio algo brillar debajo del lavabo. Se acerco para descubrir un pequeño cortaúñas, lo recogió y se lo escondió rápidamente en el bolsillo del pantalón, esperaba que Loren no lo echara de menos. Jimena se colocó la ropa como pudo y tiró de la cadena. Inmediatamente Loren abrió la puerta y la llevó bruscamente hacia la cama, la volvió a atar los pies, la amordazó y aseguro la cuerda de las muñecas a los barrotes del cabecero.

- Me voy gatita, necesito hablar de hombre a hombre con tu queridísimo vampiro, vamos a comprobar si eres un simple entretenimiento o algo más. – Loren la guiño un ojo y salió por la puerta.

Jimena se quedo mirando el roñoso techo, estaba en una pesadilla y no podía despertar, debía de ser el día más surrealista de su vida, primero había descubierto que su jefe/amante era un vampiro y después había sido golpeada y secuestrada por su ex novio, ¿qué iba a pasar ahora?
Las lágrimas que había estado reteniendo mientras estaba con Loren, comenzaron a caer por sus mejillas ¿Cómo podía haber estado tan ciega? Loren la había estado utilizando en Madrid y, ahora en Nueva York volvía a hacerlo, aunque de una manera mucho más peligrosa ¿Qué tendría pensado hacer con ella?

**

- Estaba hablando con él en la calle, cuando ella se metió en el metro, él se fue en un coche.

Era la tercera vez que Michael le explicaba a Carlos lo que había visto. Siguiendo órdenes de su jefe, había vigilado a Jimena, para comprobar que llegaba a su apartamento sana y salva.

- Esto es muy raro Carlos – dijo Tom – pueden estar compinchados.
- Ella me explicó la relación que habían tenido en Madrid, él la engañó.
- Carlos, eso podría ser una treta. Podría querer aparentar ser una mojigata.
- ¡NO! Jimena no es así, tengo que hablar con ella, seguro que hay una explicación para todo esto.

Carlos salía por la puerta de su despacho cuando sonó el teléfono. Tom lo cogió inmediatamente.
- Hola Tom tengo una llamada para el Sr. del Toro – Violeta le hablaba en voz baja y algo asustada – es alguien que dice ser amigo de Jimena, ha insistido mucho, yo le he dicho que no estaba pero…
- No te preocupes Violeta, pasa la llamada – Tom tapó el auricular – es el amigo de Jimena, quiere hablar contigo.

Carlos cogió el teléfono de las manos de Tom y, frunciendo el ceño, contestó.
- ¿Por qué me has llamado?
- Bueno, bueno, bueno…creo que deberías tratarme con algo más de respeto en este momento.
- No has contestado a mi pregunta ¿Qué coño quieres?
- Tengo algo que no estoy seguro si te seguirá interesando, pero, si es así, creo que deberías tener cuidado de cómo me hablas.
- Estas jugando con fuego capullo, la próxima vez que te cruces en mi camino no seré tan considerado como el otro día.
- Si algo me ocurre, lo sufrirá tu putita multiplicado por diez.
- ¡Donde está, como le toques un solo pelo te mataré! –

Carlos agarró con tanta fuerza la mesa que se quedó con un trozo de madera en la mano.

- Tranquilo vampiro, no me amenaces, ahora escúchame atentamente. Yo solo quiero dos cosas muy sencillas, y te prometo que te devolveré a Jimena sana y salva y no volverás a saber de mí nunca más.

- Habla – A Carlos se le habían alargado los colmillos y sus ojos habían cambiado de color.

- Quiero 500.000 dólares – necesitaría dinero para esconderse de la bruja. No podría volver a Madrid por unos años.

- Ya, ¿Y la segunda?

- Quiero convertirme en uno de vosotros – Loren no se anduvo con rodeos- piénsalo, llamaré en unas horas.

Tom se quedó mirando a su jefe con mucha atención, había escuchado la conversación pues, como vampiro, todos sus sentidos estaban muy desarrollados.

- Escúchame desgraciado, como la toques un solo pelo, tu dolorosa muerte se convertirá en mi misión en la vida. Me has oído bien.

- Eso depende únicamente de ti vampiro – Loren colgó el teléfono.

¡PUM! De un solo golpe de su puño, la mesa se estrelló contra el suelo partida en dos, Tom le miraba desde el otro lado del despacho, no haría ningún comentario de momento, esperaría a que su jefe se calmara. Carlos se dirigió como una flecha hacia la puerta del despacho.

- No puedes salir así amigo – Tom le sujetó del brazo cuando pasó por su lado.

- No te atrevas a impedírmelo – Carlos le dio un golpe en la mano, si Tom no hubiera sido un vampiro, le habría roto todos los huesos.

- Por favor, primero necesitas calmarte – Tom hablaba muy despacio, Carlos en ese momento estaba descontrolado y necesitaba que su amigo le escuchara.

- Todo es por mi culpa -Carlos se sentó de golpe en el sofá y se puso las manos en la cara.

- ¿De qué estás hablando? Tom se sentó a su lado.

- Cuando me trasladé a Nueva York fue para esconderme de alguien. Asumí que esa maldita bruja se creería la historia de mi muerte pero, parece ser, que no fue así – Carlos miraba hacia el suelo, moviendo la cabeza de lado a lado, como si no se lo pudiera creer.

Carlos le contó todo lo que le había pasado en Madrid años atrás, ya no tenía sentido ocultarlo. Si lo había escondido todos estos años, era porque quería olvidar esa etapa de su vida, no pensó en ningún momento que ella no se creería que había muerto y seguiría buscándolo.

- ¿Estás seguro que esa mujer está detrás de todo esto?– Tom, habló después de unos segundos de digerir lo que le estaba contando Carlos.

- Si, tuve un encontronazo con Lorenzo, Jimena me contó que había tenido una malograda relación con él en Madrid. Cuando salía del apartamento, el nos estaba vigilando desde su coche, nos había seguido todo el camino hasta llegar a Chelsie, estaba en su coche y fui a… pedirle explicaciones. Me confesó que trabajaba para Viviana. Aunque no creo que sea muy leal, me insinuó que negociaría con nosotros. Le subestimé Tom, no creía que fuera capaz de secuestrar a Jimena para chantajearme.

- ¿Por qué ella no ha venido a buscarte en persona?

- Viviana no tenia permitido salir de España por un problema legal, por eso habrá tenido que contratar a este tipo. En caso contrario, lo habría hecho ella misma. No se fía de nadie.

- La encontraremos Carlos, no podemos ceder al chantaje. Cuando le ponga las manos encima a ese maldito bastardo, se le van a quitar las ganas de chantajear a un vampiro.

- No haremos nada que ponga en peligro a Jimena, pero cuando ella esté a salvo, el único que le pondrá las manos encima seré yo. Ahora tenemos que saber dónde se esconde esa rata.

- Llamare a Stefan, tiene algún amigo en la policía, Michael tiene el número de la matrícula del coche de ese capullo – Tom cogió el teléfono y marco el numero de Stefan.

- Hola Tom.

- Hola Stefan, necesito un favor.

- Umm, creí que no te iban los machos – Stefan disfrutaba provocándole.

- Déjalo, esto es serio, necesitamos información sobre una matrícula – Tom le dio el número y colgó en espera de noticias – Carlos, no sé cómo decirte esto, pero, ¿eres consciente de que Jimena podría estar aliada con él?

- ¿Crees que soy estúpido? -Carlos, levantó la cabeza de entre sus manos y miró fijamente a Tom- no hago otras cosa que darle vueltas, he pensado en todas las posibilidades.

No habían pasado dos horas cuando el teléfono comenzó a sonar, Carlos se levantó rápidamente, descolgó el auricular y conectó el manos libres.

***

Jimena daba vueltas en la cama, las muñecas le dolían por culpa de esas malditas cuerdas, Loren le había atado a los barrotes de la cama, lo cual le habían impedido utilizar el cortaúñas que llevaba en el bolsillo de su pantalón, frustrando cualquier posibilidad de escape.

La cerradura de la puerta se abrió, la luz del pasillo le dio en los ojos obligándola a cerrarlos inmediatamente, cuando se había ido ese cerdo, la había dejado a oscuras.

- Hola gatita, ¿me has echado de menos? – Loren entró en la habitación cargado con una bolsa de una conocida hamburguesería- Te voy a quitar la mordaza, pero te aconsejo que no grites o te la pondré de nuevo y te alimentare por la nariz.

Jimena le miraba con odio, mientras Loren le desataba la cuerda de los barrotes de la cama y le quitaba la mordaza, le puso rápidamente la mano en la boca para asegurarse que no gritaría. Ella encogió los brazos, llevaba demasiado tiempo en la misma postura y le dolían los hombros.

- Esto es una locura Loren, déjame ir y no se lo diré a nadie – Jimena hablaba en voz baja – no conseguirás nada del Sr. del Toro, yo no significo tanto para él como para que se deje chantajear de esta manera.

- Bueno, bueno…eso lo comprobaremos ahora mismo, ya ha pasado el tiempo que le di para que se pensara mi propuesta – Loren sacó su teléfono del bolsillo y marcó el numero de la centralita del salón, se escucho la voz dulce de Violeta y como le pasaba con el despacho. Carlos contestó al teléfono.

- Antes de negociar contigo, quiero hablar con ella – Carlos fue directamente al grano.

- No creo que estés en situación de negociar, simplemente si quieres volverla a ver con vida, tendrás que acceder a mis demandas.

- ¡CARLOS NO LE ESCUCHES! -Jimena le gritó desde la cama, no estaba dispuesta a que Loren la utilizara, o que pusiera en peligro el secreto de su jefe, sabía que si accedía al chantaje, nunca sería suficiente. Loren siempre querría más.
- ¡CALLATE ZORRA!, Loren la dio una bofetada que le hizo sangre en la nariz – te dije que no gritaras.
- Como vuelvas a tocarla te mataré, maldito hijo de puta – Carlos no podía contener la ira al otro lado del teléfono.
- No me amenaces, en este momento yo tengo el poder, así que aceptas mis peticiones, o vas a ser testigo de un asesinato vía telefónica – Loren cogió a Jimena del pelo y le dio un fuerte tirón mientras dejaba que Carlos oyera los quejidos de la chica.
- ¡SUELTAME DESGRACIADO! – Jimena se quejaba entre sollozos, nunca accederá a tus peticiones.

Carlos, aunque había tenido sus dudas acerca de la lealtad de Jimena, supo en ese momento que no podría vivir sin ella, estaba totalmente loco por ella, solo de pensar que ese desgraciado la tenía a su merced le mataba. El animal que llevaba dentro luchaba por salir y darle caza, pero, su parte racional le decía, que primero, tenía que poner a salvo a su mujer, si su mujer, porque Jimena había sido suya desde el primer día que la vio entrar en su despacho y su olor casi le vuelve loco.
- ¿Cómo quieres que lo hagamos?
- Bien, ya veo que vamos entrando en razón – Loren soltó de un empujón a Jimena, que se estampó contra la cama, dándose un golpe con los barrotes en la cabeza que la dejo algo mareada.
- ¡DEJA DE MALTRATARLA!
- Tranquilízate vampiro, y hablemos de negocios. Lo

primero que quiero es que quites el altavoz del teléfono, esto es entre tú y yo.

- Hecho, sigue – Carlos hizo lo que le dijo.

- Quiero que vayas solo al apartamento de Jimena en dos horas con el dinero, allí me convertirás. Si te acompaña alguien lo sabré.

- Quiero que me entregues a Jimena antes de nada.

- ¡Crees que soy estúpido!, Jimena se quedará donde está, le voy a inyectar un veneno que a las veinticuatro horas es mortal. Cuando tenga lo que quiero, te daré la dirección. El antídoto estará allí para que se lo suministres. Nos vemos en media hora en el apartamento. Si vienes acompañado, ella morirá. Cuando entres en el apartamento, no quiero que enciendas las luces. Seguirás en todo momento mis instrucciones, en caso contrario, solo volverás a verla cuando salga su cadáver en las noticias.

Loren colgó el teléfono y sacó de la mesilla una bolsa con dos viales. Había venido preparado desde España gracias a sus contactos en los bajos fondos, los viales habían viajado en la maleta, dentro de una caja que impedía que se detectaran por los controles del aeropuerto. Uno contenía Talio, que era un fortísimo veneno que provoca colapso total en veinticuatro horas y, el otro, contenía Azul de Prusia, este era el único antídoto conocido a ese veneno. Aunque las posibilidades de salvarse no eran del cien por cien, era el único antídoto que existía para ese mortal veneno.

Colocó los viales en la mesilla y cargó la jeringa con el Talio. Le cogió el brazo a Jimena, que estaba semiinconsciente por el golpe que había recibido en la cabeza y, después de pasar sus dedos por el interior de su brazo a modo de caricia, se lo inyectó.

Jimena se quejo vagamente pero, en cuanto Loren le saco la aguja de la vena, decidió simular que se desmayaba, su única posibilidad era que no le atara las manos a los barrotes de la cama, si él pensaba que está totalmente inconsciente podría cometer ese error.

- Lo siento gatita, no es nada personal – Loren la acarició el pelo - pero, o consigo convertirme en vampiro, o estoy muerto. Viviana me mataría en cuanto supiera que estoy actuando por mi cuenta y, la vida es demasiado bella, para irme al hoyo tan pronto.

Dejó a Jimena acostada en la cama y se dispuso a seguir el resto del plan.

Capítulo 8

Loren tiró de la caja de cartón que estaba debajo de la cama. La colocó sobre la mugrienta colcha con mucho esfuerzo pues, pesaba bastante. Abrió la tapa y sacó una extraña túnica del mismo estilo que las que utilizaban los frailes, incluida la capucha, solo que esta estaba tejida con hilo de plata.

Había ido a recogerla esa misma mañana al aeropuerto. Viviana, cumpliendo su palabra, se la había enviado desde Madrid, también había dos pares de esposas de plata. Cogió todo, lo guardó en una mochila, incluidas las llaves del apartamento de Jimena y salió por la puerta de la habitación.

Loren aparcó el coche a una manzana del apartamento de Jimena. Anduvo por la acera mirando a ambos lados, eran las cinco de la madrugada, todavía faltaban más de dos horas para el amanecer. Él tendría que escapar antes de que amaneciera, ya tenía el billete de avión que le llevaría a Australia. Había pedido asiento en el pasillo central para que no tuviera problemas con el Sol y, la hora prevista de llegada a su destino, eran las tres de la madrugada hora local de Sídney. Si iba a ser un vampiro, tenía que empezar a pensar en esos detalles, si no se quería achicharrar a la primera de cambio. En ese inmenso país, no tendría ningún problema para esconderse durante unos años, después, volvería a España.

Lorenzo abrió la puerta del apartamento, comprobó que no había nadie y se dispuso a preparar el escenario cuidadosamente.

***

Cuando Carlos llegó a la puerta del apartamento esta estaba entornada, entró despacio, sabía que Loren estaba dentro, podía olerle, aunque también podía detectar otro desagradable olor que le dañaba las fosas nasales. Cerró la puerta tras de sí y miró hacia la cocina, una figura envuelta en una túnica con la capucha calada hasta la nariz, estaba en la puerta.

- Has traído el dinero – Lorenzo fue directo al grano.
- Ahí lo tienes – Carlos le lanzo una bolsa de deporte, que dio un fuerte golpe a los pies de Lorenzo.
- No juegues conmigo vampiro.
- Déjate de tonterías Lorenzo, dime ahora mismo donde está Jimena.

Carlos se abalanzó sobre Loren, hasta cogerle por la garganta, le iba a decir donde estaba Jimena, por las buenas o por las malas. En el momento que hizo contacto con la túnica, sintió como su piel se quemaba. Carlos le soltó inmediatamente, mientras se le escapaba un siseo de dolor.

- Ja, ja, ja – Loren disfrutaba de la imagen del vampiro sujetándose las manos con gesto contrariado - ¿creías que iba a venir sin protección?, no me menosprecies vampiro, no soy estúpido.
- Te daré lo que quieres, pero dime donde esta Jimena, ella no tiene que ver nada con todo esto.
- Tic, tac, tic, tac... el tiempo pasa y no es mi culpa, si no llegas a tiempo de administrarle el antídoto será únicamente tu responsabilidad.
- Está bien, dame tu muñeca, tengo que morderte.
- Sigues subestimándome Carlos, no te lo pondré tan

fácil.
- ¡¡DIME QUE HAGO!!
- Ve hacia la habitación y ponte las esposas que están enganchadas en los barrotes de la cama.

Carlos hizo lo que le ordenaba Loren, se dirigió hacia el dormitorio y se dispuso a colocarse en las muñecas las esposas que colgaban a cada lado de la cama, cuando las cogió volvió quemarse la piel de la mano y las soltó inmediatamente.
- Que pasa Carlos, ¿tu amante no vale un poco de dolor?
– Loren le observaba desde la puerta.
- Eres un hijo de puta psicópata – Carlos cogió las esposas y, aguantando el dolor, se las colocó, quedando tumbado boca arriba en la cama – Me dirás donde esta en cuanto te muerda.
- No te voy a soltar hasta que esté en condiciones de defenderme.
- No me sueltes, pero dime donde está para que alguien vaya a poner el antídoto a Jimena.
- Está bien, terminemos con esto.

Loren cogió una copa junto con una cuchilla de afeitar, cortó la carótida de Carlos a la altura de cuello y llenó la copa con la sangre que brotaba de la arteria, después ofreció su muñeca al vampiro para que le mordiera, este le clavó los colmillos sin ningún tipo de contemplación, desgarrándole la muñeca con saña. Succionó la sangre del maldito chantajista escupiéndola cada vez que tenia la boca llena, no quería tener en su cuerpo nada de ese maldito enfermo.
Cuando Loren sintió que se le iba la vida, se bebió rápidamente la copa de sangre de vampiro y se retiró

rápidamente de donde estaba Carlos para que no pudiera alcanzarle, un fuerte dolor le hizo retorcerse en el suelo, se quitó rápidamente la túnica para que no le dañara cuando se completara la transformación y se dirigió hacia el sofá del salón. Carlos le gritaba desde la cama exigiendo que cumpliera su parte del trato, pero Loren se tumbó sobre el sofá retorciéndose de dolor, sin hacerle caso.

Carlos chillaba, mientras sentía, como las esposas le drenaban todas sus fuerzas y le quemaban la carne hasta el hueso.

El tiempo pasaba y Jimena estaba en algún lugar muriendo envenenada, solo tenían una posibilidad de salvarla, y esa era que sus amigos Tom y Stefan con la ayuda de Michael, consiguieran descubrir donde la había escondido su secuestrador.

Carlos nunca se había sentido tan frustrado, ese maldito hijo de puta lo iba a pagar.

***

Jimena luchaba por no perder el conocimiento, antes de poder alcanzar el vial con el antídoto que estaba en la mesilla de noche. Por fin consiguió, no sin mucho esfuerzo, sacar el cortaúñas del bolsillo del ceñido vaquero y, aunque tenía la vista nublada por los efectos del veneno, logró sacar la pequeña lima que se plegaba dentro del utensilio. Cuando consiguió cortar la suficiente parte de la cuerda como para que esta se aflojara, sacó las manos del nudo, se soltó la cuerda de los tobillos y se quitó la mordaza.

Respiro lentamente para no marearse más de lo que ya estaba, pues, sentía que perdía la visión por segundos. Palpando con las manos sobre su mesilla tocó la jeringa y el vial. Cargó la jeringa y se apretó el brazo con la cuerda para que sobresaliera las venas, se inyectó el líquido a un milímetro de donde lo había hecho su captor, rogando para que lo hubiera hecho correctamente, se recostó sobre la cama y perdió el conocimiento.

No sabía cuánto tiempo había pasado inconsciente, Jimena sentía que alguien la daba golpes en la mejilla y la sacudía cogiéndola de los hombros para que se despertara, cuando logró abrir los ojos vio a Tom con cara de preocupación.

- ¿Dónde está tu amigo? – Tom la miraba con suspicacia.
- ¿Qué?, ¿Carlos, donde está Carlos? – Jimena miraba hacia todos los lados buscando a su amante.
- ¿Quién te ha inyectado el antídoto?
- El antídoto…yo sola, me conseguí soltar con…
- Ayudarme a cogerla – Tom no la dejó terminar de hablar - iremos con ella al apartamento de Chelsea, allí comprobaremos si estaba asociada con ese cabrón. Carlos dijo que no quería que fuéramos allí hasta que ella no estuviera a salvo, bueno, pues ya lo está – Tom tiró bruscamente del brazo de Jimena para incorporarla, desde que su jefe dijo que no se metiera en esto y que gastara todas sus fuerzas en localizar a Jimena, estaba con un subidón de agresividad, que no se podía aguantar ni él.
- Tom, no la trates así, no sabemos si realmente ella está en el ajo – Michael salió en defensa de Jimena.
- Bueno ya lo veremos, de momento todos los indicios apuntan a ello. Tenemos que darnos prisa, solo queda una hora para el amanecer.

Jimena no abrió la boca en todo el trayecto hasta su apartamento, no podía soportar la idea de que le hubiera pasado algo malo a Carlos por su culpa.

Tom abrió la puerta del apartamento de una patada, los cuatro entraron en la sala de estar.

Loren estaba en el sofá tumbado retorciéndose de dolor, tenía los ojos rojos y los colmillos estaban algo más largos que los de un humano, pero todavía no tanto como los de un vampiro, por suerte, no había terminado la transformación todavía.

Tom fue hacia él con el firme propósito de arrancarle la cabeza, cuando escuchó unos gemidos, Jimena corrió hacia la habitación y todos la siguieron. Carlos estaba en la cama, había perdido todo el color de la piel, y tenía unas horribles heridas en las muñecas, la cabeza la tenia doblada hacia un lado en muy mala postura. Jimena le cogió por las mejillas para ver como se encontraba, cuando sintió que alguien la quitaba del medio bruscamente. Jimena cayó de culo contra el suelo.

- Quita de en medio, necesita ayuda – Tom llamó a Michael para que cogiera las llaves de las esposas que habían visto en la mochila de Loren – quítaselas rápido Michael, está muy débil. Stefan ayúdame a sujetar a Loren, va a probar de su propia medicina.

Mientras los dos vampiros sujetaban a Loren, que cada vez estaba más cerca de la transformación total, Michael cogió las esposas de plata y se las colocó, sujetándole contra el radiador, que había justo debajo del ventanal de la sala de estar.

Jimena se levantó del suelo y volvió a acercarse a Carlos.

- Carlos háblame ¿estás bien?, por favor Carlos… di algo – Jimena le acariciaba el pelo desesperada por que su amante diera signos de vida.

- Jimena ¿eres tú?, gracias a Dios que estas bien.

Carlos no estaba seguro si la bella mujer que tenía delante

era real o producto de su imaginación, la plata había drenado todas sus fuerzas y por las heridas había perdido gran cantidad de sangre. De repente sintió como sus colmillos se alargaban, el olor de la sangre de Jimena, en ese momento no era nada bueno para la seguridad de la chica. Carlos necesitaba sangre y sus instintos se imponían.

Stefan entró corriendo desde la sala y la retiro de delante de su jefe.

- Vete de aquí ahora mismo Jimena.

- ¿Por qué?, ¿Qué le ocurre?

- Carlos, intenta controlarte – Stefan le hablaba con voz tranquila -   Michael ha ido a buscar sangre a tu apartamento, estará aquí enseguida. Eres uno de los que tiene más control, no hagas nada que luego no puedas asumir.

Carlos se tiró en la cama en posición fetal, se sujetaba el estomago con una mano y la garganta con la otra, el dolor era insoportable, la sed era atroz y, el olor de ella no ayudaba en absoluto.

- ¡¡QUE LE PASA!! – gritó Jimena desde la puerta de la habitación.

- Necesita sangre – dijo Tom, que estaba detrás de ella - su lado vampiro lucha por salir, es puro instinto de supervivencia, ¿Qué pasa bonita, tienes miedo?, esto lo habéis provocado tu supuesto secuestrador y tú – Tom silabeó la palabra "supuesto" deliberadamente.- si no le dejo que te ataque es, porque Carlos jamás ha matado ningún humano para alimentarse y, si yo se lo permitiera, no me lo perdonaría en la vida.

- Yo no le tengo miedo – Jimena se acercó con el dedo en alto a Tom - yo no tengo nada que ver con ese hijo de puta que está encadenado al radiador y, si Carlos necesita sangre, yo se la daré por propia voluntad, no hace falta que nadie me obligue.

Jimena se acercó muy despacio hasta donde estaba Carlos y le acarició el pelo.

- ¡¡LLEVAROSLA DE AQUÍ!! – Carlos luchaba por no perder la cordura.
- Carlos – dijo Jimena bajito en su oído – necesitas algo que yo puedo darte, quiero que lo tomes.

Jimena se agachó y le puso su garganta a la altura de su boca. Carlos no pudo contenerse más, abrazo a Jimena y la volteó poniéndose encima de ella, clavó sus colmillos en la arteria carótida de la joven para succionar la sangre. Era el mejor manjar que había probado en toda su vida, perdió la noción del tiempo y el espacio, era como estar en el jardín del Edén con una copa de ambrosia entre las manos. Bebió con ansia todo ese oro líquido que se derramaba entre la comisura de sus labios. Jimena le acariciaba la espalda, animándole a que siguiera alimentándose, cuando las caricias comenzaron a ser cada vez más débiles, notó que tres pares de fuertes manos le separaban de la fuente de su deleite.

- Déjala ya amigo – Tom habló suavemente a su jefe - si la matas, no te lo perdonaras nunca.

Carlos empezó a ser consciente de la realidad, de donde estaba y de lo que había ocurrido. Miró a Jimena, que le observaba con una expresión de sensualidad desde la cama. Se agachó y lamió las incisiones del cuello de ella para que se cerraran. Jimena gimió de placer ante el contacto de la legua de Carlos en las heridas. Por favor, había tenido un orgasmo mientras él se alimentaba.

- Yo…lo siento Jimena, no era consciente de lo que hacía.
- Está bien – dijo ella incorporándose lentamente para no marearse - yo me ofrecí.
- Tom – Carlos llamó a su amigo – donde está ese desgraciado.
- Está en la sala, pero no podemos salir, se quedó la ventana abierta y está empezando a amanecer.
- Por favor Stefan, llama a Michael y dile que ya no hace falta que venga, tendremos que quedarnos aquí todo el día, que vaya al hotel donde estaba alojado y que lo limpie todo y que lleve todo lo que encuentre a mí apartamento. Que pague la cuenta y simule que el cabronazo de Lorenzo ha vuelto a España.
- OK – Stefan sacó su teléfono del bolsillo de la chaqueta y llamó al humano.

Jimena salió para cerrar la ventana, pero se paró en seco al ver a Loren en versión vampiro.

Con el gesto de un depredador hambriento, la miraba acuclillado, intentando arrimarse todo lo que podía a la pared para que no le diera la luz que entraba libremente por la ventana abierta. Con las esposas de plata, que le laceraban la carne de las muñecas, no podía estirarse lo suficiente para cerrar la hoja de la ventana que estaba abierta.

Jimena, que nunca se había considerado una persona agresiva, de hecho, no le gustaba en absoluto la violencia, se vio, repentinamente, dirigiéndose a la cocina y cogiendo un cuchillo del cajón, en ese momento supo, que podría matarle sin ningún esfuerzo. Sujetó con fuerza el cuchillo de cocina y se dispuso a abalanzarse sobre Loren.

- ¡¡NO TE ACERQUES A ÉL!!

Carlos gritaba desde dentro de la habitación de ella, se habían quedado todos allí atrapados, pues en la sala empezaba a entrar la luz del amanecer por la ventana y Jimena, no podía acercarse sin que Loren la atrapara.

- Gatita, porque no me quitas las esposas, ya tenemos lo que queríamos, mira la bolsa que hay sobre la mesa, tiene quinientos de los grandes, era lo que queríamos para fugarnos juntos – Loren sabia que todo se había echado a perder, pero moriría haciendo daño, si estos se creían que iban a ser felices y a comer perdices, sin que él hiciera nada para evitarlo, estaban muy equivocados.

- ¿Qué estás diciendo? maldito mentiroso.

- Lo sabia – Tom habló desde dentro de la habitación.

- Carlos te juro que yo no tengo nada que ver con él, te está engañando – Jimena se acercó hacia Carlos, necesitaba que la abrazara y la dijera que todo estaba bien, que no se creía ni una palabra de lo que decía ese maldito cabrón.

- No te acerques a mi Jimena, en este momento no sé lo que creo.

Jimena se detuvo en seco, como podía pensar que esta estaba confabulada con Loren, después de lo que habían vivido juntos estos últimos días, por Dios, si le había dado su sangre para que se recuperara.

Jimena se dirigió, con lágrimas en los ojos, hacia el armario de la entrada, se puso el abrigo y cogió su bolso donde llevaba su tarjeta de crédito y su pasaporte. Cuando iba a salir por la puerta, se dirigió a la mesa y cogió la bolsa con el dinero, se acercó a la puerta del dormitorio y lanzó todo su contenido, con toda la fuerza que la rabia la pudo dar, a la cara del vampiro que la miraba desde dentro con gesto ilegible.

- Espero que el culpabilizarme te haga sentir mejor, yo nunca he querido dinero que no me hubiera ganado con el sudor de mi frente. Ojala, nunca te hubiera conocido – el silencio solo se rompió por la risa de Loren.
- Siempre fuiste una perdedora Jimena – Loren estaba disfrutando de la escenita.
- Cállate maldito desgraciado. Espero, que cuando el Sol te achicharre hasta los huesos, recuerdes que te lo tienes merecido.

Jimena salió del apartamento. Hizo una seña a un taxi que dejaba, en ese mismo momento, a una persona en su misma puerta. Se subió dentro del vehículo y le ordenó que se dirigiera al aeropuerto, el taxista asintió con la cabeza y arrancó en dirección hacia el JFK. Jimena se recostó en el asiento y comenzó a llorar sonoramente. El chofer la miró un momento por el espejo retrovisor, pero tuvo la deferencia de no preguntar.

Capítulo
9

Jimena cerró fuertemente los ojos, cuando la puerta de su habitación, se abrió lentamente permitiendo que entrara la luz del exterior.

- Hola cariño – la madre de Jimena entró en la habitación de su hija, con el auricular del teléfono fijo en la mano.

Jimena había desconectado su teléfono móvil desde que llegó al aeropuerto de Madrid, y no lo había vuelto a conectar otra vez.

- Mamá no quiero hablar con nadie, estoy muy cansada, déjame dormir –Jimena se tapó la cabeza con la ropa de la cama.

- Es Marta, lleva toda la mañana llamándote, habla con ella cariño.

Manuela se sentó al borde de la cama de su hija y la acaricio el cuerpo por encima de la colcha.

Su hija había vuelto hacia tres días de Nueva York inesperadamente. Desde el momento en que había entrado por la puerta de la casa llorando, estaba encerrada en su dormitorio.

Manuela intentaba tener toda la paciencia del mundo, no como Juan, su marido llevaba ya varios días queriendo llamar a algún especialista que ayudara a su niña.

Si él supiera hablar el idioma, ya habría llamado a los salones de Nueva York donde había estado trabajando su hija, para pedir explicaciones. Siempre podía pedírselo a alguien, pero no quería que nadie violara la privacidad de

Jimena.
- Por favor cariño, es tu mejor amiga.

Jimena, después de suspirar sonoramente, sacó la mano por encima de la colcha, abriéndola y cerrándola, para que su madre le diera el auricular.
- Hola – Jimena tenía afonía de tanto llorar.
- Hola guapa ¿Qué pasa se te ha pegado el acento en tan pocos días?, Marta no podía evitar meter un chascarrillo siempre que hablaba.
- Siento no haberte llamado, es que yo… solo no puedo… - Jimena comenzó a sollozar.
- ¿Quién es el tío que te ha hecho esto? – Marta fue directa al grano - si tienes una foto y un poco de cabello de él, solo dámelo, y le hare un conjuro para que no se le levante el resto de su vida – Jimena se rio bajito.
- ¿Qué ha sido eso? Creo haber oído una linda risilla. – Marta dijo esto con el tono de Piolín - ¿Qué te parece si me paso esta tarde por tu casa y hablamos?
- Bueno…
- A las siete, adiós – Marta colgó el teléfono sin esperar a que Jimena le diera cualquier escusa.

Jimena se levantó de la cama, mientras su madre entraba a la habitación con una sonrisa de alivio.
- Mamá no disimules, se que estabas escuchando al otro lado de la puerta.
- Vale lo reconozco, pero es que se me parte el alma al verte así
- Lo sé y lo siento, solo necesitaba llorar unos días, pero creo que ha llegado el momento de asumir lo que me ha pasado.
- ¿Me lo vas a contar?

Jimena le contó una historia algo retocada sobre lo que había sucedido, le habló sobre el desengaño amoroso con un compañero y que, después de eso, no podía seguir trabajando con él. Después de la escueta explicación, las dos se fundieron en un abrazo.

- Te quiero mamá, siento haberos tenido tan preocupados.
- No te preocupes cielo, somos tus padres, estamos aquí para apoyarte en todos los momentos de tu vida, buenos y malos. Ahora, date una ducha, y baja a hablar con tu padre, lleva dos días escribiendo una carta con el traductor de Google.
- Está bien mama, me ducho y bajo.

Jimena bajó las escaleras y se dirigió a la cocina, su padre estaba leyendo el periódico.

- Hola papá – Jimena habló en voz baja, le dolía la garganta de tanto llorar.
- ¿Ya estas mejor? -su padre se levantó de un salto y la abrazó fuertemente – dime si tengo que matar a alguien.
- No creo que sea necesario llegar al homicidio papá.
- ¿Estás segura?, siempre he querido estudiar una segunda carrera, pero no he tenido tiempo. Seguro que en la cárcel no tendría ese problema.
- Gracias por la oferta, pero creo que no es para tanto.

Jimena se sentó en la mesa de la cocina mientras su madre le preparaba un sándwich vegetal, había querido hacerlo ella misma, pero Manuela estaba en modo cuidadora y, ante eso, nadie podía hacer nada.

El timbre de la casa sonó justo cuando Jimena acababa de cenar, su padre se levantó para ir a abrir la puerta.

- Buenas noches, ¿Dónde está mi chica? – Marta entró a

la cocina sin quitarse el abrigo.

Jimena se levantó de la silla y se dirigió hacia ella, Marta la dio un fuerte abrazo, mientras le plantaba dos sonoros besos en las mejillas.

- Quítate ese pijama ahora mismo y vístete, nos vamos a dar una vuelta por la zona de la Plaza Mayor, esta todo precioso.
- ¡¡Muy buena idea!! – Manuela cogió a su hija y la empujó hacia las escaleras para que subiera a vestirse.
- Está bien, está bien, ya voy – Jimena no tenía muchas ganas de salir, pero no podía decirles que no, sabia de sobra que les había hecho daño todos esos días encerrada en su habitación, pero realmente, no había podido evitarlo.

No estaba de humor para arreglarse, así que, se aplicó un poco de crema hidratante con color en el rostro y se dio un poco de brillo en los labios, para proteger la piel, del frio Diciembre en Madrid. Para vestirse, optó por unos vaqueros desgastados, un suéter negro y unas botas de cuña que le llegaban por debajo de las rodillas, la garganta le dolía horrores de tanto llorar, se la protegió con un pañuelo y bajo las escaleras para coger el bolso y el abrigo que estaban en el armario de la entrada.
Cuando Jimena bajaba por las escaleras estaban los tres hablando en la cocina, en cuanto la vieron, se callaron inmediatamente y la miraron con una sonrisa de felicidad, aunque, en los ojos de los tres, se veía otro sentimiento. Jimena sabia que estaban muy preocupados por ella y, que la visita de Marta, la habían organizado para obligarla a salir a la calle y que se animaba un poco. Aunque nunca la había gustado que confabularan a sus espaldas, en este caso lo entendía perfectamente y, si ella estuviera en el

otro lado, hubiera hecho lo mismo.
- Venga vámonos – Jimena entró en la cocina y les besó en la mejilla a sus padres.
- Si venga, ya nos veremos otro día Manuela – Marta dio un beso a la madre de Jimena, y después se dirigió a Juan, para besarle también, a modo de despedida.
- Llamarme cuando terminéis y os voy a buscar con el coche – Juan siempre tan protector – no importa la hora.
- Está bien, lo haremos si no encontramos un taxi.

Jimena, aunque se hizo la despistada, se dio perfectamente cuenta de las miradas de complicidad entre los tres, seguro que su madre había dicho a Marta que la llamara para ver que tal les había ido. Las dos salieron a la calle y se dirigieron al metro, desde el barrio de Arturo Soria a Sol había una tiradita, incluso tenían que hacer un transbordo.
Estuvieron dando vueltas por las calles del centro, estaba todo precioso. Los escaparates de la calle Preciados estaban adornados con motivos navideños. Las calles de la zona estaban iluminadas con miles de bombillas, el diseño de estas, era de una conocida diseñadora española.
Después de estar deambulando por Sol, se dirigieron hacia la Plaza Mayor, su padre le había pedido que le comprara el caganer de Cristiano Ronaldo, un jugador de fútbol del Real Madrid, el equipo del que él era hincha. Un caganer es una figurita de nacimiento, que se suele colocar en los belenes, normalmente, escondida en un rincón, detrás de un arbusto, agachada representando que está haciendo sus necesidades.
Cuando terminaron el recado, Marta propuso ir a tomar algo y, como estaban en la Plaza Mayor, se metieron en Casa María, esta era una   taberna típica de Madrid,

aunque decorada con aire moderno. Se sentaron en la barra y pidieron unos vinos.

- Jimena, sé que no quieres hablar del tema…
- No, no es que no quiera, es que no puedo – Jimena no podía contarle a nadie la surrealista historia.
- Sabes que puedes confiar en mí. Sabes que te apoyaré sea lo que sea.
- Lo sé y te lo agradezco, pero confía en mí, es mejor dejarlo estar.

Jimena se estaba volviendo a angustiar hablando del tema, abrió el bolso para coger un pañuelo de papel, en el fondo estaba su teléfono móvil, lo tenía que haber guardado allí su madre, pues ella lo había tirado a la papelera de su habitación. Con los nervios de sentirse observada por su amiga, lo conectó. El teléfono empezó a sonar frenéticamente, pi-pi, pi-pi, en la pantalla había diez llamadas perdidas y cinco mensajes, lo bloqueó y lo volvió a guardar en el bolso.

Cuando terminaron de tomar sus copas, Jimena le dijo a su amiga que estaba cansada y que quería irse a casa, Marta no discutió y después de parar un taxi, se dirigieron a casa de los padres de Jimena.

Jimena se bajo del vehículo, después de darle dos besos a su amiga, Marta se quedo con el taxi para dirigirse a su domicilio.

Sus padres estaban viendo la televisión en la sala de estar, Jimena entró a saludarlos, pero se retiró rápidamente a su dormitorio. Cerró la puerta y sacó el teléfono del bolso para leer las llamadas perdidas y los mensajes.

***

Carlos se estaba volviendo loco, se había comportado como un verdadero cerdo sospechado de ella. Después de revisar todo el material encontrado en el hotel donde se alojaba Loren, estaban seguros de la inocencia de Jimena. Nunca debería haber hecho caso a las apariencias, porque estas, suelen engañar.

El día en que Jimena se fue, ellos se habían quedado encerrados en el apartamento durante todas las horas diurnas. Loren, había muerto dolorosamente cuando los rayos del Sol le alcanzaron, no es que no se lo mereciera, pero si hubieran podido evitar que muriera de esa manera tan cruel, lo habrían hecho, ellos era hombres de honor. Carlos le hubiera gustado enfrentarse a él en un duelo. Michael, al ser humano, hubiera sido el único que podría haberse acercado a él para socorrerle, pero Loren, si le hubiera puesto la mano encima, le habría matado sin dudarlo, la sed en las primeras horas después de la transformación era extrema.

Estaba claro que la había cagado, ahora lo único que tenia de ella era su gato, se lo había pedido a Erika. La amiga de Jimena, al principio, había estado algo reacia, pero como Carlos insistió en ello. Erika al final cedió, advirtiéndole que llamaría a Jimena para preguntarle si estaba de acuerdo y, que en caso contrario, se lo tendría que devolver.

Asique, ahí estaba él, uno de los depredadores más peligrosos de la naturaleza, un vampiro con cientos de años de edad, dándole el biberón a un cachorro de gato, porque era lo único que le quedaba de su amante humana en ese momento. Patético.

Había llamado a Jimena varias veces durante esos días, por supuesto, ella no le había contestado, también recurrió a la opción de los SMS, pero de momento no había recibido respuesta a ninguno de los cuatro que le había escrito. Había tomado la decisión de no presionarla demasiado, la dejaría unos días más para que se tranquilizara, pero después, tendría que escucharle. No la dejaría marchar sin luchar, la amaba con todo su corazón y ella lo iba a escuchar de sus labios, quisiera o no. Luego, si le quería mandar a la mierda, él lo aceptaría deportivamente.

***

Viviana llevaba varios días sin noticias de Lorenzo, le había estado llamando al teléfono pero siempre recibía la misma respuesta *"el teléfono marcado, está apagado o fuera de cobertura"*.

Nunca le había hecho esto, esperaba que no fuera un maldito traidor, porque de lo contrario, como buena bruja que era, sabia un par de truquitos que, a un hombre en toda su plenitud sexual, le parecería peor que la muerte.

Esa misma tarde, se había encontrado con una sorpresa en unos conocidos almacenes de la calle Preciados de Madrid. Ella había ido a comprar unos perfumes y, al otro lado del expositor, había visto a dos empleadas de Exclusive Hair mirado esmaltes de uñas. Una de ellas estaba segura que era la mojigata que Loren sedujo el verano pasado, sino recordaba mal, se llamaba Jimena. Por desgracia les había sorprendido una mañana juntos, la estúpida se presentó por sorpresa en el apartamento de Loren con una bolsa de churros, para invitarle a desayunar, y les pilló in fraganti. Por supuesto, esa línea de investigación se fue al traste inmediatamente.

Viviana se acercó a ellas disimuladamente, para ver si podía escuchar algún comentario que la pudiera servir de algo. Cuando ya se iba a dar por vencida escuchó algo sobre volver a Nueva York, la mojigata le comentaba a su amiga que no volvería allí de ninguna de las maneras. Aunque no dijeron nada más sobre el tema, Viviana supo en ese momento, que la empleada que Loren le había dicho que se acostaba con Carlos, era ella. El muy traidor, le había ocultado información, seguramente para su propio provecho. Estaba claro que no se podía fiar de nadie, a partir de ese momento ella tomaría las riendas de la causa. Viviana se dirigió a la puerta de los grandes almacenes con la sensación de que la suerte le volvía a sonreír.

Cuando salió a la calle, sacó su teléfono para llamar de nuevo a Loren. Le ordenaría que se volviera a España. Ya tenía toda la información que necesitaba para doblegar a esa sanguijuela egoísta de Carlos. El empresario siempre había sido extremadamente protector con respecto a sus empleados, y, si encima era su amante, la podría utilizar para sus propósitos sin ningún tipo complicación.

Maldita sea, el teléfono de Loren seguía desconectado, empezaba a pensar que le había pasado algo. Si le habían atrapado, eso que se ahorraba ella, desde el momento en que le tuvo que confesar el secreto de la sangre de vampiro, decidió que Loren tenía que morir. Ella no compartiría ese descubrimiento con nadie.

Guardó el teléfono en el bolso de piel de zorro que llevaba, a juego, con el abrigo y el gorro, estos habían sido uno de los últimos regalos de su decadente marido antes de morir. Viviana paró un taxi y se fue a casa, maquinando la manera de utilizar la valiosa información, con la que se había encontrado por casualidad.

***

Ya había pasado más de una semana desde que Jimena había vuelto precipitadamente a Madrid. Tenía contacto con su amiga Erika mediante Facebook. Erika había estado muy preocupada por ella cuando desapareció de esa forma tan acelerada.

Jimena, había desconectado su teléfono móvil y no lo había vuelto a conectar durante varios días, después de llegar a Madrid. Cuando por fin, tuvo las fuerzas para hacerlo. se encontró con un montón de llamadas y SMS. Los de Carlos los borró sin leerlos. Erika le había escrito uno en nombre de todos sus compañeros de Nueva York, preguntándola si todo estaba bien, ella les había contestado con un escueto "All OK". Erika, también le había escrito otro más personal, le contaba que Carlos se había hecho cargo del gato, pero, que si tenía algún problema, se lo pediría y se encargaría ella de cuidarle. En un principio, Jimena pensó en decirle que no se lo dejara a él, pero luego pensó que Erika no tenía a nadie para que se encargara del gato en las horas que ella estaba trabajando, asique decidió dejarlo estar.

Al día siguiente era Nochebuena, cenarían en casa de sus padres y Marta les acompañaría, su padre la había invitado cuando supo que ella no tenia familia en Madrid e iba a pasarla sola en su apartamento. Para Nochevieja, sus padres habían planeado una cena con cotillón en un hotel junto con varios amigos, ellos le habían dicho que, ya que ella había vuelto, la anularían, pero Jimena no lo consentiría bajo ningún concepto, ellos tenían sus planes antes de que volviera de Nueva York y no tenían porque alterarlos.

Marta le había propuesto ir a la puerta del Sol a tomar las uvas y, después, ir a bailar a alguna de las numerosas fiestas de fin de año que se celebraban en la capital. Sus padres, al ver que ella tenía planes, se quedaron más tranquilos y decidieron mantener los suyos.

Esa mañana Jimena había recibido varias llamadas a su teléfono móvil. Las de Carlos las colgaba, como siempre, sin contestar. Entre todas ellas había recibido una desde un teléfono fijo de Madrid, la mujer se identificó como una antigua cliente de la peluquería en la que ella trabajaba antes de irse a Estados Unidos.

Jimena, intentó acordarse de todas las señoras a las que había atendido, pues la voz de esta le sonaba bastante, pero no fue capaz de dar con quien podía ser.

La señora, que se identificó como Viví, la ofreció trabajo. Por lo visto, iban a celebrar en su casa una fiesta de fin de año y necesitaban una peluquera de nivel a domicilio. Tendría que ir a primera hora de la mañana el día treinta y uno de Diciembre y peinar a varias personas. La mujer le ofreció una escandalosa cantidad de dinero por hacerlo. Jimena le dijo que se lo pensaría y colgó, ¿de dónde habría sacado esa mujer su teléfono?, igual, era una cliente muy importante y se lo habían dado en personal, pensó.

**

Carlos deambulaba por su despacho, era la quinta vez que marcaba el teléfono de Jimena, ella lo había vuelto a conectar, pero se negaba a contestar a sus llamadas. Lo lanzó en un arrebato de impotencia y este se hizo pedazos contra la pared. Ya hacía más de una semana que Jimena se había ido, totalmente destrozada, de su lado.

Desde entonces, Carlos no podía pensar, ni dormir, necesitaba hablar con ella para pedirle perdón, pero eso, en estos momentos, era misión imposible, ya que Jimena se había cerrado en banda.

Él, había pensado incluso, en llamarla con el teléfono de Erika, así seguramente le contestaría. Pero no la quería engañar, quería que contestara sabiendo que era él. Además, por otro lado, Erika no le dejaría que lo hiciera.

Dios, se estaba volviendo loco. Carlos estaba abriendo el mueble bar del despacho, necesitaba beber algo fuerte. El teléfono del despacho comenzó a sonar.

- Sr. del Toro – la voz de su secretaría sonó suavemente desde el otro lado del teléfono- Violeta me pasa una llamada desde la centralita del Salón, se ha identificado como la Duquesa, dice tener información muy importante sobre Jimena.

Carlos se quedó unos segundo sin moverse y sin hablar.

- Señor, ¿Va a atender la llamada?
- Pásamela por favor – a Carlos, se le erizaron los pelos de la nuca, solo de pensar que esa horrible mujer pudiera hacerle algo a Jimena.
- Por fin nos volvemos a encontrar vampiro –la voz de Viviana sonó como un siseo.
- Déjate de juegos bruja, ¿Qué es lo que quieres de mí?
- Lo que siempre he querido, y esta vez no voy a permitir que me dejes plantada tan fácilmente, no me voy a andar con remilgos Carlos, o me das lo que añoro, o no volverás a ver con vida a tu amante.
- Ella no es mi amante – ella es mucho más, pensó Carlos, ella era su obsesión, su vida, su amor…, pero, por supuesto, esa información quedaría solo en su mente, tenía que aparentar que Jimena no le importaba en absoluto.
- Bueno, lo que tu digas. Tienes hasta mañana para contestarme. ¡Anda, que bonito!, si es el día de Navidad. Pues eso, o accedes a mis peticiones, o la zorra de tu empleada no verá el nuevo año - Viviana le colgó el teléfono sin dar opción a que contestara.

Carlos, después de quedarse un rato sin reaccionar, decidió que iba a acabar con esto de raíz. Esa mujer no le volvería a chantajear, le había dado donde más le dolía amenazando a la mujer que amaba. Él siempre mostraba su lado humano. A partir de ahora, la bruja iba a conocer su lado salvaje.

Carlos salió del despacho y le pidió a Guadalupe que llamara a Tom, tenía que hablar con él inmediatamente. Tom apareció en su despacho en tan solo cinco minutos.

- Que pasa jefe, ¿me buscabas? – Tom entró en el despacho sin llamar.
- ¿Tienes el pasaporte en vigor? – Carlos le hablaba sin despegar los ojos del monitor de su ordenador.
- Por supuesto ¿Dónde vamos?
- A Madrid, España. Tenemos pasajes para dentro de cinco horas.

Carlos valido los billetes que acababa de comprar por internet, y miró a su amigo a la cara, este tenía la determinación de siempre. Carlos sabía que Tom le seguiría hasta el infierno si se lo pedía, el hubiera ido solo, pero necesitaba que alguien se ocupara de la seguridad de Jimena mientras el visitaba a la Duquesa.

Le explicó a su amigo sobre la llamada que había recibido y la necesidad de poner punto y final a esa pesadilla que, no solo le afectaba a él, sino a todos los de su especie y la forma de vida que habían conseguido a espaldas de la humanidad.

Tom se sentía culpable por el trato que le había dado a Jimena. La había acusado de estar con Carlos por algún interés oculto y también de estar compinchada con Lorenzo. Después de todo lo que habían descubierto en la habitación de Lorenzo, había quedado bastante claro que ella era totalmente ajena a todas esas maquinaciones. Además, estaba la forma en la que les había lanzado el dinero el día que se fue, una persona interesada se lo hubiera llevado. Ella estaba tan disgustada, que incluso, se había dejado todas sus pertenencias en el apartamento. Por supuesto que iría con Carlos a Madrid, aparte de su lealtad hacia su jefe, le debía una disculpa a Jimena.

Capítulo 10

Jimena, después de comentárselo a sus padres, decidió que aceptaría el trabajo. Necesitaba entretenerse en algo, como siguiera dándole vueltas a la cabeza se iba a volver loca.

Llamó al teléfono que había quedado registrado en su móvil. Mientras le pasaban con la señora, tuvo el presentimiento de que se estaba metiendo en algo feo. Enseguida desecho la idea, diciéndose a sí misma que estaba siendo demasiado psicótica.

- Buenos días, soy Jimena, usted me llamó para que fuera a su domicilio el día de Fin de Año.

- A si querida, ¿aceptas el trabajo?

- Sí, creo que sí – Jimena no podía evitar que se le pusiera un nudo en el estomago al oír la voz de la mujer, estaba segura que la había escuchado en algún sitio, pero no conseguía saber dónde.

- Estupendo, te estaré esperando con impaciencia querida, no me falles.

Cuando colgó el teléfono, Jimena bajó a la cocina para echar una mano a su madre, Manuela se afanaba con los preparativos de la cena de Nochebuena.

- ¿Qué voy haciendo?

- Ves preparando la mesa, esto está todo controlado.

Jimena salió de la cocina en dirección al salón, su padre andaba dándole vueltas a los dos tipos de vino que servirían en la cena.

Cuando ya habían terminado de colocarlo todo, sonó el timbre, Juan abrió la puerta a Marta, que se había puesto un vestido de fiesta muy en su estilo. Era como el arcoíris, no le faltaba ningún color, llevaba el pelo peinado con un recogido informal, del cual se le escapaban varios mechones de pelo, que le caían desordenadamente, sobre la cara y los hombros. Estaba realmente espectacular. Juan abrió unos ojos como platos, antes de carraspear, y volver a su pose habitual de padre.

- ¡Guau Marta!, estas espectacular – Jimena abrazo a su amiga.
- La ocasión lo merece – Marta dio dos besos a casa uno.

La noche fue muy agradable, cenaron estupendamente y bebieron algo más de la cuenta, lo justo para desinhibirse un poco y reír con las gracias de los demás. La velada terminó sobre las dos de la mañana. Después de recoger todo, se retiraron a sus dormitorios. Marta se quedo a dormir allí, pues habían planeado ir al día siguiente a Navacerrada, era una tradición familiar el ir a esquiar el día de Navidad.

***

El vuelo hacia Madrid, salía del aeropuerto JFK de Nueva York media hora después de que se ocultara el Sol. Carlos y Tom estaban en el asiento de detrás del coche que conducía Michael, protegidos de los últimos rayos de Sol, por los cristales especiales que disponía el vehículo. Cuando llegaron al aeropuerto ya era totalmente de noche, se bajaron rápidamente del coche para dirigirse a la puerta de embarque. No tenían que facturar, pues el poco equipaje que llevaban era de mano.
Habían estado bebiendo sangre toda la mañana para no tener necesidad de alimentarse en los próximos días, de

todas formas, en caso de necesidad, podrían alimentarse de animales, aunque no era igual que la sangre humana, sería suficiente para sobrevivir durante una temporada.

El avión salió de Nueva York puntualmente, llegarían a Madrid con tiempo suficiente para desplazarse al apartamento que Carlos conservaba en la Capital de España, antes del amanecer.

Tenían previsto ultimar los detalles de su plan durante las horas de vuelo y en las horas diurnas en las que tendrían que estar encerrados obligatoriamente. Por suerte, en Madrid en el mes de diciembre, los días son muy cortos, a las seis de la tarde ya es de noche.

Carlos iría a por Viviana en cuanto tuviera la información de donde localizarla. Quería ocuparse de ella personalmente. Había pedido a Tom que le acompañaba, únicamente, para la seguridad de Jimena. Esto era entre esa bruja y él.

***

El día en la sierra fue de lo más divertido, hacia un clima estupendo, todos habían tenido que darse un montón de protección para el Sol. Su madre se había estado riendo, por la pinta que tenia Juan, con las rayas blancas de la crema de protección especial para la nieve, decía que parecía un apache. Todos volvieron a casa muy satisfechos con el día de esquí, aunque extremadamente cansados. A Marta la dejaron en su apartamento antes de ir a casa. Según entraron por la puerta, todos se fueron a sus habitaciones a ducharse y a acostarse, esa noche no tenían ganas ni de hacer la cena.

- El que tenga hambre que habrá la nevera y se sirva solo – había dicho Manuela cuando entraban por la puerta.
- Yo me voy a duchar y luego me preparare un bocadillo

de algo, el material se queda en el coche, mañana ya lo recogeremos todo – Juan había guardado el coche dentro del garaje de la vivienda y hablaba mientras miraba, con cara de preocupación, por la ventana hacia la calle.

- ¿Qué miras con tanto interés papá? – Jimena miró hacia donde lo hacía su padre.
- Es ese coche que está aparcado enfrente de nuestra puerta, no le reconozco, en esta calle solemos aparcar solo los vecinos.
- Será alguien que ha venido a visitar a algún vecino – dijo Jimena despreocupadamente.
- Será - Juan corrió la cortina y se fue escaleras arriba con su hija siguiéndole.

Esa noche, por primera vez desde que había llegado a Madrid, Jimena durmió del tirón, todo el ejercicio de la jornada anterior le estaba pasando factura.

A la mañana siguiente se despertó tardísimo, cuando miró el despertador de su mesilla, marcaban las doce del mediodía, se desperezó y bajó en pijama a la cocina.

- Hombre, aquí viene la Bella Durmiente – dijo Manuela, que estaba preparando la comida.
- Buenos medios días, mamá – Jimena se acercó y le dio un beso en la mejilla – ¿Dónde está papá?
- Se fue a las nueve a trabajar, tiene que estar reventado, se ha tirado toda la noche mirando por la ventana.
- ¿Al coche que había aparcado enfrente?
- Si, dice que se ha ido media hora antes de amanecer, ya sabes cómo es, le gustan demasiado las novelas policiacas. ¿Tienes algún plan para hoy?
- Si, quería pasarme por las oficinas de Juan Bravo, quiero pedir mi reingreso.
- Eso es estupendo, seguro que no te pondrán ninguna

pega, eres una estupenda profesional – Manuela le puso un zumo de naranja sobre la mesa y un croissant.

- Ummm, que rico – se bebió el zumo de un trago, estaba famélica, la noche anterior se había quedado dormida inmediatamente después de ducharse, y no había comido nada - Creo que iré esta tarde, el horario de oficina es hasta las siete.

∗∗∗

Tom y Carlos se habían pasado toda la noche haciendo guardia en la casa de Jimena, querían comprobar si había alguien más vigilándola. La familia había llegado en el coche, después de que ellos ya estuvieran montando guardia. Hubo un momento en el cual estuvieron a punto de irse para no levantar sospechas. El padre de Jimena estuvo mirando por la ventana, periódicamente, durante toda la noche, aunque ellos estaban escondidos en el asiento de detrás y no les podían ver, no querían arriesgarse a ser descubiertos.

Habían estado aparcados toda la noche. Carlos no se quiso mover de allí hasta que Tom empezó a ponerse nervioso por la cercanía del amanecer.

Carlos, tenía planeado ir a las oficinas de Juan Bravo esa misma tarde en cuanto el Sol se hubiera ocultado. Guadalupe había informado al jefe de personal, de que el nuevo dueño de la compañía, se encontraba en Madrid e iba a hacer una visita relámpago a las oficinas.

Carlos necesitaba buscar en la base de datos de los clientes de los salones, el domicilio de Viviana. Tenía que localizarla lo antes posible, esa mujer era capaz de cualquier cosa con tal de salirse con la suya. Carlos no iba a consentir que le tocara ni un solo pelo a su mujer, porque tenía muy claro que Jimena era suya.

La iba a recuperar, aunque tuviera que arrastrarse detrás de ella hasta el fin del mundo, ida y vuelta, para conseguir que le perdonara.

Carlos llegó a las oficinas en taxi. Tom seguiría vigilando a Jimena él solo. Cuando entró por la puerta del primer salón que inauguro hacia ya unas cuantas décadas, vio todas esas fotografías suyas colgadas por todas las paredes de la recepción. Había sido una época estupenda para su negocio, que pena que hubiera tenido que dejarlo todo precipitadamente por esa maldita mujer.

La recepcionista le miraba estupefacta, ella había trabajado allí durante muchos años, Carlos reconoció a Isabel, aunque el paso de los años no había tenido piedad con ella, seguía siendo una de las personas más amables, que había conocido en su larga vida.

- Buenas tardes señor del Toro, el señor Sánchez le recibirá inmediatamente.

- Muchas gracias - Carlos disimuló como si no la conociera.

- Señor, es un honor conocerle por fin en persona – el jefe de personal no tardó ni un minuto en presentarse en la recepción.

- Si, muchas gracias – Carlos le estrechó la mano por educación. El tipo era de esos que no apretaban la mano, la dejaba como blanda, a Carlos no le dio muy buena impresión.

- Subamos y le enseñare las instalaciones.

Carlos las conocía de sobra, pero se suponía, que él era el afortunado heredero, así que tendría que interpretar su papel.

Estuvieron dando vueltas durante media hora por todas las instalaciones, los empleados le miraban sorprendidos cuando les veían pasar, debían pensar en el parecido con el hombre de las fotografías de la entrada. Si solo ellos supieran.

El jefe de personal se iba pavoneando como si fuera el dueño de todo aquello, todos los empleados agachaban la cabeza según pasaban, como si le tuvieran miedo. Las mujeres se hacían señas de complicidad entre ellas al ver pasar al atractivo hombre que acompañaba a su jefe. Carlos, decidió en ese momento, que no le gustaba ni un pelo el Sr. Sánchez. Cuando todo esto terminara, haría un sondeo anónimo entre los empleados, para saber su opinión sobre los directivos de la compañía. El siempre había tenido muy en cuenta, la opinión de todas y cada una de las personas que trabajaban para él.

Cuando por fin terminaron la ruta turística por las instalaciones, fueron al despacho del jefe de personal. Carlos dijo que quería ir a su despacho, necesitaba un ordenador donde tuviera acceso a todos los sistemas informáticos de la compañía.

- Su despacho, en este momento, no tiene equipo informático – Ricardo se lo dijo un poco nervioso - pero si quiere, puede ocupar el mío mientras lo solucionamos.

- Está bien – a Carlos cada vez le gustaba menos ese tipo.

Ricardo, llamó a su secretaria y, con toda la prepotencia de la que podía hacer gala, le dio la orden para que instalaran, inmediatamente, un equipo informático en el despacho de Carlos.

- No será necesario, mientras este en Madrid, ocupare el suyo. Usted podrá instalarse en cualquiera de las mesas libres que hay fuera, junto con el resto de los empleados – Carlos se estaba empezando a mosquear bastante con ese gilipollas.

- Como usted ordene – Ricardo se quedó blanco de la sorpresa y, dos segundos después, se puso rojo de rabia.
- ¿Sería posible tener un poco de intimidad? – Carlos se sentó en la mesa del despacho y miró a su subordinado esperando a que se fuera.
- Por supuesto, si necesita algo ya sabe dónde encontrarme – Ricardo salió de su despacho con su orgullo tocado y hundido.

Carlos miró su reloj de pulsera, eran las 18:30 de la tarde. El teléfono interno empezó a sonar.

- Si dígame soy el Sr. del Toro.
- Oh… discúlpeme – la voz cantarina de la recepcionista sonó al otro lado del auricular – buscaba al Sr Sánchez, la Srta. Rey le está esperando en la recepción.
- Él no está en este momento en el despacho, dígale a la señorita que la recibirá enseguida.

Carlos salió del despacho para ir a buscar al jefe de personal, después de preguntar a su secretaria, le localizó en la sala de juntas. Carlos entró sin llamar.

- Sr. Sánchez, la Srta. Rey le está esperando en recepción.
- ¿La Srta. Rey? Pero ella se había trasladado a la sucursal de Nueva York.
- Sí, pero ahora vuelve a estar aquí, quiero que la ofrezca su antiguo puesto y con las mismas condiciones que tenía antes del traslado, no quiero que le hable en ningún momento de mi, que ella crea que ha sido idea suya.
- Pero, su puesto ya está ocupado por otra persona.
- No cuestione mi autoridad Sr. Sánchez, es una orden. A la otra empleada respétele el contrato, seguro que hay

suficiente trabajo para las dos.

Carlos salió de la sala de juntas muy mosqueado con la actitud del empleado, no le gustaban las personas que se creían superiores a los demás, simplemente por tener el privilegio, de ocupar un puesto de trabajo mejor remunerado que el resto.

***

Jimena se encontraba en la sala de espera de las oficinas. Intentaba, no con mucho éxito, no mirar a Carlos en las fotografías de la pared. Iba a pedir al Sr. Sánchez el reingreso, y lo último que necesitaba era que se le llenaran los ojos de lágrimas.

- Buenas tardes Jimena – Ricardo bajó a la recepción para hablar con su antigua empleada, no tardaría mucho en decirle que comenzaba al día siguiente en su antiguo puesto de trabajo, no tenia humor para aguantar más tonterías por hoy.

- Buenas tardes Sr Sánchez, quería hablar con usted sobre mi antiguo puesto.

- Está bien, comienzas mañana en tu antiguo puesto de trabajo. Me voy a mi despacho – no pensaba reconocer ante ellas que le habían usurpado el despacho - tengo mucho trabajo que hacer. Isabel no me pases ninguna llamada – Ricardo se fue sin despedirse.

Las dos se miraron sorprendidas.

- Dios niña, este hombre me saca de mis casillas – Era la primera vez que Jimena escuchaba hablar así a Isabel de ninguno de sus jefes – Dios sabe que tengo mucha paciencia, pero con él, se me está empezando a acabar.

- Ya te queda poco para irte a casa Isabel – Jimena hizo el comentario por decir algo, aunque todavía no había asimilado lo que acababa de suceder – es verdad que está un poco raro.

- Desde que llegó el jefe supremo hace una hora, se le ha quedado cara de sapo estreñido.

En cualquier otra ocasión, Jimena se hubiera reído con el comentario de la recepcionista, pero, en ese momento, se quedo blanca. Tuvo que sujetarse al mostrador de la recepción, el jefe supremo era Carlos, el vampiro al que había dejado plantado, después de darle su sangre, en apartamento de Chelsie-Nueva York. Y que él, la clavara un puñal en el corazón, al sospechar que estaba compinchada con el impresentable de Loren, el hijo de puta que la había engañado, secuestrado e intentado asesinar.

- ¿Te encuentras bien querida? Estas blanca – Isabel se levantó de su silla y se dirigió rápidamente hacia donde estaba Jimena.

- Si gracias, ha sido un pequeño mareo, se me pasará enseguida.

Jimena salió a la calle, necesitaba que le diera el aire en la cara para despejarse. Se dirigía hacia la boca del metro, cuando se fijo en el coche que se disponía a aparcar Manuel. Era el mismo que había estado en la puerta de su casa toda la noche. Apretando los puños, se dirigió hacia el hombre que salió del vehículo.

- ¿Os lo pasasteis bien ayer mirando durante toda la noche la fachada de mi casa?, si creéis que tengo algo que no me pertenece, solo tienes que llamar al timbre y podrás registrar mi dormitorio sin ningún problema - Jimena hablaba hacia la impresionante espalda de Tom desde un metro de distancia.

- Jimena no es lo que crees – Tom se dio la vuelta al verse sorprendido. Cuando la vio entrar en la recepción hacia treinta minutos, pensó que tardaría algo más en salir.
- Entonces, explícamelo tú – Jimena se cruzó de brazos delante de Tom.
- No creo que sea de mi, de quien tengas que recibir explicaciones – Tom también se cruzó de brazos, imitando la postura de ella.

Jimena soltó una maldición, dándose media vuelta para irse de allí lo más rápido posible. Tom la dejó ir, en el estado de nervios que estaba no le escucharía, y lo que menos necesitaban en ese momento era montar una escena en la puerta de las oficinas. Tom llamó a Carlos para contarle lo ocurrido.

- Carlos – Tom se quedó callado durante unos segundos - Jimena me ha descubierto.
- Mierda – Carlos no quería que ella se enterara de que estaban allí hasta que hubieran acabado con Viviana.
- Lo siento Carlos, me vio cuando estaba dejando el coche al empleado de la puerta, pensé que tardaría mas en salir.
- ¿Dónde está?
- Se ha ido hacia el metro ¿Voy detrás de ella?
- Si, síguela. En el momento que esté sana y salva en su casa, iremos a casa de la bruja – Carlos ya tenía la dirección de Viviana.
- Ok, te llamo en cuanto entre por la puerta.

Cuando Tom llegó al barrio de los padres de Jimena, aparcó unas calles más abajo para no ser descubierto y se fue caminando el resto del trayecto.

Estuvo esperando durante dos horas a que ella llegara, Tom estaba empezando a preocuparse. Joder, donde se había metido. Tom sacaba el teléfono del bolsillo, dispuesto a llamar a su jefe para informarle de la situación, cuando sintió un golpe en la espalda.

***

Jimena se metió en el metro con un cabreo de campeonato, según bajaba por las escaleras, decidió que no podía ir a casa con ese estado de ánimo, asique decidió ir a buscar a Marta a la salida del trabajo.

- ¡Qué sorpresa! – Marta abrazó a su amiga que la esperaba en la puerta del hotel - ¿Vas a pasar a saludar?
- No, yo solo quería…hablar un poco - Jimena agarraba con fuerza el bolso en señal de nerviosismo – de todas formas, mañana los veré a todos, han admitido mi petición de reingreso.
- ¡¡Eso es genial!! – Marta estaba realmente contenta por su amiga.
- Si…es genial.
- No estás muy contenta – Marta sabia que a Jimena le había pasado algo muy gordo, aunque no quería presionarla, sabía que ella necesitaba soltar toda la mierda que tenida dentro – quieres que demos un paseo y hablemos.
- Sí, eso estaría bien.

Las dos se dirigieron hacia el Paseo del Prado deambulando tranquilamente.

- En Nueva York conocí a alguien – Jimena comenzó a hablar – yo me… enamoré locamente de él.

Jimena le contó a su amiga toda la historia, incluido el tema de los vampiros. Ya no podía guardar mas todo eso para ella misma, sabía que su amiga era la única persona que no la tomaría por loca. Marta siempre había sido muy aficionada a todo lo paranormal. Ella siempre decía que era una bruja en sus ratos libres.

Cuando Jimena terminó su historia, habían llegado a la Estación de Atocha. Marta se quedó callada durante un largo rato.

- Pensaras que estoy loca, pero te aseguro…
- No, no creo que estés loca – Marta habló a su amiga en tono solemne - mi madre era bruja, y como todas las de nuestra especie hacen antes de morir, enseñan a sus hijas todos sus conocimientos, para que sean transmitidos de generación en generación. Entre todas las cosas que ella me enseñó, hubo una que llamó mi atención especialmente, mi madre aseguraba que había criaturas muy similares a los humanos que se alimentaban de sangre para sobrevivir.

Marta había nacido y vivido, junto con su madre, en un pueblo de Galicia. Hasta el momento en que ella murió, víctima de un cáncer, no se habían separado nunca.

La madre de Marta era una meiga, tenía contactos con el mas allá y también, poderes de curandera. Cuando la madre de Marta murió, ella cerró la consulta de curandera que les había dado de comer durante toda su vida. Marta tenía un fuerte sentimiento de culpabilidad por no haber podido ayudar a su madre en su lucha contra el cáncer.

Durante los meses que había durado la enfermedad, el sentimiento de impotencia la había carcomido por dentro.

Su madre la decía, que su enfermedad era demasiado poderosa como para que ninguna de las dos pudiera con ella, pero Marta, no se daba por vencida y seguía estudiando los viejos libros que habían heredado de sus antepasados. El día que la enterraron, Marta decidió que se tenía que ir de su pueblo. Ella era una meiga de mierda y no sustituiría a su madre en la consulta, no quería engañar a nadie. Se fue a Madrid, donde nadie la conociera, y se matriculó en una academia de peluquería para poder aprender un oficio y ganarse la vida honradamente.

- ¿Eres una bruja de verdad? – Jimena miraba a su amiga con los ojos abiertos como platos -¿Qué clase de poderes tienes?

- Sí, soy una bruja por nacimiento, así que tengo ciertos poderes y conocimientos paranormales.

- No me lo puedo creer – Jimena se reía nerviosamente – el mundo en el que creía vivir no tiene nada que ver con la realidad.

- Como dirían en mi tierra "Yo no creo en las meigas. Pero haberlas, hailas".

- Se me están desmoronando todas mis convicciones – Jimena no sabía que pensar.

- Tendemos a ver la realidad de una cierta manera. Lo real en la vida, tendemos a verlo con nuestra propia visión.

Jimena en ese momento sintió un gran alivio, siempre había estado orgullosa por contar con una amiga como Marta. Cuando comenzó a contarle la historia de su viaje a Nueva York, estaba convencida que ella la tomaría por demente, y que saldría corriendo a hablar con sus padres para intentar convencerles de que la ingresaran en un psiquiátrico.

- Venga te acompañare a casa, si quieres me quedo contigo toda la noche y hablamos, necesitas sacarlo o te va a explotar el cerebro.

- Muchas gracias Marta – Jimena la abrazó con lágrimas en los ojos – siempre supe que eras una persona muy especial.

Cogieron el metro en Atocha y se fueron hacia el barrio de Jimena. Cuando llegaron a la altura de su casa, la morena se paró en seco y soltó un bufido, mientras se agachaba para coger una piedra del suelo, lanzándola con todas sus fuerzas contra el impresionante hombre que estaba delante de ellas.

- ¡Qué coño haces aquí! – Jimena estaba roja de furia.
- ¿Quién es ese?, si hay que tirarle otra piedra solo dímelo, yo tengo más puntería que tú y seguro que le doy en la cabeza – Marta se agachó para recoger otra piedra del suelo.
- Hey, hey, hey. Quietas fieras, solo he venido para saber si llegabas sana y salva a tu casa – Tom miraba a las dos amigas divertido.
- ¿Y para qué harías eso? – Jimena le miraba furiosa.
- Ordenes de un superior – Tom la contestó despreocupadamente.
- Marta dale entre las cejas.

Su amiga le hizo caso sin pensarlo un segundo, pero Tom cogió el proyectil al vuelo y lo hizo trizas apretándolo con la mano.

- Quiero que me dejéis seguir con mi vida en paz – Jimena lo dijo medio llorando.
- Metete en tu ataúd y piérdete, engreído de mierda - Marta fue hacia ella y la abrazó tiernamente – ya la habéis hecho bastante daño.
- Yo… siento todo esto Jimena, sé que no es el mejor

lugar para decirlo, pero quiero que sepas que siento haber pensado mal de ti, ahora sabemos que no tuviste nada que ver con ese maldito cabronazo de Lorenzo.

- Acepto las disculpas, ahora iros y dejadme en paz – Jimena hablaba entre sollozos.
- No podemos irnos hasta que solucionemos el asunto que nos ha traído hasta aquí.
- ¿Y eso que tiene que ver para que estés en la puerta de mi casa espiándome? – Jimena se soltó del abrazo de su amiga y se acercó a Tom.

Antes de que Tom pudiera contestar le sonó el teléfono, era Carlos.

- Hola jefe.
- ¿Dónde estás? ¿ha habido algún percance con Jimena? – Carlos parecía algo nervioso.
- Si, podría llamarse así.
- ¡¿ESTA BIEN?!
- Si, tranquilízate, está aquí conmigo, el único agredido he sido yo. Ella tiene su propio guarda espadas.

Carlos se quedo callado al otro lado de la línea, sus planes no estaban saliendo exactamente como los había planeado.

- Pásamela – Tom le tendió el teléfono a Jimena, que se quedo un rato pensado si debía cogerlo o no.
- Es Carlos quiere hablar contigo – Jimena cogió el teléfono con mano temblorosa y se lo puso en la oreja.
- ¿Qué quieres?
- Por favor Jimena ven a mi apartamento con Tom esta noche, tenemos que hablar.
- ¿De qué?
- Estamos todos en peligro, hay una persona que me está

chantajeando, es la mujer que mandó a Loren a buscarme a Nueva York. Ven y te lo explicaré todo con pelos y señales.

Jimena se quedó callada durante unos segundos mientras procesaba lo que Carlos le estaba diciendo.

- Está bien, acompañó a mi amiga a su casa y me acerco con Tom a tu apartamento.
- ¡DE ESO NADA! No te voy a dejar que vayas sola a ningún sitio – Marta miraba con cara de indignación a su amiga.
- No creo que quieras involucrarte en esto – dijo Tom mirando a la atractiva amiga de Jimena.
- Tú no crees nada, esto es entre mi amiga y yo.
- Marta viene con nosotros – dijo Jimena.
- Está bien preciosa, tú misma – a Tom no le hacía gracia poner en peligro sin necesidad a la amiga de Jimena, ella no tenía nada que ver con esto.
- Llamo a mis padres para que no se preocupen y nos vamos.

***

Carlos se había ido al apartamento nada mas hablar con Jimena, todo este tema se estaba descontrolando por completo. El había planeado algo mucho más sencillo, cargarse a la bruja y luego ir a por la mujer que amaba y vivir felices para siempre, pero no, el destino había planeado que todo fuera mucho más complicado.

Tom abrió la puerta del apartamento y los tres entraron al interior.

Carlos buscó con la mirada a Jimena, el aroma de su sangre era como una droga para él, le hacía perder la razón. Desde que los tres habían bajado del coche en el garaje del edificio, Carlos tenía el olor de Jimena adherido a sus fosas nasales, necesitaba tocarla.

El recuerdo de la sangre de Jimena en su boca, el último día que estuvo con ella en Nueva York, le provocaba una dolorosa erección. Jimena se la había dado voluntariamente y él, como un cerdo, había sospechado de ella.

Jimena se encontraba detrás de su amiga sin querer mirar a Carlos directamente, él avanzó los dos pasos que les separaban, la cogió de la mano y le dio un beso en la palma. Dios como la amaba, estaba seguro que ya no podría vivir sin ella. Si le rechazaba, su existencia seria un simple paso del tiempo, esperando que algo o alguien, acabara con su larga vida.

- Hablemos en privado – Carlos la miraba suplicante.

- Yo… me has hecho mucho daño – Jimena no quería mirarle directamente a los ojos, si lo hacía, caería en sus brazos en menos de dos segundos. Estaba enamorada de ese vampiro hasta el tuétano.

- Lo sé, y lo siento. He sido un estúpido. Por favor Jimena habla conmigo.

- Está bien… hablare contigo, pero que sepas que estoy muy enfadada – Jimena lo decía con un hilillo de voz, que no hacían muy creíbles sus palabras.

- Jimena, no tienes porque hacer lo que él te diga, puede hablar aquí delante de todos – Marta hablaba a su amiga con tono cariñoso, mientras miraba a Carlos con su mejor mirada asesina.

- Tranquila Marta, no es necesario – Jimena tranquilizó a su amiga que tenía un extraño brillo en los ojos.

Se dejó guiar hacia la habitación contigua a la que estaban mientras dedicaba un gesto tranquilizador a su amiga.

Cuando Carlos abrió la puerta, entraron en la mejor biblioteca privada que ella había visto en toda su vida. Todas las paredes estaban forradas con librerías desde el suelo hasta el techo, repletas de ejemplares lujosamente encuadernados. Tenía una mesa redonda de madera maciza en el centro de la sala con varias sillas alrededor. Jimena, sin poder reprimir su curiosidad, se acercó a uno de los estantes, la mayoría de las obras que tenia a la altura de sus ojos eran primeras ediciones, cualquier coleccionista pagaría una fortuna por un tesoro como aquel.

Carlos cerró la puerta sacándola de su abstracción, y se sentó en el sofá que estaba justo enfrente de una chimenea en la que había un fuego encendido. Hizo un gesto con la mano a Jimena invitándola para que se sentara a su lado. Ella estaba de pie justo al otro lado de la habitación, con los brazos cruzados en señal de restricción, ahora si le miraba directamente a los ojos.

- Te he echado de menos – Carlos comenzó a hablar.
- Ya… ve al grano Carlos, no tengo mucha paciencia en estos momentos.
- Está bien, comprendo que estés enfadada conmigo, me he comportado como un estúpido.
- Y como un cerdo, un capullo, un cobarde… – Jimena iba enumerando insultos mientras levantaba los dedos de la mano.
- Está bien, te doy la razón en todo, pero solo lo fui un rato muy pequeñito, si no hubiera sido por el Sol, hubiera ido tras de ti – Carlos se levantó lentamente de su asiento y empezó a acercarse a ella – te llamé muchas veces a tu teléfono, pero no contestabas.
- Seria porque no quería hablar contigo – Jimena empezó a dar pasos hacia atrás para mantener la distancia

que los separaba.

- Jimena, por favor, no huyas de mí.

Carlos siguió avanzando hacia ella, Jimena hizo tope contra una de las librerías.

- Para Carlos, puedes hablarme desde donde estás.

Él se detuvo, respetaría su petición. Le costaba horrores no tocarla ahora que la tenía tan cerca, había pasado los peores días de su vida estando a tantos kilómetros, y sabiendo que estaba a merced de Viviana.

- Hay cosas sobre mí pasado que no sabes – Carlos comenzó a hablar.
- Cuéntamelas, tenemos toda la noche – Jimena rodeó a Carlos y se fue a sentar en una silla, dejando que la mesa hiciera de barrera entre los dos.

Carlos le contó su historia con la única mujer que había amado antes que a ella, quería que Jimena entendiera porque a él le costaba confiar. Ella escuchó toda la historia con gesto reservado, no le interrumpió en ningún momento, hasta que hubo acabado.

- ¿Y tú creíste que yo sería capaz de traicionarte de esa manera tan vil? – Jimena lo dijo casi en un susurro.
- Solo fue por un momento, y me arrepiento tanto…
- ¡¡TE ACABABA DE DAR MI SANGRE!! – Jimena gritó desde donde estaba, dando un golpe sobre la mesa.
- Créeme cuando te digo que no puedo pensar en otra cosa. Tú sangre es…
- Es eso… quieres tomar mi sangre de nuevo – Jimena le miraba con gesto de sospecha.
- No, no es eso… bueno si, pero no es el motivo principal.
- Y entonces cual es, habla claro o me largo en este

preciso momento.

Jimena hizo ademan de levantarse. En menos de un segundo sintió como la levantaban en brazos y, sin saber cómo, al segundo siguiente estaba tumbada en el sofá con Carlos encima de ella acariciándola el cuello con la nariz. Él subió sus labios hasta la altura de la oreja de Jimena y en un susurro habló.

- Te amo Jimena, necesito tocarte y que me toques, besarte y que me beses, saber que estas a salvo, necesito tenerte en mi cama, hacerte y que me hagas el amor cada día – Carlos hablaba mientras iba sembrando un camino de besos por el cuello de Jimena.

Jimena no podía hablar, tenía un nudo en la garganta, en el momento que abriera la boca comenzaría a llorar como un bebe.

- Por favor, perdóname, te juro que jamás volveré a dudar de ti - La cogió suavemente de la barbilla para que le mirara a los ojos, necesitaba ver la expresión de sus ojos.

- Yo… - Jimena apretaba los ojos para no llorar, aunque una lágrima traicionera se deslizo por su mejilla.

- Por favor no llores, si lo necesitas yo te daré espacio para que aclares tus sentimientos. Sé que todo esto es muy precipitado, nos conocemos desde hace muy poco tiempo, además necesitas asimilar mí naturaleza.

Carlos hablaba muy bajito, mientras miraba a Jimena directamente a los ojos, esta había abierto los ojos y le miraba fijamente. Jimena en ese momento lloraba sonoramente, las lágrimas se deslizaban libremente por sus mejillas, entre sollozos e hipos, era incapaz de decir una palabra.

Carlos la dejó que se tranquilizara, algunas veces era necesario llorar para desahogarse. Estuvo esperando pacientemente a que ella hablara mientras acariciaba su espalda. Cuando por fin Jimena abrió la boca para hablar, la puerta de la biblioteca se abrió violentamente.

Marta apareció como un rayo, con Tom siguiéndola de cerca.

- ¿Qué la has hecho? ¿Por qué llora? – Marta fue rápidamente hacia la chimenea y, cogiendo un atizador, amenazo a Carlos.

- Lo siento Carlos, pero aquí la amiguísima, resulta ser una fiera - Tom la miraba divertido.

- ¡Tu cállate vampiro!, esto no será de plata pero, si te lo clavo en cierto sitio, te puede desgraciar de por vida – Marta volvía a tener un brillo extraño en los ojos.

- Muchas gracias Marta, pero no es necesario – Jimena por fin consiguió hablar – Carlos no me estaba haciendo nada.

- ¿Estás segura?, podemos hacernos unos pinchos morunos en la barbacoa en un momento – Marta movía la herramienta como si fuera un estoque de torero. Los dos vampiros se echaron la mano a la entrepierna instintivamente.

- Sí, estoy segura. Nos reuniremos con vosotros enseguida, pero ahora dejadnos solos – Jimena no pudo evitar reírse por la reacción de su amiga.

- Está bien, estaré al otro lado de la puerta – Marta salió de la biblioteca, mientras miraba fijamente y señalaba con el atizador a Carlos, en señal de advertencia.

- O deja el atizador en su lugar, o yo no voy a ningún sitio con esta mujer – Tom se paró en medio de la habitación.

- Anda, si el vampiro chulito resulta ser un cobardica –

Marta dejó el atizador en su sitio y salió de la habitación con aire de superioridad.

- ¿Cobardica? – Tom salió detrás de ella con gesto divertido.

Cuando la puerta se cerró, Carlos volvió a fijar los ojos sobre Jimena. Esta estaba mucho más tranquila que antes de la interrupción. Jimena alargó la mano y le acaricio la cara, sintió como su barba de varios días le raspaba en la palma. Carlos cerró los ojos al sentir el suave toque de Jimena.

- Yo también te amo Carlos. Más de lo que puedo expresar con palabras.

Jimena no fue consciente de cómo pasó pero, en un segundo estaba sentada junto a Carlos y, al segundo siguiente, le tenía encima besándola con pasión.

Carlos sonrió, sintiendo llamaradas de deseo por esa mujer, cuya sangre, era ahora una parte de él.

Al principio, Carlos sólo había pretendido besarla, pero ella resultaba tan dulce a su lengua. Ella estaba tan sensible, con sus manos rodeándole el cuello para atraerlo más cerca, mientras sus labios se apretaban juntos.

Los segundos se convirtieron en un minuto, luego, en varios minutos más.

Mientras la besaba, Carlos hundió las manos en la atractiva melena negra de Jimena, gozando de su suavidad y de su calor. La deseaba sin ropa. Desnuda debajo de él, gritando su nombre mientras le hacía el amor.

Dios, cuánto la deseaba.

Su sangre palpitaba, caliente, a través de su cuerpo. Su sexo estaba duro por la necesidad, completamente excitado, y no había hecho más que empezar con Jimena.

Tal como ahora se sentía, esperaba que eso sólo fuera el

principio.

Ella se echó hacia atrás y alzó la vista hacia él, con sus espesas pestañas. Sus labios estaban brillantes e hinchados por su beso y se habían vuelto de un rosa oscuro e intenso.

- Eres mía, Jimena. —Carlos se puso sobre ella, besando la zona que iba de sus labios a su barbilla, luego su garganta, hasta la suave piel detrás de la oreja. Olía tan bien. Era tan bueno sentirla contra él.

Carlos gimió, dejando que el dulce perfume de su excitación penetrara por los orificios de su nariz. La lujuria hizo que le dolieran las encías al crecerle los colmillos. Podía sentir las afiladas puntas apareciendo.

- Eres mía y lo sabes, ¿verdad?

Aunque su voz sonó muy débil, apenas un soplo de aire saliendo de sus pulmones, Carlos la oyó claramente, y la palabra lo atravesó como el fuego.

- Sí - fue todo cuanto ella puedo articular.

No se resistió mientras él, con cuidado, le quitaba el suéter. Él respiraba con fuerza al inclinarse y besar su estómago desnudo, jugando con suaves mordiscos subiendo más allá de su ombligo hasta el cierre frontal de su sujetador. Lo desabrochó y, lentamente, lo retiró de sus pechos.

- Dios, eres preciosa.

El cuerpo de ella se arqueó hacia él. Cuando alcanzó su centro, él deslizó los dedos por dentro de sus bragas. Jimena cerró los ojos mientras él la tocaba con su mano. A Carlos se le escapó el aliento en un silbido.

- Te siento como la seda, Jimena. Seda caliente y húmeda. ¿Me quieres tener dentro de ti? Porque ahí es donde deseo estar ahora.

Oh, dios. Iba a hacer que se corriera sólo de pensarlo.

- Sí - logró chillar - Por Dios, sí. Eso es lo que quiero.

Él se apartó y se quitó la camisa. Jimena abrió los ojos, mirando a través de los pesados párpados cómo sus músculos se agrupaban en racimos y se flexionaban bajo la tenue luz del fuego.

Carlos se apretó contra ella, separándole los muslos con la pelvis para colocarse entre sus piernas. Su sexo estaba duro e intensamente cálido, mientras se restregaba contra sus pliegues, simplemente jugando con ella y haciendo que lo deseara cada vez más.

El la besó otra vez, empujando su lengua más profundamente. Jimena se lo permitió, devolviéndole el beso al tiempo que arqueaba las caderas. Él exhaló aire bruscamente, moviendo la pelvis mientras sus cuerpos comenzaban a unirse.

- Eres mía - jadeó contra su boca.

Jimena no podía negarlo. No ahora.

Se aferró a él hambrienta, y luego Carlos, con un profundo gruñido empujó hacia adelante, hundiéndose en ella más profundamente.

***

Marta había salido de la habitación contigua a la biblioteca, donde se encontraba su amiga con Carlos. Los ruidos que se escuchaban a través de la puerta, no eran precisamente una discusión. Estaba claro que Jimena estaba haciendo las paces con su jefe, mejor dicho, con el jefe de ambas.

Cuando le había amenazado con el atizador, Marta no había caído en ese detalle. Aunque francamente, lo hubiera hecho de todas maneras.

Aparte de los susurros de pasión que se escuchaban, el que realmente la estaba poniendo de los nervios, era el vampiro que se encontraba mirándola fijamente desde la otra punta de la habitación. Se la estaba comiendo con los ojos. Marta, cuando ya estaba a punto de perder el control, se levantó de su asiento y se dirigió a la cocina para beber un vaso de agua, con tanto estrés se le había quedado la boca seca.

La cocina era impresionante, tenía el doble de metros cuadrados que todo su apartamento. Cogió un vaso de una vitrina que había sobre el fregadero, lo llenó de agua del grifo y se lo bebió de un trago.

- ¿Se te secó la boca por la mala leche? – Tom estaba apoyado en el quicio de la puerta.
- Muy gracioso – Marta se dio la vuelta para mirarle de frente.

Ahora que estaba más tranquila, se detuvo a mirarle con detenimiento. Era un macho impresionante con una altura de más de dos metros. Tenía el pelo rubio, peinado al estilo surfero, con una melena por encima de los hombros, la miraba fijamente con los ojos mas azules que ella había visto en su vida y, el cuerpo que se adivinaba debajo de la camiseta ceñida, seria la envidia de cualquier modelo.

Marta, que había vuelto a llenarse el vaso, le evaluaba con los ojos entrecerrados mientras bebía, apoyada en la encimera.

- ¿Te gusta lo que ves? – Tom habló en un ronroneo.
- No seas creído. Aunque no soy especialmente desconfiada, me gusta conocer con detalle a las personas con las que me mezclo.
- En la biblioteca no me pareciste muy confiada.

Tom se iba acercando a ella lentamente mientras hablaba, esa mujer tenía algo que le cautivaba. Cuando por fin llegó a menos de un metro de Marta, esta dejó el vaso

sobre la encimera y se cruzo de brazos con gesto curioso.
- ¿Tú también tienes sed? – Marta se lo preguntó con segundas.
- Ni te lo imaginas – Tom se paró en seco cuando el olor de ella le lleno sus fosas nasales Como no guardara las distancias, la broma se podía convertir en algo muy serio.
- Y ¿Qué te apetece tomar? – Marta sabía perfectamente que estaba jugando con fuego, sus instintos de bruja le estaban gritando en el cerebro. Nunca se había podido resistir a jugar con la necesidad masculina, aunque fuera con un vampiro.
- ¿Estás intentando provocarme? ten cuidado con lo que ofreces si no estás dispuesta a darlo.

Tom encerró a Marta con sus fuertes brazos, colocando una mano a cada lado de la encimera.
Comenzó a olisquear la garganta de Marta, recorriendo la arteria carótida de arriba hacia abajo y al revés.
- Me encanta como hueles, eres totalmente comestible – A Tom se le estaba haciendo la boca agua, realmente se sentía muy atraído por ella, y no solo le gustaba el olor de su sangre, también el de su excitación. Tom lo sentía igual de apetitoso.

Marta estaba totalmente excitada, no entendía como se podía haber puesto tan cachonda solo porque la estuviera oliendo la garganta. Tom metió un muslo entre las piernas, rozándola a trabes del vaquero de ella, mientras lamia su garganta con la lengua por donde antes la había estado oliendo. Marta le echo los brazos sobre los hombros mientras jadeaba ruidosamente sin poder remediarlo.
- Me encanta tú olor – Tom ronroneaba en el oído de

ella.

Marta estaba a punto de tener un orgasmo solo con el toque de aquel vampiro, la estaba volviendo loca, seguramente, en cuanto pasara ese momento de lujuria, se arrepentiría de haberse dejado seducir con esa facilidad, pero en ese momento no había nada que la pudiera separar de él.

A Marta le sobrevino el orgasmo como un tsunami, la recorrió desde las uñas de los pies, hasta el último pelo de la cabeza, no recordaba haber tenido un orgasmo tan intenso en su vida, y lo más sorprendente era, que había sido solo por rozarla por encima del pantalón. No quería ni pensar en lo que sentiría estando los dos desnudos en una cama.

Cuando por fin consiguió volver a la realidad, abrió los ojos para ver a Tom mirándola fijamente con cara de sorpresa. Marta hizo algo que hacía años que no hacía, se ruborizó.

- Yo… no pensé que fuera a pasar tan rápido – Marta le miraba con sus impresionantes ojos verdes.

- Eres preciosa cuando llegas al orgasmo, me he corrido en los pantalones solo de verte – Tom la habló bajito en la oreja.

- ¿De verdad? – Marta se puso todavía más roja.

Los dos se quedaron mirando fijamente, evaluándose, hacia menos de una hora se estaban tirando los trastos a la cabeza y hacia unos segundos, se habían provocado uno de los mejores orgasmos de su vida.

El momento mágico se rompió, cuando escucharon risas cómplices y pasos que provenían de la habitación donde ellos habían estado sentados esperando a que hablaran sus amigos.

- ¡Hola chicos! Donde os habéis metido – la voz de Jimena sonaba totalmente relajada.
- Estamos en la cocina – Marta contestó a su amiga.

Tom se despegó de Marta, mientras Jimena entraba en la cocina seguida por Carlos de cerca. Los dos se quedaron mirando a sus amigos que tenían una expresión algo extraña.

- ¿Te encuentras bien? – Jimena se acercó a su amiga con cara de preocupación.
- Sí, estoy bien – Marta cambio la mirada de Tom a su amiga - ¿Y tú que tal estas?
- Bien, hemos…hablado – Jimena se puso roja - creo que hemos solucionado algún malentendido que otro.

Carlos se dirigió hacia Jimena y la cogió por la cintura, mientras miraba a su amigo, con gesto interrogante. El aroma que llegaba a su nariz…

- Disculparme un momento, necesito ir a mi dormitorio – Tom se disculpó antes de salir por la puerta.
- No tardes, tenemos que hablar sobre el problema que tenemos con la chantajista.

Tom entró en su habitación totalmente desconcertado. Se quitó la ropa tirándola despreocupadamente por el suelo, y se dirigió a la ducha en la cual entró sin esperar a que el agua saliera caliente. Una ducha fría era una muy buena idea en ese momento, solo con el olor de esa mujer estaba otra vez duro, no sabía que es lo que le provocaba esa exótica mujer, pero desde que la había visto en la calle con Jimena, en lo único que su mente se podía concentrar, era en como meterse entre sus bragas, mientras clavaba sus colmillos en su garanta y bebía de ella hasta saciarse. Si no hubieran entrado en la cocina sus amigos, seguramente en este momento tendrían un problema.

Tom nunca se había querido vincular con una hembra, con el sexo anónimo había tenido suficiente hasta ahora, no quería esa clase de responsabilidad.

Tom, mientras se enjabonaba con rabia, se acordó de su pasado. Había tenido una mala experiencia con una maldita bruja. Él creía estar enamorado de ella, hasta que descubrió de la peor manera, que lo único que ella quería de él, era su sangre para sus conjuros y pócimas. Cuando Tom descubrió que le había engañado como a un adolescente con sus técnicas de seducción y su magia, se fue de la ciudad y estuvo mucho tiempo vagando sin rumbo fijo. Al cabo de unos años, decidió volver a su ciudad, en la cual se enteró, que ella había muerto a manos de otro vampiro que había sido más inteligente que él. Aunque la odiaba con todas sus fuerzas, Tom no pudo evitar sentirse dolido por la muerte de la mujer.

Desde ese momento, Tom juró, que nunca más se enamoraría y que odiaba a las brujas con toda su vampírica fuerza.

***

Los tres estaban sentados en la mesa de la cocina cuando Tom entró con el pelo mojado. Se había puesto unos pantalones vaqueros desgastados y una camiseta blanca de manga corta, Marta pensó que sería un modelo perfecto para una clase de anatomía. Ahí había algunos músculos de los que ella no había oído hablar en su vida. Ella, que desde que se había ido Tom, solo había abierto la boca para contestar a su amiga con monosílabos, no pudo evitar mirarle con los ojos como platos, ese vampiro estaba para mojar pan.

Desde que él había huido como un cobarde, Marta sentía un vacio en el pecho, el cual, no tenía fuerzas para analizar. La última vez que había sentido algo parecido, había terminado con el corazón en el contenedor de basura, le costó bastante tiempo recuperarse de aquel golpe y se había prometido que jamás dejaría que un hombre la volviera a mangonear. Desde entonces solamente tenía relación con los hombres para tener sexo o como amigos, y nunca las dos opciones iban unidas al mismo individuo. Era o la una, o la otra.

Marta cerró la boca en un intento de conservar un poquito de dignidad. Aunque se hubiera corrido como una perra solo porque él la había rozado un poco por encima del pantalón, en ese momento habría salido detrás de él como una estúpida. Sentía una atracción hacia Tom que no entendía, era como si algo tirara de ella y la obligara a acercarse a él.

- Tom siéntate, tenemos que contarlas el peligro que corremos – Carlos habló a su amigo con el tono más natural del que fue capaz.

Tom se sentó lo más lejos que pudo de Marta, lo único que le faltaba era tener el olor de ella justo al lado. Jimena y Carlos se miraban disimuladamente con mirada interrogante.

- Tom y yo vinimos a España por dos razones - Carlos comenzó a hablar mientras acariciaba con los dedos la mano de Jimena- una de ellas era recuperar a la mujer que amo y disculparme ante ella por la torpeza que cometí en Nueva York.

- Me alegro mucho por vosotros – Tom habló con voz cortante desde su silla- pero vamos al grano, quiero terminar con esto y volver a Nueva York lo antes posible.

Carlos no entendía la aptitud de su amigo, nunca le había visto tan arisco, normalmente siempre intentaba tomarse las cosas con su humor personal. Le miró serio, pero no le dijo nada, pensó que ya tendrían tiempo hablar sobre lo que le rondaba por la cabeza.

Carlos comenzó su relato contándoles la verdad sobre su identidad. Jimena le había confesado en la biblioteca, que Marta sabia sobre su naturaleza no humana. Al principio él se sintió algo incomodo, pero luego comprendió que ella era intima de Jimena y que en un momento de debilidad se había desahogado con ella. Tenía mucho que agradecer a esa chica, por haber mantenido a su amada a flote, mientras él estaba a miles de kilómetros sin saber qué hacer. Les contó el problema que había tenido hacia años con Viviana y el motivo por el cual se fue de Madrid. Cuando llegó a la última parte, en la cual había recibido la llamada de Viviana, las dos amigas le miraban con inquietud.

- ¿Dónde dices que vive esa mujer? – Jimena se dirigió a Carlos.

- Aquí esta apuntada – Carlos sacó un post it del bolsillo donde llevaba apuntada la dirección.

- ¡Hija de perra!, es la señora que me llamó para Nochevieja – Jimena estaba roja de rabia – espera que la ponga las manos encima, la voy a dejar calva.

- ¿Se ha puesto en contacto contigo? – Carlos estaba blanco.

- Sí, me llamó hace unos días para ofrecerme un trabajo, quería que fuera el día de Nochevieja por la mañana para que la peinara y la maquillara a ella y a otras personas en su domicilio.

- ¿Aceptaste el trabajo? – Marta no sabía si por fin lo había aceptado, con tanto lio no le había preguntado a su amiga.

- Si, la llamé para decirle que lo aceptaba antes de saber

que me devolverían mi puesto en la peluquería, tenía que llamarla para renunciar, pero no me ha dado tiempo. Esta es una ventaja que tenemos que aprovechar, iré a la cita y la entretendré mientras vosotros os coláis en su casa, es perfecto – Jimena estaba totalmente decidida.

- ¡POR ENCIMA DE MI CADAVER! – Carlos se cuadró, no quería ni oír hablar de que Jimena se pusiera en manos de la bruja de Viviana.

- ¿Por qué no?, es perfecto, ella no sospechará en ningún momento que esta todo preparado.

- No vas a ir tu sola a casa de esa mala bruja – Carlos no iba a ceder en eso.

- No tiene porque ir sola, yo la acompañaré con la escusa de ser la maquilladora – Marta habló por primera vez desde que había comenzado la reunión – seremos dos contra una.

- Es una maldita bruja, se os comerá a las dos con patatas – Tom saltó sin poder contenerse.

- Seguramente Marta sabrá cómo combatirla – Jimena miró a su amiga orgullosamente – ella también es una bruja.

El silencio tenso que siguió a las palabras de Jimena, se podría haber cortado con un cuchillo. Tom se levantó de su silla bruscamente y salió de la cocina dando un fuerte portazo. Carlos sabía la aprensión que su amigo sentía hacia las brujas, lo que no entendía era esa reacción porque Marta lo fuera, como mucho hubiera esperado algún comentario despectivo hacia ella, pero esa reacción era algo exagerada. Los tres se quedaron sentados en la mesa mientras escuchaban la puerta del apartamento cerrarse de otro portazo, Tom se había ido a la calle sin dar ningún tipo de explicación.

- Bueno – dijo Carlos – ya trataremos de entender esto en otro momento. Aunque no me hace ninguna gracia, si vais las dos juntas y equipadas con micrófonos para que nosotros estemos en todo momento al tanto de lo que ocurre, podríamos aprovechar la ventaja que esta situación nos brinda.

Marta se fue a su casa en taxi a las tres de la mañana, esa noche ya no tenían nada más que hacer y Jimena se iba a quedar a pasar la noche con Carlos.
Cuando salió a la calle, el taxi le estaba esperando en la puerta del lujoso edificio donde estaba el apartamento de su jefe. Al otro lado de la calle le pareció ver la enorme figura de Tom apoyado en la fachada de un edificio observándola. Debía estar esperando a que ella se fuera para volver al apartamento, no sabía porque le había sentado tan mal saber que ella era una bruja. En todo caso, ella no tenía la culpa de sus recelos. Si no le gustaba, que se fueran a la mierda, él y sus prejuicios.

Capítulo 11

Los días que siguieron hasta Nochevieja, fueron de lo más románticos para Carlos y Jimena. Se pasaban los días encerrados en la habitación de Carlos. Jimena había retrasado, sin ningún problema por parte de su jefe, la incorporación a la peluquería. Por las noches, aparte de preparar todo para el día treintaiuno, se pasaban horas paseando por Madrid. Carlos había echado de menos su ciudad durante los años en los que no había podido estar en ella, y le iba contando a Jimena todas las historias que había vivido en esas calles a lo largo de los años.

Una noche, que se habían colado en el Parque del Retiro, estaban sentados en el césped junto al Palacio de Cristal, Carlos se decidió a hacerle la gran pregunta a Jimena.

- Jimena... me gustaría pedirte algo muy importante.
- Soy toda oídos.
- Mañana es el día en el que nos lo jugamos todo, y yo... sabes que te amo con todo mí ser.
- Yo también te amo Carlos.

Carlos cogió de las manos a Jimena y la levantó del suelo para que se quedara de pie delante de él, e hincando una rodilla en el suelo habló.

- Jimena, cásate conmigo.

Jimena se quedó en silencio unos minutos, que a él le parecieron horas. Carlos se estaba empezando a poner nervioso, cuando por fin, ella abrió la boca para hablar con un hilo de voz.

- Si, Carlos. Me casaré contigo – Jimena se arrodillo frente a su amado y le abrazó con todas sus fuerzas.
- Mi sangre es tuya si la quieres, para que seamos pareja por toda la eternidad.
- Por supuesto que la quiero, lo quiero todo de ti.
- Haremos el ritual de compañeros de sangre en cuanto terminemos con Viviana, no quiero que se dé cuenta mañana de que llevas sangre de Vampiro dentro de ti, no sabemos de lo que esa bruja es capaz.

***

Marta se había pasado los últimos días muy atareada en la peluquería. Carlos le había ofrecido que se cogiera esos días libres, pero ella lo había rechazado. Eran días de mucho trabajo y no quería dejar a sus compañeros colgados. Marta prefería estar el máximo tiempo posible ocupada para no pensar más de la cuenta. Por las noches se pasaba un rato por el apartamento de Carlos para ultimar los preparativos del día treintaiuno. No había vuelto a coincidir con Tom, ese capullo, la había estado evitando desde el día que se enteró que ella era una bruja.

Marta también había estado investigando, en el libro de brujería que había heredado de su madre, para poder contraatacar a la tal Viviana.

El día treinta, había salido más tarde de lo normal de la peluquería, esos días eran de mucho trabajo técnico, muchos clientes se daban el color o las mechas para al día siguiente solo tener que peinarse.

Marta lo tenía todo preparado para el día siguiente. Dentro de un gran bolso de estilo ibicenco, llevaba todo lo necesario para pasar la noche fuera de casa y, por supuesto, su libro de hechizos. Esa noche estarían todos juntos en el apartamento de Carlos, tenían que ultimar los detalles para que nada saliera mal al día siguiente.

Jimena, cuando sonó el timbre, abrió la puerta a su amiga y la dio un fuerte abrazo. Marta no pudo ignorar la cara de felicidad de su amiga, desde que se había reconciliado con Carlos, estaba con una sonrisa de felicidad en la cara continuamente.

Las dos entraron en la cocina. Marta no pudo remediar que se le viniera a la mente la última vez que había estado allí a solas con Tom. Los dos vampiros estaban sentados en la mesa revisando las pistolas eléctricas y los micrófonos con localizadores GPS que ellas llevarían disimulados entre sus ropas.

- Bueno ya estamos todos – Carlos le dedicó una sonrisa a Marta a modo de saludo.

- Siento el retraso, había mucho trabajo en la peluquería – Marta dejó su bolso en el suelo y comenzó a quitarse el abrigo.

- Si quieres, puedes dejar tus cosas, en una de las habitaciones de invitados que hemos preparado para ti.

Marta asintió, mientras seguía a su amiga hacia los dormitorios del enorme apartamento. Cuando llegaron al pasillo, Jimena abrió una de las tres puertas.

- Esta es tu habitación.

Marta entró en la enorme habitación que le mostraba su amiga, estaba decorada con muebles antiguos de madera maciza y en el centro había una enorme cama con dosel. Las cortinas eran de color rojo, igual que el enorme edredón que cubría la cama.

- La puerta del fondo es un baño – Jimena se sentó en la cama y se quedó mirando a su mejor amiga – Marta ¿sabes que te quiero como si fueras mi hermana?

- Lo sé – Marta la miró con una sonrisa que no le llegaba a los ojos – el sentimiento es mutuo.
- Si necesitas hablar sobre lo que sea que pasa entre Tom y tú, quiero que sepas que estoy aquí para lo que sea, a cualquier hora, no quiero que pienses que porque esté con Carlos me molestarías.
- Lo sé, pero no estoy segura que es lo que ha ocurrido – a Marta se le llenaron los ojos de lagrimas sin poder evitarlo – creo que tiene prejuicios porque soy una bruja.

Jimena se acercó a su amiga y la abrazó mientras esta rompía a llorar desesperadamente, había guardado toda esa tensión dentro, durante todos esos días y ahora, había explotado sin poder evitarlo.
- Tranquila cariño, suéltalo todo – Jimena acariciaba la espalda de su amiga, mientras esta le empapaba la camiseta con sus lágrimas.
- Yo… te juro que no le he hecho nada… es un estúpido y le odio - Marta hablaba entre sollozos.
- Madre mía, no me lo puedo creer – Jimena separó un poco a su amiga para mirarla a la cara – ¿te gusta de verdad… de verdad de la buena?
- ¡NI DE COÑA!, simplemente ha herido mi orgullo – Marta se soltó de su amiga restregándose las lágrimas con las mangas de la camiseta – Anda vete a la cocina, me doy una ducha rápida y me reúno con vosotros.

Marta se duchó en cinco minutos y se dirigió a la cocina.
Tom estaba concentrado, probando uno de los micrófonos para ver si funcionaba correctamente y llegaba la señal a su ordenador. El aroma de Marta inundó por completo toda la estancia, levantó la cabeza sin poder evitarlo, hacia la fuente de ese olor que le volvía loco.

Marta se había quedado parada en la puerta mirándole fijamente, iba vestida con unas mayas y una camiseta ancha que dejaban sus hombros al descubierto, llevaba el pelo mojado y peinado hacia atrás. Su color de pelo, habitualmente rojo fuego, se veía mucho más oscuro por efecto del agua, lo cual resaltaba mucho más el color verde de sus ojos. A Tom se le descolgó la mandíbula sin poder hacer nada para evitarlo, hasta que se dio cuenta del viejo libro con tapas de piel marrón que ella abrazaba fuertemente.

- Siéntate Marta y repasemos los detalles para mañana – Carlos miraba a Jimena con complicidad.

Marta se sentó al lado de su amiga y colocó el libro sobre la mesa.

Al cabo de tres horas ya le habían dado tantas vueltas al plan, que se lo sabían todos de memoria. Marta había explicado a su amiga los conjuros que posiblemente tendría que utilizar para poder contraatacar a Viviana. Le explicó que, en caso de verse amenazada la vida de ambas, ella podría darle el don de la brujería a Jimena para que sus poderes se multiplicaran.

- Deberíamos descansar, es muy tarde y mañana nos espera un día muy duro – Carlos se levantó de la silla cogiendo a Jimena de la mano.

Todos estuvieron de acuerdo y se retiraron a sus habitaciones a descansar. Todos menos Tom, que se disculpó diciendo que quería revisar de nuevo el programa de ordenador.

***

Viviana llevaba toda la noche dando vueltas en la cama, al día siguiente tendría en sus manos a la amante de Carlos. El muy estúpido la estaba subestimando, debía de pensar que ella no era capaz de cumplir sus amenazas. Desde que Viviana había conseguido hablar con él, a través del teléfono del salón de belleza que la cadena había abierto en Nueva York, no había recibido ninguna respuesta por parte del vampiro. Cuando viera las imágenes de su preciosa zorrilla después de pasar por sus manos, ya veríamos si la tomaba en serio o no. Viviana siempre había tenido unos gustos sexuales algo particulares, el problema era que no eran fáciles de satisfacer, no a todo el mundo le excitaba el dolor extremo. A ella, lo que realmente la excitaba, era que la otra persona no consintiera en la relación, que sufriera de verdad.

**

En el apartamento de Carlos, el ambiente se podía cortar con cuchillo. Todos estaban de los nervios, especialmente él mismo. Eran las ocho de la mañana y dentro de dos horas la adorable mujer que él más había amado en su vida, se expondría físicamente ante la peligrosa mujer que él más había odiado en su vida.

Los cuatro estaban en la cocina, Tom y él mismo estaban dando un último repaso a todo el material, mientras las chicas desayunaban de pies en la encimera.

- Venga chicas vamos a poneros los micrófonos bajo la ropa – Tom se acercó a ellas con los aparatos y esparadrapo para fijarlos a la piel.

- ¿Dónde van? – Jimena se levantó la camiseta enseñando el ombligo juguetonamente a Carlos.

- No me distraigas mujer – Carlos gruño sensualmente.

- Si vais a empezar así largaros a la habitación – Tom comprobó que las pistolas electicas estuvieran cargadas adecuadamente.

- Relájate Vampiro o te saldrá una ulcera – Carlos se estaba cansando de las malas pulgas de su amigo esos últimos días.

- Venga terminemos con esto – Jimena cogió el micrófono y se lo colocó entre las tetas – aquí no se notara.

- Dame el mío – Marta hizo lo mismo que Jimena.

Tom no pudo evitar mirar hacia la mujer que le estaba volviendo loco esos últimos días ¿Por qué tenía que ser una bruja? Maldita fuera su suerte. La muy cabrona se había subido la camiseta dejando su pecosa piel expuesta frente a él. Llevaba un sujetador negro de encaje que dejaba ver sus rosados pezones, sin que le importara un pelo que Carlos estuviera delante. Este no había quitado los ojos de encima de Jimena en ningún momento y la tapaba con su enorme cuerpo para que Tom no pudiera verla. A Tom, el que Marta estuviera enseñando más de la cuenta delante de Carlos, le estaba enfureciendo a un nivel, que en ese momento, no era capaz de analizar.

Cuando ellas salieron por la puerta a las 9:30 de la mañana, los dos vampiros se quedaron como estatuas en la entrada de su apartamento. Jimena había intentado tranquilizar a Carlos diciéndole que eran dos contra una y que contaban con el factor sorpresa de su lado, mientras le abrazaba y le susurraba palabras de amante al oído. Carlos se había dejado hacer, aunque era perfectamente consciente del peligro que iban a correr, mientras ellos estuvieran encerrados en el apartamento por culpa del Sol. Tom se había quedado allí plantado sin decir nada mirando hacia la puerta, él ni siquiera había tenido el valor de mirar a la cara de Marta.

Carlos comenzaba a estar verdaderamente preocupado por su amigo, aunque lo dejaría estar, lo primero era que todos salieran sanos y salvos de este trance.

- Vamos a la cocina, los ordenadores ya deben de estar captando los localizadores de las chicas - Carlos le dio un palmada amistosa a Tom en la espalda.

***

A las diez en punto de la mañana sonó el timbre. Aunque ella estaba detrás de la puerta, paseándose nerviosamente hacia más de media hora, esperó un minuto antes de abrir ella misma.

Esa mañana les había dado el día libre a todos los empleados que trabajaban en la casa. Para lo que tenía pensado hacer no quería testigos. De todas maneras, se había asegurado de que, si sus planes no salían bien, la vida de Carlos y la de todos sus amigos fuera un infierno.

Le había entregado un sobre a su doncella, junto con unas instrucciones muy concretas. Ella confiaba, dentro de lo que su naturaleza le permitía, en Lola. Aunque nunca se lo diría, la chica se lo había demostrado sobradamente en los años que había trabajado para ella, no sabía si por lealtad o por miedo. Aunque a Viviana el motivo le era indiferente, lo que realmente le importaba, era que las personas que estaban a su servicio, no la fallaran jamás. Le había hecho jurar que cumpliría estrictamente sus órdenes.

El sobre en cuestión, contenía una información muy interesante sobre Carlos y sus amigos. El destinatario, era una sociedad de fanáticos, que había descubierto en una de las conversaciones que había tenido con el Sr. Sánchez en su despacho. Encima de la mesa había visto un panfleto con la palabra vampiros y un logotipo con las palabras "Los Erradicadores". Viviana se había pasado toda la noche investigando en internet. La información era poder y nunca se sabía cuando podías necesitar aliados.

Esta carta debería ser enviada, únicamente, si ella moría o desaparecía sin dejar rastro. Estaba segura que ganaría la partida, pero, si por algún motivo algo salía mal, ella tenía claro que haría el mayor daño posible. Moriría matando. Cuando por fin abrió la puerta, se quedó mirando a las dos mujeres que estaban de pie en el umbral de la misma.

\- Buenos días señora – dijo Jimena, con el tono más neutro que fue capaz – somos las peluqueras a domicilio que ha contratado.

\- Buenos días señoritas, pensé que solo había contratado a una peluquera – dijo Viviana recalcando la palabra "una".

\- No tiene que preocuparse, el presupuesto sigue siendo el mismo. Mi compañera es especialista en maquillaje de fiesta, ella le maquillara mucho mejor que yo – Jimena salió del paso como pudo.

\- Está bien, adelante – Viviana se echó a un lado dejando pasar a las dos mujeres – podéis dejar vuestros abrigos en el armario de la entrada.

A Viviana, le molestó que se le hubieran trastocado un poco los planes, pero no pensaba echarse atrás, llevaba demasiado tiempo esperando una oportunidad para doblegar al vampiro y no la iba a dejar escapar. Ella no tendría ningún problema en reducir a las dos indefensas mujeres, las brujas como ella, siempre tenían más de un as en la manga.

Las dos siguieron a Viviana por el enorme piso, las guió por un largo pasillo hacia la puerta más alejada.

Cuando Jimena entró en la sala, se quedó impresionada por el gran tocador que había al fondo. Era como los de los camerinos de las grandes actrices de teatro. El gran espejo estaba rodeado por un montón de bombillas y el resto del mueble era de madera maciza con intrincadas decoraciones. Los cajones lucían unos impresionantes tiradores, que Jimena podría jurar que eran de oro. Sobre la encimera del tocador, había el mayor despliegue de productos de belleza, de las marcas más exclusivas que existían en ese momento en el mercado. También tenía una de las paletas de maquillaje más completa que ella había visto en su vida, y eso era decir mucho, puesto que trabajaba en una de las peluquerías más exclusivas de Madrid. Jimena se dio cuenta de por qué ansiaba tanto la sangre de Carlos, esa mujer estaba totalmente obsesionada por mantenerse joven a toda costa.

Jimena miró a su amiga que no había abierto la boca. Estaba muy pendiente de la colección de frascos de colonia antiguos que estaban debajo del espejo, en los cuales se podían ver líquidos de distintos colores dentro de ellos.

Viviana observaba a la mujer pelirroja mientras esta colocaba, junto a su compañera, todos los bártulos en el tocador. Sentía un aura familiar alrededor de ella.

- Cuando quiera podemos empezar – Jimena retiró la silla del tocador, invitando a que Viviana se sentara en ella.

Comenzó a peinarla, como siempre, se ensimismó en el trabajo sin poder evitarlo. Le recogió el pelo con pinzas y comenzó a rizárselo con las tenacillas, Marta la observaba trabajar desde el otro lado de la habitación. Terminó de rizarle todo el pelo, se lo recogió en un moño alto, dejando tirabuzones que le caían por los hombros. Cuando Jimena terminó, miró el reloj despreocupadamente, para advertir que habían pasado dos horas desde que había comenzado a peinar a la malvada mujer. Marta se acerco al tocador y se dirigió a ella.

- ¿En qué colores va a ir vestida?

- En la habitación del fondo tengo el vestido que llevare esta noche, os lo mostraré – Viviana despegó la mirada del impresionante peinado, para clavar los ojos en la maquilladora.

Se dirigió hacia una puerta que había al otro lado de la estancia, esta, más parecía un armario, que una habitación. Se notaba que se había querido disimular para que no llamara la atención. Viviana la abrió invitándolas a entrar. Las dos amigas se miraron de soslayo, indecisas en si bajar o no. Al otro lado estaba totalmente oscuro, Viviana pulsó un pequeño interruptor y una luz de color rojo se encendió para mostrar una escalera que descendía hacia una habitación subterránea. Todas las paredes estaban pintadas de color negro. Las dos amigas se miraron indecisas y decidieron bajar para no crear sospechas sobre sus intenciones, además, podía ser una buena oportunidad para llevar a cabo su plan.

Su misión era reducir a la mujer, para conseguir atarla, después, la encerrarían en una de las habitaciones, hasta que Carlos y Tom pudieran llegar para intentar manipular su mente y borrar de su memoria todo lo que sabía sobre ellos. Carlos les había dicho que ella tenía una mente muy poderosa. Cualquier vampiro no podía manipulársela, él hacia unos años lo había intentado sin éxito. Pero ahora contaban con Tom, todavía no había habido nadie que pudiera resistirse a su poderoso don.

Si él no era capaz de borrar la mente de Viviana, tendrían que pasar al plan B. A ninguno le gustaba ese plan de emergencia, pero era elegir entre ellos o la bruja.

Jimena y Marta comenzaron a bajar las escaleras hacia la

habitación subterránea. Los ecos de sus pasos resonaban en la escalera. Cuando entraron en la habitación, el sonido cambio, era la misma sensación de cuando entrabas en un estudio de grabación totalmente insonorizado. Jimena lo achacó a la escasez de muebles. Las dos se detuvieron en el centro de la sala donde desembocaba la escalera, miraron hacia atrás esperando encontrar a la mujer detrás de ellas. Lo único que pudieron ver fue un vacio, mientras escuchaba un portazo, junto con unas maliciosas risas.

- No pensé que fuera a ser tan fácil – decía Viviana entre risas – estúpidas.

Las dos miraron a su alrededor con cara de sorpresa. El único mobiliario de la habitación era la bombilla de color rojo del techo, un armario de color negro en una esquina de la habitación y una viga de madera que iba del techo hasta el suelo, estaba salpicada con argollas de metal a distintas alturas de la misma. También había una cámara de video en una de las esquinas del techo, que miraba directamente hacia la viga.

- Como hemos podido caer con tanta facilidad – Marta hablaba raro, como si tuviera un caramelo en la boca.

- Los chicos nos tienen localizadas, en unas horas vendrán y nos sacaran de aquí. Ellos nos están escuchando en este momento.

- No estoy tan segura, esta habitación está aislada – Marta daba pequeños golpes en las paredes tanteando el material con el que estaban recubiertas.

- No entremos en pánico, ellos saben dónde estamos, nos encontraran – Jimena confiaba completamente en que las sacarían de allí.

Marta estaba intentando abrir el armario, cuando escuchó

un ruido que salía de una rejilla de ventilación del techo.
- ¿Escuchas ese ruido? – dijo Marta a su amiga.

Mientras las dos amigas se acercaban a la rejilla sintieron un fuerte mareo y en unos segundos las dos perdieron el conocimiento.
Jimena fue la primera en abrir los ojos, lo primero que sintió fue un fuerte dolor de cabeza y una sensación de frio en todo el cuerpo. Cuando la vista se le despejó, fue consciente de que estaba totalmente desnuda.
Se encontraba sentada en el suelo, con la espalda apoyada en la viga. Sus manos estaban esposadas a una de las argollas que se encontraban justo encima de su cabeza.
Mientras miraba a su alrededor con pánico buscando a su amiga, se dio cuenta de que la cámara del techo se movía para enfocarla. Jimena miró como pudo por encima de su hombro, detrás se encontraba Marta, todavía inconsciente. Estaba en la misma posición que ella, al otro lado de la viga.
Escuchó como el eco de unos tacones sonaba en la habitación, miró en la dirección de donde provenía el sonido, para ver a Viviana vestida toda de negro y con un látigo de varias puntas en la mano. Le recordó a Catwoman en versión petarda.
- Creo que me habéis subestimado niñitas – Viviana le lanzó un latigazo que le levantó la piel a la altura del estomago.
- ¡ESTAS LOCA! Carlos jamás aceptara nada de ti, eres una maldita psicópata.
- Ya lo veremos, cuando le mande las imágenes de su amada humana, destrozada a latigazos.

Viviana andaba alrededor de ella, como un depredador

jugando con su presa antes de devorarla. Se paró, mientras miraba fijamente a la cámara a través del antifaz negro y volvió a azotar con saña a Jimena.

***

- ¡¡COMO HE PODIDO SER TAN ESTUPIDO!! – Gruñó Carlos.

Llevaba dando vueltas por la cocina y pasándose la mano por el pelo nerviosamente, desde que habían perdido la conexión con los micros de las chicas. Nunca debía haber dejado que Jimena se expusiera de esa manera.
- Sabemos donde están – Tom seguía tecleando en el ordenador intentando conseguir señal.
- Estaremos encerrados aquí por lo menos durante cuatro horas más – Carlos estaba desesperado, si le pasaba algo a Jimena no se lo perdonaría en la vida.

Lo último que habían escuchado fue como se dirigían a ver un vestido de Viviana, había habido un portazo y después el silencio. De esto hacia más de una hora. Eran las dos de la tarde y, aunque el día estaba nublado, era imposible que ellos pudieran salir del apartamento sin convertirse en cenizas en unos minutos.
- Creo que podemos intentar algo – Tom hablaba sin despegar la vista del monitor – el sistema de alcantarillado en esta zona de Madrid es un callejero subterráneo, tienen incluso las placas con el nombre de las calles que hay en la superficie. El problema, es como acceder a la alcantarilla más cercana, sin que nos de la luz del Sol.
- Hace unos años hubo una avería en las arquetas del edificio – dijo Carlos intentando recordar – se descubrieron túneles subterráneos, que conectaban muchos edificios de Madrid por el subsuelo. Este

concretamente se conecta también con el Metro.

El teléfono de Carlos sonó, anunciando la entrada de un mensaje nuevo. Carlos lo abrió mientras Tom seguía intentando conectar con las chicas.

- ¡NO, NO, NO!, ¡LA MATARÉ! – Carlos se tiraba del pelo mientras miraba la pantalla de su teléfono.
- ¿Qué ocurre? – Tom se levantó corriendo y cogió el teléfono de las manos de su amigo.

En la pantalla se veía a Jimena, aparentemente inconsciente y totalmente cubierta de sangre. Estaba desnuda y esposada a una viga de madera. Viviana sonreía a la cámara, mientras la tiraba del pelo con una mano para que se le pudiera ver bien la cara, en la otra sostenía un pequeño látigo con una especie de estrellas metálicas en las puntas. La cara y todo el cuerpo de Jimena, estaban llenos de heridas sangrantes.
A Marta, se la veía con la cabeza colgando, al otro lado de la viga. La bruja dejó, con un brusco movimiento, la cabeza de Jimena y se dirigió a cámara para hablar.
- Si quieres que ella viva, ya sabes lo que quiero. Ven solo a mi casa y, recuerda, que yo no soy una humana cualquiera, no juegues conmigo o seguiré azotándola hasta que no le quede sangre en las venas.

La imagen quedó negra. Tom fue hacia su amigo para entregarle el teléfono.
- ¿Dónde está el sótano? – Tom habló a su amigo - iremos hasta allí a través de los túneles. La cogeremos por sorpresa, ella no esperará que te presentes hasta que se oculte el Sol.
- ¡Voy a matarla!, no la borraremos la memoria, no se merece que la dejemos vivir. Como Jimena no esté viva

cuando lleguemos, la arrancare la piel a tiras.

- Jimena no va a morir – Tom cogió a su amigo de los hombros y le obligó a que le mirara a los ojos – a la zorra no le interesa que muera y, en cuanto la rescatemos, le podrás dar tu sangre para que se recupere por completo.

Los dos vampiros salieron del apartamento en dirección al sótano. No fue difícil descubrir la entrada del antiguo túnel, la pared tenía una parte en la que se veía el ladrillo. Carlos, de un solo golpe, derrumbó el muro para descubrir el túnel, estaba totalmente oscuro. Inmediatamente las pupilas de los vampiros se adaptaron a la oscuridad, su naturaleza depredadora les permitía ver mejor en la oscuridad que con luz.

Los dos comenzaron a avanzar rápidamente, se guiaban por el oído para intentar llegar a los túneles del Metro y poder así acercarse con más facilidad, al barrio donde se encontraba el apartamento de Viviana. Tom miraba el GPS de su teléfono para intentar guiarse lo mejor posible.

***

Marta, aunque llevaba un rato consciente, no había abierto los ojos.

Necesitaba qué Viviana pensara que seguía inconsciente, para poder llevar a cabo su plan. Cuando había escuchado los gritos de su amiga, había estado a punto de echarlo todo a perder, por la desesperación de ver sufrir de esa manera a Jimena.

Necesitaba que la bruja se acercara a ella lo más posible.

Hacía ya un rato, que Jimena había dejado de gritar, aunque Marta escuchaba su respiración. Viviana había estado hablando, seguramente a la cámara que estaba en el techo. Se dirigía a Carlos, le estaba amenazando con la vida de Jimena si él no accedía a sus demandas.

Cuando Viviana dejo de hablar, Marta escuchó como el ruido de sus tacones se dirigía hacia ella. Una mano la cogió del pelo para que levantara la cabeza.

Ahora o nunca, Marta se levantó todo lo que pudo, para poder llegar con sus manos, que estaba esposadas sobre su cabeza, a las de Viviana y sujetarlas fuertemente. Mordió el vial de plástico que había llevado en la boca todo el tiempo, y escupió el líquido sobre la cara de su secuestradora.

- ¡HIJA DE PUTA, ME HAS ESCUPIDO! - Viviana intentó echarse hacia tras, pero Marta la había cogido con todas sus fuerzas.

Después de rociar con la poción, que ella misma había preparado siguiendo las instrucciones de su libro. Comenzó a recitar las palabras que completarían el hechizo.

- "Tomo tus manos en las mías, retendré tus poderes. Desde ahora hasta el final de los tiempos, cuando la muerte que tendré, estas cadenas puedan romper"

Marta repetía las palabras, intentando con todas sus fuerzas, que Viviana no se soltara de sus manos. La pócima que le había escupido tenía una dosis muy alta de adormidera. Marta no sabía cuanta cantidad le había caído dentro de la boca o las fosas nasales, aunque seguro que sería suficiente para tumbarla. El problema era que ella también había tragado algo del líquido y si perdía el conocimiento antes que Viviana, esta podría matarla antes de huir.

El mayor problema de la situación era que, aunque los poderes de bruja estuvieran anulados por el hechizo, eso no era un obstáculo para matar a dos mujeres indefensas. Jimena salió del trance por los gritos que provenían de su espalda. Marta forcejeaba con Viviana, mientras la bruja gritaba como una rata acorralada.

- ¡DEJALA! – Jimena grito con todas sus fuerzas – ella no te sirve de nada, tú me querías solamente a mí.
- ¡MALDITAS ZORRAS JURO QUE OS MATARE A LAS DOS!

Viviana estaba cada vez más débil, el hechizo de la pelirroja le estaba drenando sus poderes y, sin ellos, no podía combatir ante lo que fuera que le había escupido a la cara.

- Jimena – Marta llamó la atención de su amiga - ¿puedes mirarme directamente a los ojos?
- ¿Qué? – Jimena tenía los ojos inflamados por los golpes.
- Date la vuelta y mírame directamente a los ojos – Marta cada vez tenia mas sueño – voy a intentar pasarte mis poderes porque yo no sé el tiempo que voy a aguantar despierta.
- No creeréis que dos aficionadas como vosotras vais a poder conmigo – Viviana notaba que no tenía mucho tiempo antes de perder el conocimiento - todavía queda mucho hasta que el vampiro pueda venir en vuestra busca y para entonces yo ya estaré despierta. Cuando os encuentren tendrán que reconoceros por la dentadura – Viviana terminó su amenaza en el momento que cayó al suelo a plomo, su cuerpo quedo inerte justo al lado de Marta.

Jimena por fin consiguió darse la vuelta en una postura forzada. Los brazos los tenía totalmente retorcidos mientras intentaba ponerse de rodillas para mirar a Marta.

- Hay que darse prisa Jimena – Marta intentaba ponerse en la misma postura que su amiga para poder mirarla directamente a los ojos- no sé el tiempo que voy a poder aguantar sin caer dormida, y tampoco sé si me despertare antes que Viviana, ahora mírame directamente a los ojos.

Jimena confiaba plenamente en Marta y, abriendo los ojos todo lo que pudo, hizo lo que le pedía su amiga. Marta comenzó a hablar.

- "Lo mío es tuyo. Deja que mis poderes crucen el río. Ofrezco mi don para compartir. Intercambia mis poderes al son"

Jimena en ese momento sintió como una ráfaga de energía le recorría todo su cuerpo, era como si la hubieran dado un calambrazo y este le hubiera entrado por los ojos y le hubiera salido por los dedos de los pies.

- Ahora tu eres la bruja más poderosa de la habitación, pero Viviana es muy poderosa, no sé cuánto tiempo podre tener sus poderes atados – Marta hablaba pesadamente, la droga estaba haciendo efecto en ella rápidamente - Ella tiene las llaves de las esposas en el colgante que tiene en el cuello, tienes que concentrarte y utilizar el poder de la telequinesis, ahora con mis poderes puedes hacerlo – Marta hablaba con un esfuerzo evidente, la lengua le pesaba como una piedra. En el momento que pronuncio la última palabra perdió el conocimiento.

Jimena buscó con la mirada el bulto que yacía en el suelo al lado de su amiga. Viviana estaba boca arriba. Incluso inconsciente, tenía un feo gesto de desprecio en la cara. El colgante de su cuello estaba caído hacia un lado y las llaves estaban apoyadas contra el suelo, Jimena no podía verlas bien, pues el brazo de la bruja, estaba sobre ellas, lo único que veía con claridad era la cadena de plata que las sujetaba y que estaba alrededor de su cuello.

Jimena se concentró en la cadena para intentar moverla. La miró fijamente, se imaginó en su mente como esta salía volando y se posaba suavemente en sus manos. Incluso movió la nariz al estilo de la famosa serie de televisión, pero la cadena con las llaves, seguía allí plantada en el suelo como si tal cosa.

- Por favor, en menuda bruja de mierda me he convertido.

Según pronunciaba esas palabras los ojos de Viviana se abrieron de par en par y la miraron con ira, solo fueron unos segundos, para después volverlos a cerrar.

Aunque la droga que le había administrado Marta, era muy potente, no sabían la fortaleza que Viviana tenía como bruja. Si ella conseguía despertarse y mataba a Marta, le serian devueltos todos sus poderes y además se le sumarian los de la bruja muerta.

Entre ellas había niveles de poder y, por lo que habían podido comprobar Viviana era una bruja muy fuerte y malvada, y esta era una combinación demasiado poderosa, para que Jimena pudiera tener ni la más mínima posibilidad.

A Jimena le entró un ataque de pánico, al pensar en las consecuencias de todo ello. Marta moriría y, por supuesto ella también, no volvería a ver a Carlos y además este estaría expuesto a los caprichos de Viviana. Sus padres sufrirían infinitamente con su muerte y les destrozaría por el resto de sus vidas.

La adrenalina se le disparó por todo su sistema sanguíneo, a unos niveles que ella no había experimentado jamás. Era como si le hubieran enchufado una batería de tamaño industrial.

Volvió a mirar hacia el colgante y se concentró con todas

sus fuerzas en él, de repente, el colgante comenzó a moverse muy lentamente, las llaves salieron de debajo del brazo de Viviana y se suspendieron en el aire tirando de la cadena en dirección a Jimena.

Ella intentaba hacer más fuerza mental, pero no conseguía la suficiente como para que la cadena saliera a través de la cabeza que la retenía.

Jimena ya no podía mas, toda la fuerza mental se había convertido en un fuerte dolor de cabeza. Las llaves cayeron al suelo, quedando situadas por encima del moño que ella misma había peinado hacia unas horas.

Con la fuerza mental que ella podía generar, no sería suficiente para desengancharlo de allí, así que decidió intentar el método tradicional. Engancharlo y tirar.

Como seguía en la postura que había adoptado para mirar a los ojos a Marta, se sentó en el suelo con las piernas abiertas, con la viga entre medias de ellas. Estiró todo lo que pudo la pierna izquierda para intentar enganchar con los dedos del pie la cadena, podía tocarla con el dedo, pero no llegaba a engancharla.

Volvió a concentrarse con todas sus fuerzas, hasta conseguir que la cadena se estirara levemente y las llaves se levantaran unos centímetros del suelo, lo suficiente para que ella consiguiera meter el pie y dar un fuerte tirón hasta sacar la cadena de la cabeza de Viviana.

La mala bruja gruñó suavemente, como si fuera consciente de lo que estaba pasando a su alrededor.

A Jimena se le quedó la cadena colgando del tobillo. Subió la pierna todo lo que pudo hasta apoyarla flexionada en la viga, e intentó llegar a ellas con la boca.

Era imposible por mucho que lo intentara, no tenía la suficiente elasticidad para llegar hasta ellas. En un último esfuerzo se volvió a concentrar para poder acercar las llaves cogerlas con la boca. Entre la pérdida de sangre, el dolor que tenia por todo el cuerpo y el esfuerzo que estaba haciendo, tanto físico como mental, no sabía cuánto tiempo iba a aguantar sin perder el conocimiento.

En un último esfuerzo, Jimena consiguió que las llaves y se acercaran a su boca lo suficiente, como para que, forzando al máximo la postura, consiguiera cogerlas con los dientes.

Tenía un fuerte dolor en la muñeca izquierda, seguramente estuviera fracturada, pero necesitaba coger las llaves para poder soltarse de las esposas que la tenían cautiva.

Se dio la vuelta, con las llaves bien sujetas en la boca, para colocarse de la misma forma en que la había atado Viviana, con la espalda contra la viga. Las manos las tenía a unos quince centímetros por encima de la cabeza.

Comenzó a empujar con los pies hacía detrás, para deslizarse de espaldas por la viga e ir subiendo. Cuando por fin tocó su coronilla con las manos, inclinó la cabeza hacia un lado hasta poder coger con los dedos la cadena con las llaves.

Aunque la postura era de lo más incómoda, después de unos minutos, consiguió quitarse las esposas. Cayó al suelo a plomo, dándose un culetazo de campeonato.

- Genial, el único sitio que no me dolía.

Jimena se levantó con mucho esfuerzo. Uno de los ojos estaba totalmente cerrado y el otro lo estaba parcialmente. Se dirigió todo lo deprisa que pudo hacia Marta que, hacia unos minutos que se estaba retorciendo, saliendo y entrado en la inconsciencia.

Cuando soltó las muñecas de su amiga, Jimena se dirigió hacia Viviana con la intención de colocarle a ella las esposas antes de que se despertara.

Marta la estaba intentando decir algo, pero Jimena no conseguía entender. Cuando iba a mover a Viviana, esta se dio la vuelta y la asestó un golpe que la tiró de espaldas.

En un rápido movimiento, Viviana se levantó del suelo y cogió un cuchillo que había dentro del armario, que se había quedado con las puertas abiertas. Cogió del pelo a Marta y levantó el arma, con intención de degollar a la pelirroja.

Jimena volvió a sentir la descarga de energía que había sentido anteriormente como consecuencia de la adrenalina. Se concentró en el cuchillo y con toda la fuerza mental de la que fue capaz, sujetó el arma para que Viviana no pudiera asestar el golpe de gracia a Marta.

A Viviana le pilló por sorpresa que Jimena dominara el poder de la telequinesis, pero no tenía la suficiente fuerza como para sujetarla eternamente. Así que continuó haciendo fuerza para vencer a la maldita humana, que le estaba poniendo tan difícil que se cumplieran sus planes.

Jimena se concentraba con todas sus fuerzas, pero sentía que perdía la consciencia, estaba tan mareada que no se había podido acercar para sujetar el arma con las manos. Si se movía de donde estaba perdería la concentración y Viviana asesinaría a Marta sin ningún problema.

El cuchillo cada vez estaba más cerca del cuello de Marta, cuando se escuchó un fuerte golpe en la puerta que había al final de las escaleras.

Lo último que Jimena pudo advertir, fue un escalofriante chillido de Viviana.

***

Los dos vampiros llegaron en algo menos de una hora al piso de Viviana, habían salido a través de las alcantarillas dentro del túnel del metro. Andando a través del túnel, llegaron a una estación del metro en la cual cogieron el transporte como cualquier usuario del mismo.

Cuando llegaron a la estación de suburbano que estaba más cercana al domicilio de Viviana, se volvieron a colar disimuladamente al túnel del metro. Las personas en la gran ciudad no hacían demasiado caso a lo que hacían los demás, pensarían que eran trabajadores del metro.

Según los planos que llevaba Tom, debía de haber otro acceso al laberinto de túneles que había en el subsuelo del viejo Madrid. Este túnel debería desembocar en el sótano del edificio de Viviana. En el local del edificio, se ubicaba un antiguo y conocido restaurante. Precisamente, el salón principal del mismo, está construido en unas cuevas subterráneas. Encontraron el acceso sin demasiados problemas, pero cuando llegaron a la supuesta salida, esta estaba totalmente oculta. Estuvieron más de quince minutos buscando alguna manera de acceder sin tener que romper la pared, por fin consiguieron encontrar una rejilla que daba al aseo del local.

Con mucho esfuerzo, consiguieron salir a través de ella. Cuando abrieron la puerta, había una mujer mayor lavándose las manos.

- Lo que hay que ver – la señora salió rápidamente sin ni siquiera secarse las manos.

En otras circunstancias esto habría sido motivo de risas para los dos. Pero, en ese momento, no estaban precisamente para bromas. Salieron por las puertas de emergencia del local, estas daban al portal del edificio. El conserje salió de la garita donde estaba sentado en cuanto les vio. Tom le miró directamente a los ojos y este se detuvo en seco, se sentó de nuevo en su mesa y siguió leyendo el periódico.

Cuando llegaron al piso de Viviana, agudizaron el oído, para ver si había alguien al otro lado de la puerta. Nada, silencio absoluto.

Tom abrió la puerta, con la ayuda de unas ganzúas que llevaba en el bolsillo de la cazadora, y entraron silenciosamente. Comenzaron a registrar el piso, los abrigos de las chicas estaban en el armario de la entrada. Las buscaron habitación por habitación. Ni rastro de ellas. Cuando estaban registrando la última de las habitaciones, descubrieron, junto a un recargado tocador, el material de peluquería que ellas habían llevado consigo esa mañana.

- Tienen que estar en alguna parte – Carlos no podía estar más alterado – ella no podría cargar con las dos fuera del edificio sin ser vista.

- Calla – Tom le hizo un gesto con la mano – he oído algo.

El Vampiro agudizó todo lo que pudo el oído, no era demasiado difícil para él, ya que su naturaleza depredadora agudizaba sus sentidos por la sed, y ellos llevaba varios días sin probar una gota de sangre, si no volvían pronto a Nueva York tendría un grave problema.

Tom reventó la puerta, que había disimulada como si fuera un armario, al otro lado de la estancia para descubrir unas escaleras. Los dos bajaron en decimas de segundos, justo cuando Viviana acercaba un cuchillo a la garganta de Marta para degollarla.

Tom se abalanzó para sujetar a la bruja, pero esta hizo un gesto para cubrirse y clavó el cuchillo en el abdomen del vampiro. Tom sintió un fuerte dolor, pero antes de derrumbarse, cogió a Viviana del cuello y se lo rompió. La bruja cayó muerta en el acto.

Carlos, que estaba totalmente concentrado en Jimena, no se dio cuenta de que su amigo estaba gravemente herido hasta que le vio inmóvil tirado en el suelo. Dejó suavemente a Jimena después de valorar su estado, ella tenía muchas heridas pero ninguna era mortal, y fue a atender a su amigo.

- Tom, mírame ¿qué ocurre? – Carlos levantó la cabeza de su amigo para que le mirara.
- El… cuchillo… quítamelo… cuchillo de plata… - Tom nunca había sentido una agonía como esa.

Carlos cogió el cuchillo y tiro de él con mucho cuidado. Cuando termino de sacarlo, la sangre de Tom salía por la herida a borbotones. La plata era un veneno para los vampiros. Las heridas que esta les provocaba podían ser una de las pocas cosas mortales para ellos. Carlos se quedó horrorizado por el estado de su amigo, no estaba seguro si saldría de esta.

- ¡Ves a la habitación de arriba y baja mi bolsa! – Marta colocó la mano sobre la herida de Tom para taponar la hemorragia. Mientras Carlos salía disparado escaleras arriba.

Tom miraba, con los ojos entreabiertos, a la desnuda beldad pelirroja que tenia sentada a horcajadas sobre él. Ni en sus sueños más calientes, podría haber soñado con la imagen que tenía delante en esos momentos. Quería disculparse con ella por haber sido tan estúpido, pero la lengua le pesaba demasiado.
Los efectos de la plata eran devastadores para un vampiro. La herida de su abdomen, si el arma hubiera sido de cualquier otro metal, ya estaría cicatrizando, pero con la plata el efecto se ralentizaba. El contacto con el metal les debilitaba hasta el punto de no poder apenas moverse. Así

que allí estaba él, un poderoso vampiro, tirado en el suelo desangrándose, con la mujer que más le había impactado en su larga vida, que por cierto, había ofendido cruelmente hacia unos días, sentada sobre él, desnuda e intentando salvarle la vida después de haber sido secuestrada y maltratada por una mala bruja. Surrealista.

Carlos no tardó prácticamente nada en bajar con la bolsa de Marta, también traía los abrigos de la entrada para que las chicas se pudieran cubrir si querían. Le dio el suyo a Marta y echó el otro sobre el cuerpo de Jimena, que seguía inconsciente en el suelo.

- Carlos, abre la bolsa y saca el neceser que hay dentro – Marta no quería dejar de presionar la herida de Tom.

- Aquí está – Carlos obedecía sin rechistar.

- Es un botiquín de emergencia, tenemos que taponar la herida – Carlos hizo lo que le decían

Taponaron la herida de Tom lo mejor posible con las gasas y vendas que tenían en el botiquín, pero la herida seguía sangrando, las gasas se empaparon en cuestión de segundos.

- Solo hay una cosa que puede curarle – Carlos hablo despacio, mientras miraba a Marta de reojo.

- ¿Cuál es? – Marta formuló la pregunta, aunque ya sabía la respuesta.

- Sangre, es lo único que podrá limpiarle su sangre del veneno de la plata, para que pueda cicatrizar su herida.

- No creo que quiera la mía – Marta hablaba en tono apenado.

- Marta, se que ya has hecho demasiado por nosotros, pero te lo pido por favor, es su única oportunidad. Jimena ha perdido demasiada sangre ya, y además yo no podría...controlarme si ella le diera su sangre. Es algo muy íntimo. Sé que estos días ha pasado algo entre vosotros, pero olvida por unos segundos vuestras diferencias, ya tendrás tiempo después de lesionarle de alguna dolorosa manera.

Marta miraba a su jefe con los ojos muy abiertos, no tenían otra opción. Si no le daba su sangre a Tom, moriría desangrado en esa maldita habitación.
Ella, con la mano temblorosa, acercó su muñeca hacia la boca de Tom. Este retiró la cabeza hacia el otro lado, de la misma manera que un niño pequeño quita la cara de la cuchara cuando no quiere comer.
- Tienes que hacerlo – Carlos le cogió de la cara y se la llevó a la vena de Marta – esto no solo te afecta a ti amigo, es por todos.

Tom miró a los ojos de su amigo, asintiendo levemente. Los colmillos le crecieron considerablemente y, sujetando con las manos la muñeca de Marta, la mordió en las venas.
Marta sintió una punzada de dolor, pero en unos segundos se convirtió en algo parecido al placer. Los labios de Tom pegados a su piel, alimentándose de ella, era la cosa más erótica que había experimentado en su vida.
Tom, tragaba con ansia, el preciado líquido que manaba de las venas de Marta. Los ojos se le pusieron blancos por el placer, la sangre de Marta era la más deliciosa que había probado en su vida. Percibía, con deleite, como la energía recorría todo su cuerpo desde el primer sorbo. La herida del abdomen dejó de sangrar y comenzó el proceso de cicatrización inmediatamente.
Carlos miraba a su amigo desde el suelo al lado de Jimena, Tom ya había tomado suficiente, tenía que dejar de beber o drenaría a Marta.

- Tom suéltala – Carlos hablaba a su amigo con voz tranquila – si sigues la mataras.
- Grrrrrrr – Tom gruñía como cualquier depredador defendiendo su presa.
- Por favor tienes que soltarla, si la pasa algo no te lo perdonaras en la vida – Carlos hizo ademan de levantarse para acercarse a su amigo y quitarle a Marta a la fuerza si hacía falta.

Con un esfuerzo sobrehumano soltó el brazo de ella, le lamió las heridas para que están cicatrizaran y se echó hacia atrás, para separarse de la fuente de tentación, que era para él la sangre de Marta.

Marta le miraba fijamente, si no fuera por la pérdida de sangre, en ese momento tendría las mejillas sonrosadas.

- Gracias – dijo Tom sin mirarla a la cara. Si seguía mirándola, desnuda como estaba debajo de ese abrigo, que no se había abrochado, se echaría encima de ella allí mismo sin importarle que Carlos estuviera delante – tenemos que limpiar este desastre e irnos de aquí lo antes posible.

Todos estuvieron de acuerdo con él, Carlos cogió a Jimena en brazos, con mucho cuidado de que no se le abriera el abrigo. El sentimiento de posesividad se le había disparado desde que estaba con ella, no llevaba nada bien que su amigo la hubiera visto desnuda, aunque sabía que Tom no la miraría jamás con lascivia, era algo que no podía evitar.

Todos subieron a la habitación de arriba y recogieron todas sus cosas.

Tom se fue a buscar el coche para trasladar a Jimena, ella estaba todavía semiinconsciente, cuando regresó, Marta y

Carlos ya habían recogido todas las cosas de la habitación del tocador.

- ¿Qué hacemos con el desastre de la habitación de abajo? – preguntó Marta.
- Tenemos que limpiar toda la sangre, y simularemos un suicidio, tiene el cuello roto de la misma manera que se rompe cuando alguien se ahorca.

En ese momento, Tom entró por la puerta cargado con una caja de botellas de legía y una cuerda para simular el suicidio de Viviana.

Tardaron más de dos horas en limpiar todo, tenían que destruir cualquier evidencia de que alguien hubiera estado allí excepto la dueña de la casa.

Cuando finalizaron el trabajo, los dos vampiros recrearon el escenario de un suicidio. Trajeron una silla de la habitación de arriba, la dejaron tirada en el suelo de la misma manera que se quedaría si Viviana la hubiera empujado con los pies y, atando la soga a la parte de la viga que iba paralela al techo, colgaron el cadáver de Viviana por el cuello. La sujetaron en vilo entre los dos y la dejaron caer de golpe para que la cuerda le marcara el cuello.

Después de repasar todo el piso, varias veces cada uno, decidieron que todo estaba correcto, así que se fueron al apartamento de Carlos, no sin antes borrar de la memoria del conserje todo lo relacionado con las chicas. Después de que Tom se diera un paseo por su mente, el empleado de la finca jamás podría declarar contra ellas.

Capítulo 12

Los cuatro se desplazaron en coche hasta el apartamento. Tom conducía, Marta iba sentada en el asiento de delante y se acariciaba la muñeca inconscientemente, mientras miraba pensativa por la ventana del coche hacia la calle. Carlos y Jimena iban en el asiento de detrás, ella tumbada con la cabeza apoyada sobre las piernas de él.

Nada más llegar al apartamento, Carlos desapareció en su dormitorio llevando a Jimena en los brazos.

Marta y Tom, que no habían cruzado ni una sola palabra desde el escueto "gracias" de él, se evitaron y cada uno se metió en la habitación que les había sido encomendada.

Carlos cerró la puerta del dormitorio con el pie y tumbó a Jimena en la cama, ella seguía entrando y saliendo de la inconsciencia.

Se dirigió al baño y abrió el grifo de la inmensa bañera con jacuzzi que había en el, volvió a la cama y la quitó el abrigo con mucho cuidado para no hacerla daño. La cogió en brazos y la llevó al baño. Después de comprobar la temperatura del agua, la introdujo en ella, apoyándole la cabeza en la toalla que había colocado en el borde para que estuviera lo más cómoda posible. Comenzó a enjabonarla, la lavo el pelo con mucho cuidado, le echo acondicionador para peinarla con más facilidad y después la enjabonó el cuerpo.

Cuando Carlos veía sus heridas, el sentimiento de culpabilidad le revolvía el estomago. La envolvió el pelo en una toalla y su cuerpo en un albornoz, la llevó a la cama y después de secarla y quitarle el albornoz mojado, la metió entre las sabanas de seda negra.

- Carlos, lo hemos conseguido – Jimena le habló con voz cansada – no ha podido con nosotros.

- Sssssh, no hables. Estas muy débil y necesitas descansar – Carlos acariciaba su cara, intentado no tocar ninguna de las heridas.

- Carlos cúrame, dame tu sangre.

- No hay nada que desee mas, pero si lo hago, serás mía para siempre. El pacto de sangre es, literalmente, hasta que la muerte nos separe - Carlos intentaba que Jimena comprendiera lo que le estaba pidiendo - Aunque en esencia seguirás siendo humana, te quedarás en el mismo estado de madurez en el que estés en el momento que cerremos él pacto y mientras bebas de mí y yo de ti. Pero, si yo muero, tú también morirás.

- Ya soy tuya, y no creo que pudiera vivir sin ti – Jimena se puso la mano de Carlos en el corazón – Te amo Carlos y quiero compartir mi vida contigo.

Carlos la miró en silencio durante unos segundos. Abrió el cajón de la mesilla y sacó un abrecartas, se hizo un corte en el pecho justo a la altura de la arteria. Cogió a Jimena por la nuca y la incorporó, hasta que la boca de ella estuvo a la altura de la incisión.

Seguidamente, pronunció las palabras que, junto con el intercambio de sangre, les unirían definitivamente.

- Te ofrezco todo lo que soy, tómalo todo de mí. Desde este momento soy tuyo por toda la eternidad.

Jimena miraba a Carlos directamente a los ojos, cuando estuvo a la altura de su pecho, él la acercó suavemente a la herida por la que manaba su sangre.

Al contrario de lo que hubiera pensado hacia unos pocos días, Jimena no sintió ninguna aprensión a lo que sabía que tenía que hacer. Acercó su boca y comenzó a beber. El sabor de la sangre de Carlos era delicioso, fuerte y con cuerpo, igual que un buen vino. Sintió como una explosión de energía se apoderaba de ella. Su cuerpo, que hasta ese momento le había dolido cada centímetro cuadrado de él, dejó de hacerlo. Sentía como si, físicamente, pudiera hacer cualquier cosa que se propusiera. Era uno de los momentos más eróticos de toda su vida, no entendía como podía haber vivido antes sin él.

Carlos se había tumbado bocarriba en la cama, mientras Jimena bebía de él vorazmente. Ella, en su frenesí, le había empujado y se había sentado a horcajadas sobre él. Movía las caderas al ritmo de sus tragos sobre su pene erecto. Carlos, sin llegar a penetrarla, no pudo evitar correrse en el bóxer, mientras ella gemía de placer y llegaba al clímax justo al mismo tiempo que él.

Jimena se retiró despacio del pecho de Carlos y le miro fijamente, mientras se relamía una gota de sangre de los labios. Sin saber cómo, supo exactamente lo que tenía que hacer.

- Te ofrezco todo lo que soy, tómalo todo de mí. Desde este momento soy tuya por toda la eternidad.

Cogió el abrecartas de la mesilla, manchado con la sangre de Carlos, e hizo el corte, en el lugar exacto de su pecho, por donde pasaba la arteria que salía directamente del corazón.

Carlos se abalanzó sobre ella y comenzó alimentarse para cerrar el pacto que les vincularía para siempre. Mientras bebía, la penetró hasta que llegaron de nuevo al orgasmo más salvaje, que ninguno de los dos, habían sentido jamás. Esa brutal manera de sentir, se reservaba solo para las parejas que habían realizado el pacto de sangre.

***

Marta, después de ducharse y curar sus heridas, recogió todas sus cosas. Había decidido que esa noche se quedaría a dormir en el apartamento de Carlos, pero, a la mañana siguiente, se iría a su casa. No tenía ninguna gana de cruzarse con Tom, necesitaba poner distancia entre los dos.

Cuando terminó de cerrar la bolsa, alguien llamó a la puerta. Marta miró el reloj de su muñeca, este marcaba las diez y media de la noche.

- Adelante – Marta sabía que sería Jimena.

- Hola guapa – Jimena entró dando saltitos y abrazo a su amiga levantándola del suelo – lo hemos conseguido, somos como Los Invencibles.

- ¿Qué ha pasado con tus heridas?, estás…diferente – Marta miraba a su amiga de arriba abajo.

- He estado… ocupada estas últimas horas – Jimena miraba a su amiga con ojos picaros.

- ¡TE HAS VINCULADO CON ÉL! – Marta se quedó delante de ella con la boca abierta.

- ¡Síííííííí! – Jimena comenzó de nuevo a dar saltitos – es alucinante, siento que pudiera hacer cualquier cosa – Jimena cogió en brazos a su amiga y la levantó en volandas.

- Estate quieta – Marta no pudo evitar reírse a carcajadas, contagiada con la alegría de su amiga.

- ¿Te vas? - Jimena dejó a su amiga en el suelo y se puso sería – ¿estás haciendo la maleta?

- Sí, voy a acostarme y mañana me voy a mi casa.

- Pero yo venía a proponerte ir a La Puerta del Sol a tomar las uvas – Jimena puso un puchero - porfa, me lo habías prometido.

- Uf, que pesadita, está bien, pero me vuelvo enseguida - Marta no podía decir que no a su amiga, hacía tiempo que no la veía tan contenta.

Las dos entraron en la cocina con los abrigos y los bolsos en las manos.

- Vámonos, o no nos dará tiempo a comprar las uvas antes de que suenen los cuartos – Jimena se acerco a Carlos y le dio un beso en los labios.

- No me apetece demasiado salir – Tom habló evitando mirar a Marta.

- ¡A de eso nada! no seas aguafiestas, hemos tenido mucha suerte esta noche de salir todos de una pieza. Nos vamos a tomar las doce uvas en La Puerta del Sol, para que el año que viene, sigamos teniendo la misma estrella – Jimena empujó a Tom hacia la puerta.

- Está bien, está bien – Tom sonrió - ¿Qué le has dado a esta? – dijo mirando a Carlos.

Los cuatro se rieron sonoramente, mientras Jimena se ponía roja como un tomate.

Cuando salieron de la estación del metro de Sol, la plaza estaba atestada de gente. Faltaban quince minutos para las doce de la noche. El gentío se pasaba alegremente los minis de sidra los unos a los otros y bailaban, provistos de estrafalarias pelucas de colores, compradas en la Plaza Mayor.

La Puerta del Sol estaba llena de grupos de guiris, que venían de turismo en esas fechas a la ciudad y se desquitaban en unos días de la aburrida frialdad de sus países de origen.

- Vamos a buscar a un chino para comprarle las uvas –

Jimena cogió de la mano a Carlos y tiró de él en dirección hacia el centro de la plaza.

Enseguida encontraron a una china, que iba con un carro de la compra, en el que llevaba copas de champagne de plástico llenas con doce uvas y botellas de sidra "El Gaitero" en una nevera portátil.
Después de comprar cuatro copas y una botella de sidra, se fueron hacia la parte de la plaza donde está el Oso y el Madroño.
Los cuartos comenzaron a sonar mientras la bola del reloj bajaba lentamente.
- ¡Preparaos que ya empiezan!, el que no termine a tiempo paga las copas de esta noche – Jimena estaba con una de las uvas en la mano, preparada para metérsela en la boca en cuanto sonara la primera campanada. Parecía que estaba en la salida de una carrera de velocidad e iba a salir disparada, en cuanto sonara el pistoletazo.

Las campanadas comenzaron a sonar, dong, dong, dong…y dong, las doce uvas de Jimena estaba enteritas en su boca.
Con los mofletes hinchados, comenzó a masticar hasta que consiguió tragárselas. El resto del grupo había terminado sin problema con las suyas y la miraban como luchaba por no ahogarse por la risa. Cuando por fin consiguió engullir lo que tenía en la boca, se abalanzó sobre Carlos y le plantó un morreo de los que hacen historia. Cuando la feliz pareja se desenganchó, Jimena miró a sus amigos para verlos mirar disimuladamente hacia otro lado.
- Venga chicos un abrazo colectivo – dijo Jimena, intentado relajar el ambiente.

Cogió a su amiga con una mano y a Tom con la otra, intentado que se abrazaran, pero Tom se la retiró suavemente.

- Déjalo Jimena. No me apetece abrazar a nadie – Tom se retiró hacia detrás.

Marta le miró con cara de mala leche, ¡qué coño se había creído ese tío! Pues si pensaba que ella se iba a quedar calladita después del desprecio, lo llevaba clarito.

- Pues a mi si – dijo Marta, cogiendo a un guapo guiri que estaba detrás de ellos con un grupo - ¡¡HAPPY NEW YEAR!! – y le plantó un beso con lengua delante de todos.

Cuando Marta se consiguió desenganchar del guiri, que estaba emocionado con la situación, miró hacia sus amigos. Carlos la miraba con gesto serio y Jimena, que tenia la boca abierta, tenía un gesto de humor en los ojos. De Tom, ni rastro.

- Bueno chicos, ya he tenido bastantes emociones por hoy, me voy a casa. Mándame mis cosas en un taxi por favor – Marta le dio un beso a Jimena y se fue hacia el metro.

Aunque los dos se quedaron dolidos por el mal rollo que había entre sus mejores amigos, decidieron que este era el mejor momento de sus vidas y que, por mucho que les doliera que Marta y Tom lo estuvieran pasando mal, nada, ni nadie, se lo iba a estropear. Los dos se besaron, inmersos en los fuertes sentimientos que los embargaban.
Eran libres, eran inmortales, eran felices y, lo más importante, estaban locamente enamorados.

***

Tom se fue directamente al apartamento de Carlos. Haría

la maleta en un momento y se iría a Nueva York al día siguiente. Su amigo ya no le necesitaba en Madrid para nada y él, precisaba poner distancia con esa mujer que lo estaba volviendo loco. Aunque había tenido un momento de debilidad en sus convicciones, después de lo que había pasado en la Puerta del Sol, a Tom le había quedado claro que no te podías fiar de las brujas. Estaba convencido de que si le daba la más mínima oportunidad, le haría daño en cuanto pudiera. Él había aprendido esa lección hacia años y de la peor manera posible.

Tom no negaba, que ella se había portado bien en la situación que habían tenido en casa de la chantajista de Carlos. Tampoco podía negar que se sentía atraído por ella, pero una cosa era la atracción sexual y otra muy distinta, otro tipo de sentimientos. Seguramente, en cuanto pusiera unos cuantos kilómetros entre ellos, se le pasaría el calentón… ¿o no?

Dios se estaba volviendo loco.

La sangre de Marta bullía en su cuerpo, dándole una clase de energía, que hacía muchos años que no había sentido. Tom se movía por la habitación a gran velocidad sin saber muy bien qué es lo que hacía. Había guardado sus cuatro cosas en la maleta hacia ya un buen rato y, por más que lo intentara, no era capaz de dormir para que el tiempo pasara más deprisa. Sentía un exceso de energía por todo sus ser y, estaba convencido, de que en ese momento era capaz de cualquier cosa físicamente. La sangre de ella era potente y se le había filtrado rápidamente hasta el tuétano de sus huesos, que ahora parecían barras de titanio, sus músculos estaban al máximo de su potencia y los tendones eran como cuerdas de acero.

Las botellas de sangre no tenían ni punto de comparación.

Tom se sentó en la cama apoyando la cabeza contra sus

manos. Podía engañarse todo lo que quisiera, pero en el fondo sabía de sobra que no se iba a quitar de la cabeza a esa mujer con tanta facilidad. Se acostó, después de comprar su pasaje para el día siguiente por internet, intentando desconectar su mente por unas horas mientras esperaba a que Carlos y Jimena regresaran de celebrar la Nochevieja.

Alrededor de las cinco de la mañana, Tom escuchó cómo se abría la puerta del apartamento. Se levantó de la cama y salió de su habitación para encontrarse en el pasillo con Carlos, cargando a Jimena como un saco de patatas, en dirección a su dormitorio.

- Perdonar que retrase vuestros planes unos segundo – Tom se dirigió a su amigo con gesto serio.

- ¿Qué ocurre? - Carlos bajó a Jimena al suelo con cuidado cuando vio el gesto de su amigo.

- Mañana me voy a casa.

- Ya – Carlos miraba a su amigo que se metía en su habitación – mañana hablaremos sobre el tema.

- No pierdas el tiempo, está decidido, aquí ya no tengo nada más que hacer – Tom cerró la puerta casi sin hacer ruido, dejando a la pareja allí plantada sin saber que decir.

***

Marta no había pegado ojo en toda la noche. A las doce del mediodía recibió una llamada de Jimena.

- Hola guapa – Jimena no estaba menos preocupada por su amiga, que Carlos por Tom.

- Hola – a Marta le salía la voz rasposa, como si hubiera estado llorando toda la noche.

- ¿Cómo estás?, ¿necesitas que vaya a verte?

- No, no dejes a tu hombre, yo estoy… bien – el tono de Marta decía todo lo contrario a sus palabras.

- En media hora estoy en tu casa – Jimena colgó el teléfono sin dejar que su amiga protestara.

Jimena, después de recoger las cosas de Marta de su habitación y llamar a un taxi, se despidió de Carlos y se dirigió a casa de su amiga. Cuando llegó al portal de la pelirroja, llamó al telefonillo y la puerta se abrió sin que nadie contestara, subió a la planta donde estaba el apartamento y se encontró con la puerta de entrada entornada. El piso estaba totalmente a oscuras, no había subido las persianas desde la noche anterior.
- Hola. ¿Dónde estás?
- En el dormitorio – Marta hablaba con un hilillo de voz.

Jimena entró en el dormitorio de su amiga y se la encontró en una situación bastante parecida, a la que había tenido ella hacía muy pocos días. Se acerco a la cama despacio y le quitó la ropa de la cama con la que se cubría la cabeza.
- Esto parece un intercambio de papeles – Jimena acarició el pelo de Marta cariñosamente.
- Si, lo que pasa que tu final feliz, no creo que sea posible para mí.
- Nunca se sabe, la vida da muchas vueltas y nunca sabemos cómo terminaran las cosas. Mira, Marta, yo siempre me voy a poner de tu lado, pero creo que Tom no es tan estúpido como para obviar lo que quiera que haya entre vosotros. Estoy segura que cuando razone todo esto, se dará cuenta de su error.
- Él tiene un problema muy difícil de solucionar, se llama vicafobia. Simplemente por ser bruja, ya me odia. – Marta miraba a su amiga con los ojos llorosos – y eso, es algo que tiene que solucionar por él mismo.

Jimena se quedó mirando a su amiga en silencio. Ella

había ido a casa de Marta con intención de ayudarla, pero después de que ella le diera sus razones para estar así, ella se había quedado sin palabras.

Estuvieron sentadas en la cama durante horas, hablando de todo lo que había pasado en esos últimos días. El comentarlo todo en voz alta ayudaba a asimilarlo

Cuando dieron las cinco de la tarde, Jimena decidió volver a casa de Carlos. Le explicó a Marta que Tom había decidido irse a Nueva York esa misma tarde y, que Carlos, le había pedido que les acompañara al aeropuerto a despedirle.

- Pero si tu quieres me quedo aquí contigo y no hay nada más que hablar – Jimena seguía teniendo sus prioridades y Marta era una de ellas .

- No te preocupes, no me importa quedarme sola. Necesito encontrar mi norte, porque creo que en estas últimas horas lo he perdido.

Las dos amigas se despidieron con un abrazo y con la promesa de llamarse en las próximas horas.

***

Carlos conducía el coche de alquiler hacia el aeropuerto, Jimena viajaba en el asiento de detrás y Tom iba a su lado.

- Volveré en cuanto pueda – Carlos no había podido convencer a su amigo para que se quedara algún día más con ellos en España.

- Disfrutar de unos días solos, os los habéis ganado. Los chicos y yo, te tendremos informado de cualquier novedad.

Cuando llegaron al aeropuerto, los dos amigos se despidieron con un escueto apretón de manos. Jimena que hasta ese momento se había mantenido en un discreto segundo plano, no había querido que se le calentara la boca y después arrepentirse de lo que dijera, se acercó a Tom y le dio dos besos sin mirarle a la cara. Aunque no quisiera meterse en historias ajenas, ella estaba bastante cabreada con la aptitud cerril del vampiro.

Por fin Tom se fue hacia la zona de embarque, no le apetecía nada alargar el momento de la despedida y mas con las miraditas asesinas con las que le estaba obsequiando Jimena. Cuando entró en el avión se sentó en su sitio y rezo por que la frase "la distancia es el olvido" fuera verdad.

***

Lola esperaba a ser atendida en la oficina de empleo de su barrio desde las ocho de la mañana. La fila era interminable, seguramente estaría allí toda la mañana.

Su jefa se había suicidado en una habitación secreta anexa a su dormitorio. El habitáculo no lo conocía ni ella y eso que llevaba viviendo en esa casa prácticamente toda su vida y su madre, mucho más. La puerta estaba disimulada en la pared como si fuera un armario.

Lola, siempre que había intentado abrirla para poder limpiar, se había encontrado con que estaba cerrada con llave. La única vez que le había pedido la llave a su jefa, esta le había dicho que nunca, bajo ningún concepto, se atreviera a abrir esa puerta.

El primer día del año, se presentó en la casa de su jefa a las ocho de la mañana y se dispuso a preparar el desayuno. Cuando dieron las once y su jefa no había dado señales de vida, decidió, no sin pensárselo más de diez veces, ir al dormitorio haber si se encontraba bien. Llamó suavemente pero no obtuvo respuesta y decidió abrir la puerta.

- ¿Señora?... ¿Se encuentra bien?

Nada, silencio absoluto.

Lola se acercó la cama, mientras se le adaptaba la vista a la oscuridad.

Estaba vacía.

Buscó con la mirada alrededor y una leve luz, que procedía del vestidor, la llamó la atención. Se acercó, para descubrir que la puerta prohibida estaba entreabierta y era de allí de donde salía la claridad.

Lola la abrió lentamente, para descubrir una escalera que descendía hacia una oscura habitación, tenía las paredes pintadas en negro.

Descendió por la escalera movida por la curiosidad y, para que negarlo, muerta de miedo. Cuando llegó abajo, la estampa que se encontró no la iba a olvidar por el resto de su vida.

Viviana colgaba de una viga con una soga al cuello. Estaba muerta.

Lola, cuando consiguió reaccionar, corrió escaleras arriba como alma que lleva el diablo y llamó a emergencias desde el teléfono del dormitorio.

Los trabajadores del SAMUR, lo único que pudieron hacer, fue certificar la muerte de Viviana.

Las siguientes semanas fueron una locura de interrogatorios policiales y ofertas de entrevistas de revistas del corazón. Incluso la llamarón de una conocida cadena de televisión, para ofrecerle ir a un programa donde le preguntarían por los trapos sucios de su difunta jefa.

Lola se negó a todo ello, no es que la sobrara el dinero, pero si accedía, jamás podría trabajar en ninguna casa ¿quién contrataría a una doncella que había contado los secretos de su antigua jefa en un programa de televisión? Tenía la esperanza de seguir trabajando en la casa para los herederos pero, hacia unos días, le habían informado de que no estaban interesados en vivir en el piso y que habían decidido venderlo. La habían dado el finiquito y los papeles para solicitar el paro. En ese punto se encontraba, una más de los cinco millones de parados que había en ese momento en España.

La fila seguía avanzando y Lola, ya se encontraba a la altura del buzón de correos que había en la esquina de la calle. Abrió la carpeta donde portaba todos sus documentos y cogió el sobre cerrado, que había estado llevando consigo desde el último día que habló con su jefa.

No lo había mandado todavía, porque le daba miedo que pudiera interferir en la investigación policial. Pero todas las pruebas que se habían realizado, habían demostrado, que Viviana se había suicidado y, el caso, hacia ya una semana que había sido cerrado.

No había hablado a la policía del sobre, porque Viviana le había hecho jurar que jamás, bajo ningún concepto, hablaría a nadie sobre su existencia. Ella cumpliría su palabra por lealtad, aunque realmente su exjefa no se lo mereciera.

Cumpliría su última tarea tal y como había prometido.

La fila avanzó cinco metros más y, según pasaron a la altura del buzón de correos, Lola estiró el brazo e introdujo el sobre dentro.

Misión cumplida.

Capítulo 13

El mes de Mayo era uno de los más bellos en la capital de España.

La iglesia de San Isidro, estaba en unos de los barrios más castizos de Madrid. Situada en la calle Toledo, se encontraba muy cerca de la Plaza Mayor. La novia, como marca la tradición, había elegido la fecha y el lugar de su boda.

Jimena quería que fuera ese día y en esa parroquia, como reconocimiento a la ciudad que les había visto nacer, aunque con muchos años de diferencia, a los dos.

La parroquia estaba engalanada para la ocasión con miles de rosas rojas y negras. En un principio, al párroco no le había hecho ninguna gracia el color de las flores. Carlos había insistido en que era algo muy importante para ellos y, después de firmar un segundo sustancioso cheque, el cura había hecho la vista gorda.

- La crisis está haciendo estragos en la población y, ese dinero, nos vendría muy bien para obras sociales.

- Estoy totalmente de acuerdo – Carlos nunca había mirado el dinero y, mucho menos, lo haría el día de su boda.

El primer cheque lo había tenido que extender para poder casarse ese día. Era la fiesta del patrón de Madrid, y la Parroquia del Santo tenía todo el día ocupado para distintos eventos. Ellos habían dicho al párroco que se casarían a última hora.

A las ocho y media de la tarde, ya era casi de noche en esa

época, y este era un requisito imprescindible.

Los invitados, por parte de Jimena, habían estado algo sorprendidos con la hora de la ceremonia. Ella había explicado, que como era el día del Santo de la parroquia donde se iban a casar, no se podía hacer a otra hora.

Aunque había una realidad mucho más importante, Jimena no creía que se lo tomaran demasiado bien si ella la hubiera explicado así, "pues mirar, el motivo es que el novio y algunos de sus invitados, dada su condición de vampiros, se quedarían reducidos a cenizas en el momento en que un rayo de Sol les rozara la piel". No, no sería una buena idea. Mejor dejarlos a todos vivir es su feliz ignorancia, igual que había hecho ella hasta hacia unos meses.

Al final, el que se quisieran casar precisamente ese día, todo el mundo se lo había tomado como un capricho de los novios, y se habían adaptado como buenamente habían podido.

Los padres de Jimena, habían entrado en estado de shock durante la primera semana, después de que le dijera su hija que se casaba en unos meses. Jimena había aprovechado a decírselo mientras Carlos se encontraba en un viaje de negocios en Nueva York. Cuando este volvió a Madrid, le había invitado a cenar en su casa para presentarles formalmente.

Sus dos progenitores, le habían hecho un tercer grado desde el minuto uno después de conocer la noticia, al cual Carlos contestó con toda la paciencia del mundo.

Después de que sus padres decidieran que había pasado la prueba, todo había sido un camino de rosas. Juan se llevaba con él estupendamente y Manuela estaba totalmente cautivada por su futuro yerno.

- Menudos nietos guapos que me vais a dar – Manuela le

había hecho ese comentario a su hija aprovechando un viaje a la cocina. Estaba alucinada con la belleza de su futuro yerno.

- Mamá, no sé si tendremos hijos… - Jimena con todo el montón de nueva información a procesar en esos últimos meses, no se había planteado ese tema ¿los vampiros podrían tener hijos?

- Bueno, bueno, eso ya lo dirá el tiempo, ahora lo que tienes que hacer es disfrutar de tu pareja, los hijos ya vendrán cuando tengan que hacerlo – Manuela a lo suyo. Ella se lo guisaba y ella se lo comía.

Los días que siguieron a la feliz noticia fueron un frenesí de cosas que hacer. Listas de invitados, preparación del banquete, vestido… una locura.

Carlos, había tenido que viajar a Nueva York, por motivos de trabajo, en más de una ocasión.

Los días en los que no había estado en Madrid, aunque fueran los estrictamente necesarios, Jimena había estado totalmente perdida. La conexión que ahora tenían era tan fuerte, que el estar lejos de tu pareja era, literalmente, doloroso.

Carlos había entrado en el apartamento, procedente del aeropuerto de Barajas, llevando al gato en un trasportín. Habían decidido llevar al gato a Madrid mientras ellos estuvieran allí, al pobre se le iba a olvidar quienes eran sus dueños, además le daría una agradable sorpresa a Jimena.

Se había encontrado a su prometida, metida en la cama, con un fuerte dolor de cabeza. En ese momento, decidió que no se volverían a separar, si necesitaban de él en alguna reunión mientras estuvieran en Madrid, tendrían que conformarse en hacerlo mediante videoconferencia.

***

Marta, esperaba, en la escalera del hermoso edificio que era la parroquia del patrón de Madrid, a que apareciera Jimena. No quería perderse el momento en que su amiga saliera del coche. Miró hacia arriba para saludar con la mano al novio.

Carlos estaba guapísimo vestido de frac. Esperaba, hecho un manojo de nervios, en la puerta de la iglesia junto a Carmen.

La bella vampira sevillana era la madrina de boda. Iba vestida con un precioso vestido de color rojo, largo hasta los pies. Llevaba un clásico recogido en ondas, con peineta y mantilla incluida. Estaba espectacular.

Ella había estado en casa de Jimena toda la mañana. Había maquillado y peinado a la novia y a su madre. Jimena había insistido en peinarla a ella. Marta le había dicho que no era necesario, que era el día de su boda, pero Jimena cuando decidía hacer algo, no había quien se lo quitara de la cabeza.

Se había maquillado y vestido en casa de Jimena, con el precioso vestido rojo de fiesta que se había comprado para la ocasión y había salido de casa de la novia, en dirección a la iglesia, treinta minutos antes de la hora de la ceremonia.

Cuando se bajo del taxi en la puerta de la iglesia, sus ojos se desviaron, sin poder evitarlo, hacia uno de los espectaculares hombres, que hablaban animadamente, unos escalones por debajo, de donde estaba situado el novio.

Tom estaba guapísimo, llevaba la rubia melena, recogida con una coleta en la nuca, iba vestido de frac como todos los amigos del novio e, inmediatamente, desvío su mirada y clavó sus azules ojos en Marta.

- ¡Hola Marta! – Erika le tiró del brazo, rompiendo el momento - ¿te sentarás con nosotros?

- Hola Erika, había quedado en sentarme con los compañeros de Madrid, pero nos vemos después de la ceremonia.

Marta había conocido a todos los compañeros de Nueva York, en la despedida de soltera que le habían organizado a Jimena hacia un par de días.

Se lo habían pasado fenomenal por la zona de Huertas. Habían estado bailando, saltando de bar en bar hasta las tantas de la mañana. Todos los compañeras de la nueva sucursal habían aluciando con el ambiente nocturno de Madrid.

Las habían dejado en el hotel, cuando Madrid, ya no estaba alumbrado por las farolas. Carmen se había disculpado, y se había ido una hora antes de amanecer.

Los chicos se habían ido por su cuenta, con lo cual, hasta ese momento, no había podido ver a Tom, desde que sabía que este estaba en Madrid.

Carlos había reservado varias habitaciones en el Hotel Palace, para todos los invitados a la boda que habían viajado desde Nueva York. Con unas cuantas excepciones, los vampiros se alojaban en su apartamento. No podían arriesgarse a que algún empleado del hotel abriera por error la puerta durante las horas diurnas.

Marta no había dejado de pensar en Tom desde Noche Vieja. Sabía que se había pasado de la rosca con el numerito que había organizado en la Puerta del Sol con aquel guiri.

Ella siempre había sido algo impulsiva, hacia o decía las cosas antes de procesarlas en su cerebro. No lo podía evitar.

Hubo unos días en el mes de enero en que creía haber perdido la cabeza definitivamente. Estuvo a punto de pedir cita en una consulta psicológica para que la trataran de manía persecutoria. Tenía la sensación de que alguien la observaba continuamente. Iba por la calle mirando continuamente hacia detrás.

Cuando ya creía que se había vuelto totalmente majareta, la sensación desapareció y no la había vuelto a sentir hasta hacia un par de días.

Marta pensaba que era porque su cerebro se revolvía, al saber que entre Tom y ella, no había un océano que los separara.

Volvió a mirar hacia Tom, pero este ya no estaba allí.

De repente la gente se empezó a revolucionar.

El coche de la novia acababa de aparcar en la puerta de la Parroquia.

***

Carlos miró hacia el BMW del padre de Jimena, que acababa de parar al lado de la acera. Lo conducía la madre de la novia. Manuela había dicho que, ya que el padrino seria su marido, ella quería tener un papel en la boda de su única hija. Sería la chofer y no había nada más que hablar.

Juan salió del coche y fue a abrir la puerta por donde saldría la novia, en ese mismo momento todos los agudizados sentidos de Carlos se centraron en la bella mujer que salía del vehículo.

Jimena llevaba un vestido de novia hecho expresamente para ella por un diseñador de Madrid. Con escote palabra de honor, se le ajustaba hasta la altura de las caderas, donde se abría en una falda llena de volantes, salpicada con los bordados que había pedido la novia. Jimena le había pedido al diseñador que le pusiera rosas rojas y negras bordadas en el vestido. El resultado había sido una obra de arte. Jimena iba con un velo que le cubría la cara, aunque eso no fue un obstáculo, para que Carlos cazara con su mirada, los ojos de su futura esposa.

En ese momento, se sentía el vampiro más afortunado del mundo. Todos estos años de soledad y decepciones, habían merecido la pena. El destino le tenía reservado el mayor de los tesoros y él, a partir de ese momento, no se separaría de ella jamás.

***

Jimena, lo primero que hizo cuando se bajó del coche, fue buscar a Carlos. Él la observaba desde arriba de la escalinata, con expresión de satisfacción y con la sonrisa mas arrolladora que Jimena jamás hubiera visto en nadie. Los ojos de ambos se encontraron y se quedaron allí mirándose durante unos segundos.

- Vamos cariño enhebra, todos te esperan – Juan, le ofreció el brazo a su hija, para dirigirse dentro de la parroquia. No podía estar más orgulloso.

Jimena miró a su padre con una sonrisa en los labios y, pasando su brazo a través del de él, comenzó a subir las escaleras.

Cuando llegaron al altar, Carlos, que iba a unos pasos detrás de ellos acompañado por la madrina, se colocó a su lado.

Desde ese mismo momento los ojos de ambos se engancharon. Jimena perdió la noción del tiempo, la tuvieron que avisar para que hiciera el ritual de las arras, las alianzas y el "Si Quiero", pues, no se había enterado de nada de lo que allí se había dicho en la última media hora. Carlos sonreía divertido al ver a su futura esposa en ese estado de ensimismamiento.

- Os declaro marido y mujer. Puede besar a la novia.

Carlos, retirando el velo de la cara de su esposa, la besó. Fue una declaración de amor eterno sin palabras. Con aquel beso, le dijo todo lo que con las palabras se le había escapado.

Los aplausos resonaban en toda la estancia, intensificados por el hueco sonido, propio de esa clase de edificios.

Cuando salieron a la calle, todos los invitados que los estaban esperando fuera, les obsequiaron con una gran lluvia de arroz.

***

Tom no había desclavado los ojos de Marta durante toda la boda, únicamente había mirado a los novios, cuando su amigo había dado el beso más intenso del que él había sido testigo en su larga vida. Su amigo estaba enamorado hasta el tuétano de su Jimena, y no tenía ningún problema en demostrárselo al resto del mundo.

Al contrario que él, que estaba totalmente… obsesionado.

El amor, era un sentimiento demasiado serio, para que él lo admitiera así, sin más. Además estaba el pequeño detalle de que él odiaba a las brujas. Y daba la casualidad, que la persona que le había quitado el sueño durante los últimos meses, era de esa naturaleza.

Que no fuera una de las malas, no era suficiente excusa, para que Tom cambiara las convicciones que había tenido durante muchos años. Las heridas que le habían causado en el pasado, aunque aparentemente ya se habían cerrado, de vez en cuando empezaban a supurar, iba a ser muy difícil que algún día terminaran de cicatrizar.

Carlos, en alguna ocasión, había intentado hablar con él para hacerle recapacitar. Él se daba perfecta cuenta de lo mal que lo estaba pasado su amigo. Tom, en el fondo, entendía que tener esa condición de nacimiento, no quería decir que fuera a ser una mala persona, y Marta lo había demostrado sobradamente.

Había viajado a Madrid en el mes de enero, con la intención de hablar con ella, la había estado siguiendo, pero no consiguió reunir el valor para dar el paso y al cabo de unas semanas, se volvió a Nueva York.

Llevaba muchos años odiando a las brujas, como para que ahora se le pasara sin más.

Ahora que su mejor amigo había decidido casarse en Madrid, él se había visto obligado a volver a la ciudad donde vivía Marta. Cuando aterrizó en el aeropuerto de Barajas, dos días antes de la fecha de la boda, lo primero que había hecho después de alquilar un coche en el aeropuerto, había sido rastrear a Marta y seguirla. Todavía tenía sangre de ella en su organismo y le resultaba muy fácil encontrarla en cualquier parte. Cuando estaba cerca de ella no podía evitar embriagarse con su olor, ese que llevaba quitándole el sueño desde el día que ella le salvó la vida.

Dios, una cosa era lo que decía su cerebro y otra, muy diferente, lo que dictaban sus instintos y su… corazón.

Cuando terminó la ceremonia, todos los invitados se dirigieron hacia el Hotel Palace, donde se celebraría el banquete nupcial. Marta se dispuso a coger un taxi junto a las compañeras de Nueva York. Le había prometido a Jimena que haría el papel de anfitriona con ellas durante el día de su boda.

- ¿Necesitáis transporte? – Tom se había parado junto a ellas. Conducía un coche deportivo.

- ¡¡Vaya cochazo!! – Erika abrió la puerta rápidamente y empujó a Marta hacia dentro, antes de que esta pudiera reaccionar.

Marta no abrió la boca en todo el trayecto hacia el hotel,

la verdad, es que la única que hablaba era Erika.

Era como un monologo, lo único que hacían los demás era reírse. Miraba por la ventana con la nariz pegada al cristal, y comentaba todo lo que veía de un modo infantil.

- Erika, como no separes la nariz del cristal te vas a echar a perder el maquillaje – Violeta no podía parar de partirse de risa con su peculiar compañera.

- Llevo el neceser de emergencia en el bolso – Erika siempre tenía respuesta para todo.

Marta, miraba hacia la calle desde la ventanilla contraria a la de Erika en el asiento de atrás. La única vez que había mirado hacia delante, se había encontrado con los ojos de Tom mirándola fijamente desde el espejo retrovisor.

Marta salió del coche con ligereza, no quería enfrentarse a Tom en esos momentos, la cosa se podía poner fea y no sería ella la que estropeara el día de la boda de su mejor amiga. Aguantaría mecha con la boquita cerrada, como una buena chica. Total solo seria unas horas.

Después ya veríamos lo que el destino le tenía preparado.

Las mesas estaban preparadas con el nombre de los invitados en cada lugar. Ella le había pedido a Jimena que no le pusiera a lado de Tom, ni siquiera en la misma mesa.

Necesitaba guardar las distancias, la sola cercanía del vampiro le ponía un nudo en el estomago, que no había querido ni siquiera analizar.

Cuando el banquete terminó, los camareros se dispusieron a retirar las mesas, convirtiendo el salón en una pista de baile.

Los novios abrieron el baile, con el Vals del Beso de Johann Strauss.

Carlos llevaba a la novia casi en volandas por todo el salón, al cabo de un rato, los padrinos rompieron la pareja y comenzaron a bailar con los novios. Esto animo al resto de los invitados a que comenzaran a bailar.

Después de las piezas de baile típicas, comenzaron a sonar canciones mucho más animadas y todos los invitados, especialmente los más jóvenes, se animaron a bailar.

Marta estaba sentada en un rincón observando a los invitados. Carmen, que había hecho muy buenas migas con la madre de Jimena, bailaba una sevillana con Manuela. Los invitados las miraban emocionados, sobre todo los de Nueva York. La verdad es que las dos lo estaban haciendo fenomenal.

- ¿Descansando los pies? – Jimena se sentó al lado de su amiga.

- Si, un poquito. El día ha sido agotador.

- Mi madre está en su salsa. Ha hecho muy buenas migas con Carmen – Jimena miraba hacia Manuela con una sonrisa en los labios.

- Si solo ella supiera…

- Mejor dejémosla con su feliz ignorancia – las dos amigas rieron con el comentario - ¡¡VENGA LEVANTANTÉ!! Vamos a demostrar a esa andaluza, que las madrileñas y las gallegas también sabemos bailar sevillanas.

Jimena tiró de ella con tanta fuerza, que Marta no pudo hacer nada para impedírselo. Maldita fuera la nueva fuerza vampírica que tenía su amiga.

Cuando se quiso dar cuenta, estaban las dos en medio de la pista, una enfrente de la otra, bailando sevillanas al lado de Carmen y Manuela.

Marta, al principio se sintió un poco incomoda, pero al cabo de unos minutos se animó y ya no paró en toda la noche.

Estuvo bailando salsa con Raúl, uno de sus compañeros de Madrid. Aunque este era gay, aparentemente no lo parecía, y no tenía ningún problema en poner las manos en cualquier parte del cuerpo de su pareja de baile, aunque no fuera del sexo por el que él tenía preferencia. Marta, que ya estaba metida en jarana, se dejó hacer.

Cuando terminó el baile, miró hacia la puerta. Tom la miraba fijamente con cara de pocos amigos, ella, en uno de sus arrebatos, cogió a Raúl y se abrazó a él. Cuando volvió a mirar hacia donde estaba el vampiro, él había desaparecido. Marta ya no le volvió a ver en toda la noche.

***

Hacía dos días que eran oficialmente marido y mujer. El vuelo hacia Nueva York salía de Madrid a las diez de la noche. Carlos había fletado un vuelo privado, para que viajaran todos juntos hacia Estados Unidos.

- ¿De verdad que no podéis quedaros unos días más? – a Manuela le hubiera gustado que su hija y su yerno se quedaran un par de semanas más en Madrid.

- No podemos dejar mas días la peluquería cerrada, no sería bueno para el negocio – Jimena, aunque le hubiera gustado quedarse unos días más, no se lo había querido pedir a Carlos. Sabía sobradamente, que él no se habría quejado en ningún momento, pero ella comprendía, que había dejado los negocios un poco de lado para poder estar juntos las semanas anteriores a la boda y ya no podían retrasar más la vuelta.

La vida real les esperaba en Nueva York.

Jimena, se despidió de sus padres con lágrimas en los ojos, antes de dirigirse a la puerta de embarque junto a Carlos y Tom.

- ¡JIMENA! – Marta corría por el pasillo del aeropuerto.

Ya se había despedido de ella en casa de sus padres. En un principio, le había dicho a su amiga, que no iría a despedirla al aeropuerto, pues no se quería encontrar con Tom. Pero una hora antes de que saliera el vuelo, había cogido su bolso y, parando un taxi, se había dirigido a Barajas. Ningún hombre iba a impedirla que se despidiera de su mejor amiga como se merecía.

- Voy a facturar a Isidro – Tom cogió el transportín del gato, que por fin tenia nombre, y se fue hacia donde tendría que entregar al animal para el viaje.

Las dos amigas se fundieron en un abrazo.
- Prométeme que vendrás este verano a Nueva York – Jimena se abrazaba a su amiga con lagrimas en los ojos.
- Prometido. Ya puedes prepararme la habitación, porque me vas a tener allí más de una vez.

Las dos amigas se soltaron a regañadientes, el vuelo saldría enseguida y tenían que dirigirse a la zona de embarque.

***

Habían pasado dos meses desde el día de la boda. Jimena estaba trabajando en la peluquería. Cuando sintió un calambre en el estomago y se fue corriendo hacia el baño, era la segunda vez que vomitaba esa mañana. Llevaba unos días que no se encontraba demasiado bien, debía de haberle sentado algo mal. No le había comentado nada a su marido, era tan protector, que no la habría dejado ir a trabajar.
Esa misma noche, cuando estaban los dos acostados. Jimena le hizo la pregunta, que le llevaba rondando la cabeza desde hacía unos días.

- Carlos, ¿los vampiros pueden tener hijos?

Epílogo

Marta se dirigió a su casa directamente desde la peluquería. Aunque sus compañeros la habían invitado a salir con ellos para tomar unas cañas, a ella no le apetecía y se excusó como buenamente pudo.

Los viernes, solían quedar después del trabajo. Si el tiempo lo permitía se sentaban en alguna terraza de La Castellana y, en los meses de frio, iban a algún bar de la zona de Huertas. Esta zona era una de las más populares de la Capital y además les pillaba muy cerca del trabajo.

Marta siempre era la primera en animarse para salir, pero desde hacía unos meses no estaba pasando por su mejor momento. Últimamente no estaba con ánimo para jaranas. Le invadía un sentimiento de melancolía que no conseguía quitarse de encima.

El viernes anterior, había hecho un esfuerzo y se había obligado a unirse a sus compañeros. Lo único que había conseguido era sentirse peor, al notar, que los demás la miraban con cara de pena.

Echaba de menos a Jimena y, aunque no lo admitiría en voz alta, ni bajo tortura, no se podía quitar de la cabeza a Tom.

Ese vampiro la estaba volviendo loca. Le odiaba con todas sus fuerzas por haberla tratado con tanto desprecio unos meses atrás y, en la boda de su amiga, la había ignorado totalmente. Solo le clavaba los ojos de vez en cuando, para asesinarla con la mirada. El gesto de desprecio en ellos era evidente, y a ella se le hacía un nudo en el estomago que la rompía el alma. ¿Qué le habría hecho para que la odiara con tanta fuerza? Marta era consciente de que le había hecho un poco de rabiar, pero eso no era suficiente escusa como para tratarla como lo había hecho. Además él fue el primero en despreciarla cuando descubrió que era bruja.

Se había merecido el rapapolvo de La Puerta del Sol por imbécil... ¿o no?

Dios, se estaba volviendo loca, como siguiera así, tendría que ir a terapia – *hola me llamo Marta y estoy colgada de un Vampiro, pero él, no quiere saber nada de mí, porque soy una bruja y es un poco xenófobo.*

Seguro que saldría de allí, luciendo el último modelo de camisa de fuerza del mercado.

Después de limpiarse las lagrimas de la cara, que últimamente parecía que no dejaban de caer de sus ojos, se sentó en la silla de su escritorio y puso el aire acondicionado.

El mes de julio en Madrid era un infierno y, sin el aparatito maravilloso, no había quien pegara ojo en toda la noche.

Marta encendió el ordenador, con la esperanza de que Jimena estuviera conectada al Facebook y poder chatear con ella un rato, pero no tuvo suerte. El cambio de horario entre Madrid y Nueva York era un fastidio, así que se dispuso a abrir los correos electrónicos para pasar un poco el rato.

Casi todos eran spam, tiendas de moda online, ofertas de viajes, notificaciones de Facebook... pero, al final de toda la lista, había uno de Carlos. Qué raro, pensó mientras lo abría, nunca le había mandado un correo el marido de su amiga, directamente a ella. Muchas veces le mandaba saludos a través de Jimena pero, directamente él, nunca.

Marta hizo doble click sobre el correo y se dispuso a leerlo un poco nerviosa, esperaba que no hubiera pasado nada malo.

DE: Carlos del Toro
A: Marta Saavedra

ASUNTO: Propuesta laboral o favor personal.

Querida Marta:
El motivo de este correo es para pedirte un favor personal. Jimena últimamente no se encuentra en su mejor momento y, por ese motivo, ha tenido que dejar de trabajar temporalmente en la peluquería.
Me gustaría ofrecerte el traslado a la sucursal de Nueva York, mientras Jimena se encuentre de baja laboral.
Espero que aceptes. Intentaremos que te encuentres como en casa. Aquí hay personas, entre las que me incluyo, que estaríamos encantados de volverte a ver.

...FIN

-Saga-
En Compañía de Vampiros

www.armorena.com

www.ingramcontent.com/pod-product-compliance
Lightning Source LLC
Chambersburg PA
CBHW030243200626
46816CB00002BA/482